Ann U. Birgersdotter

Gråt inte över spillt vin

© Ann U. Birgersdotter
ISBN: 9789178511976
Omslag: Michael Halle Halén
Förlag:
BoD – Books on Demand, Stockholm, Sverige
Tryck:
BoD – Books on Demand. Norderstedt. Tyskland

BIRGERSDOTTER/HALÉN

Förord

6

"*Gråt inte över spillt vin*" gavs ut redan 2012.
Den här boken är en nyutgåva. Vissa delar i texten har
ändrats och korrigerats men handlingen är densamma.
Det finns ytterligare två böcker i samma serie om Mita och
Bibi. "*Hämnden är ljuv som melonlikör*" och "*Mita väcker björnar*".
Man ska aldrig säga aldrig i fall en fjärde bok dyker upp.

Mitt måtto är: Ge inte upp. Kvinnor kan!

Ann

Kapitel 1

REGNET SMATTRAR IHÅLLANDE utanför mitt sovrumsfönster.
Jag associerar det trummande ljudet till *"Ragnars motortvätt"*.
Banne mig har det regnat varenda dag i fyra veckors tid efter
att jag blev sjukskriven. Det är som om vädrets makter tänker
slita sönder de sista balanserade nerver jag har kvar.
Mitt humör svänger snabbare än en pluviometer skulle fyllas
under Niagarafallen.

Motvilligt lämnar jag min varma och nedlegade bädd och
kikar ut mellan de träfärgade persiennbrädorna.
Därute viker sig tujorna diagonalt i regnrusket. I vanliga fall
står de annars så majestätiska på rad och kantar stentrappan
mot soprummet. Jag fattar inte hur hyresvärden i höstas hade
råd att plantera in de fula buskarna.

En dag stod grävmaskiner och karlar i blåställ med spadar
där för att hacka upp halva gården. Det skulle dräneras.
Då passade man också på att rycka loss syrenbuskarna som
på försommaren prytt gården så vackert. Gubben ansåg
vresigt där han i smyg nallade ur sin fickplunta att det bara
var under en vecka de doftade och var fina. *"Nej, ena jävla
skräpbuskar med merjobb är det!"* Han hade varken råd att
anställa eller tid att själv kratta och göra fint runt omkring.
En ynka liten grön fläck till gräsmatta har han i alla fall
lämnat kvar. Resten av bakgården är asfalterad.

Min lägenhet löper i två väderstreck. Sovrumsdelen ligger i
öst och köket ligger i väst där gatan går utanför. Det är en
enkelriktad genomfartsväg. Den tar trafiken till en tvärgata
som fortsätter mot huvudleden. Husen står tätt och skymmer
sikten för solen när den väl skiner på himlen.

Tvärs över gatan lyser en blå neonfärgad skylt som gör
reklam för biltvätten. Det sägs att Ragnar har gjort sig rik på

att jobba svart och det är livlig trafik med bilar som passerar garageinfarten nattetid. Billy skulle aldrig betala för att låta någon svartfifflare öppna motorhuven på sin älskade stadsjeep. *"Då gör jag hellre skitjobbet själv"* som han brukar säga. Inte enbart på grund av Ragnars påstådda oärlighet utan helt enkelt för att Billy är snål. Jag är övertygad om att han kommer att ta sina kreditkort med sig i graven.

När jag tänker på min fästmans dåliga sidor sparkar jag omkull tidningshögen som jag så prydligt staplade upp igår kväll. *"Skit också"*, väser jag mellan tänderna och krafsar ihop eländet. Jag har verkligen blivit lättretlig den senaste tiden. Är inte alls vän med livet. Det är fan inte lätt att le som i den gamla Pepsodentreklamen - speciellt när man snart närmar sig femtio.

Jag sätter mig ansträngt på sängkanten och pustar ut. Min kropp skriker efter en dos nikotin. Långt nere i fickan på min slitna Maud-Adams-morgonrock hittar jag min rödvita tröst. På paketet står: *Rökning dödar!"* Jojo, jag är väl medveten om det. Ändå halar jag fram ciggen och sticker den som vanligt mellan mina spruckna läppar. Stirrigt söker jag efter min tändare.

Det slår aldrig fel men den retfulla jäveln brukar aldrig hålla sig framme när jag ska blossa. Jag kikar bakom laptopen. Lyfter hetsigt upp det överfulla askfatet med fimpar. Gräver under fåtöljsdynan. Tydligen tänker inte tändaren visa sig idag och det är mer än vad jag tål. Varenda grej slarvar jag bort i denna röra. Det är mycket skit också som jag köpt på loppisar genom åren. Billy har sagt att han aldrig kommer att flytta ihop med mig så länge det ser ut som helvetet exploderat här hemma. Genast blir jag tvärförbannad igen när jag påminns om honom. Jag fräser. Slänger mig sen handlöst bakåt i sängen så ryggen träffar spiralfjädern i sängbotten.

- Aj, aj! skriker jag när smärtan fortsätter ner mot svanskotan.

Jag vrider mig som en mask och på en gång kommer tårarna som lägger sig som salta klistermärken på kinderna. Det gör ont överallt. I kroppen, i själen och ta mig fan till och med i skrevet. Torr och helt ointresserad av sex har jag blivit. Känner inte ett dugg igen mig och funderar surt över vart mitt liv har tagit vägen.

Uttråkad vänder jag mig på magen och söker tröst i huvudkudden. De känsliga fingertopparna finner med stor överraskning tändaren. För en sekund blir jag på bättre humör men i nästa stund återkommer mitt negativa sinnelag. Jag sätter mig mödosamt upp, får fyr på giftpinnen. Ett rosslande ljud hörs från mina rökmärkta lungor när jag drar det lugnande halsblosset. Blankögd försöker jag zooma in de grönfärgade siffrorna på den digitala väckarklockan som står på det svarta nattduksbordet. Tiden visar halv åtta.

Efter det att synen försämrades känner jag mig som ett blindstyre. De hotande årsringarna under ögonen signalerar därtill att tiden har gått. Jag borde sätta fokus på mitt liv och inte bli en gammal hagga som står bitter och gluttar bakom köksgardinerna. *"Hm, hur känns det nu då Mita, att vara övergödd och förbrukad?"*

Några svettdroppar bryter fram på pannan och värmevågen tar på nytt fart inuti min kropp. På några sekunder är jag sjöblöt. Jag transpirerar både under armhålor och bröst. Nu måste det vara dags att ringa. Jag får stålsätta mig för att hitta rätt på knapparna till telefonnumret.

Det går några signaler innan jag hör den välbekanta rösten i andra änden.

Kapitel 2

Bibi skrattar och låter oanständigt morgonpigg. Det blir ingen presentation för min del för jag brukar alltid ringa lagom till hennes morgonfika. Själv väcktes jag redan halvfem i morse då morgontidningen dunsade ner på hallgolvet. Min ritual är att bläddra i DN, dricka kaffe, röka, chatta och prata med Bibi i nu nämnd ordning. Hon är den enda människan jag känner som kan dämpa oron i mig.

- Jag mår skit!

Självömkande slänger jag av mig morgonrocken och kryper ner i sängen. Jag bökar runt för att hitta en skön ställning eftersom jag vet att ett telefonsamtal med Bibi kan pågå i timmar. Förstrött petar jag bort några brödsmulor som fastnat innanför troslinningen efter frukostintaget i sängen.

- Fan, jag måste sluta med att leva mitt liv i sovrummet, mumlar jag och borstar ner spillet på golvet.

- Va? Sa du nåt? hör jag Bibi säga.

Utan att svara hugger jag tag i påslakanet som gömmer det knöliga täcket och drar upp det mot mitt osminkade ansikte. En sur doft sprider sig i rummet och ofrivilligt förstår jag att den kommer från mig. På grund av allt kaffepimplande har jag också fått problem med magen. Men jag vägrar att gå tillbaka till "Doktor Hjälplös" som skrivit ut mitt sjukintyg, trots att han nog anser att jag är ytterligare en "*toka*".

Jo, minsann! Självklart att allt sätter sig i psyket när man inte blir trodd att ha smärtor. Fast visst skulle han kunna tro att jag är ett psykfall om han visste att jag gömmer smuts-högar blandat med tidningar och reklamlappar överallt i lägenheten - och inte har energi nog att ta itu med det.

- Livrädda mig, väser jag i luren.

- Ta´t lugnt, säger Bibi på sin släpiga skånska.

- Åh, det kan du säga.

Min röst låter ynklig för jag vill att hon ska tycka synd om mig där jag sneglar på alla använda pappersnäsdukar på nattduksbordet som visar spår av sorg och uppgivenhet.

- Nu andas vi Mita. Tänk på att du lever och skit i alla klimakteriebekymmer.

Naturligtvis måste jag rycka upp mig och lägga in en annan växel. Jag fimpar cigaretten i den tomma kaffemuggen som står nere på golvet och säger hurtigt:

- Har du tankat på termosen än?

- Jo, du! Direkt när jag vaknade ur narkosen så slog jag på strömbrytaren på datorn. Sen tog jag mig till köket som i trance för att sätta på bryggaren, säger hon glatt.

- Blev pilsnergubben påsatt eller vad menar du?

- Vilka snuskiga antydningar du kommer med då, fnissar hon.

- Med ditt evighetslånga tidsfördriv på nätet har jag för länge sen förstått vad du är ute efter.

De stående rutinerna innan morgontoalett och frukost är att sparka igång datorn. Det verkar som mitt liv har tagits över av denna maskin. Den tar mig till andra världar än den verklighet jag egentligen borde vara i. Jag är så evigt tacksam för min älskade dator som jag döpt till Lucky och som håller mig ovanför vattenytan. Min underbara hårdvara kommer aldrig att överge mig och alltid vara trogen. Om den inte drabbas av ett fasansfullt virus förstås. En skrämmande tanke vore om det skulle slå ut hela databasen.

Jag rättar till mitt urtvättade Mimmi-Piggnattlinne som smiter åt runt min oproportionerliga kropp. Fick plagget av Billy julen 2003. Eftersom jag alltför sällan numera får sådana personliga presenter av honom så har det blivit min käraste ägodel. Förutom Lucky då som kostade en förmögenhet med en avbetalning på livstid.

Mitt slösurfande gör att jag kastar en blick på en dejtingsajt. Det är där Bibi håller till. Till skillnad mot mig har hon en kamera på sin dator så hon kan se vem hon chattar med. Aldrig att jag skulle visa upp mig så där för okända karlar. Och varför förresten utsätta någon för att se en överviktig surkärring på andra sidan skärmen? En gång i tiden skämdes jag inte över mitt utseende. Jag var faktiskt het på marknaden. Min figur var det sannerligen inget fel på. Med fylliga läppar och glittrande ögon drog jag till mig många mäns blickar.

Men nu har det alltså gått utför. Ordentligt till och med. Jag är alltså ägare av en laptop och den har jag ofta i sängen bredvid min huvudkudde. Kanske är det på grund av det som jag aldrig lyckats få min Billy att flytta in hos mig. I ärlighetens namn har jag ingen lust att ödsla tid på någon man, som ändå inte vet vad han vill när det är dags att bestämma sig. Antagligen är det på grund av det som jag förhör Bibi om hennes eviga raggningstips. Det kanske finns någon därute som kan rädda mig ur det träsk som jag simmar i.

Bibi har registrerat sig på fyra olika nätsajter samt tre forum. De sistnämnda måste jag i alla fall ursäkta eftersom jag själv har ett medlemskap på ett av dem. Där förekommer endast diskussioner om andlig utveckling. Och det låter ju åtminstone lite seriöst. Det går som en stormvind över hela landet och USA går i täten genom att förkunna "*The Secret. Du får det du vill*". Så här står det på baksidan av den bok som grundaren skrivit: "*Genom att tillämpa kunskapen i The Secret kan du bota dina sjukdomar, uppnå bättre levnadsstandard, bemästra hinder och begränsningar samt nå dit många vanligtvis anser vara omöjligt - dina drömmars mål.*"

Nåväl, när vi försöker nå kontakten med vårt inre kallas det i vår värld för att koppla upp oss. Den dagen jag kan öppna det tredje ögat kanske jag också får lära känna en Ambres som Sture Johansson fått göra. Det påstås att det bor en tretusenårig egyptisk ande i Stures kropp. Jag skulle också behöva någon som kunde ta över mitt liv.

På forumet diskuteras det hej vilt om andra dimensioner och övernaturliga gåvor. Många är övertygade om att alla kan ta fram dessa. Även den som är okunnig. Det gäller bara att träna hårt och anmäla sig till så många dyrbara helgkurser som möjligt. Efter tre års intensivt studerande med att meditera, affirmera, lära sig pendla och titta i kristallkulor har jag lagt det på hyllan, proppfull av besvikelser.

Men man ska inte ge upp. Tiden kommer när den är mogen säger optimisterna - och en sådan är Bibi. Jag ser framför mig denna långa resliga kvinna. Hon är smal som en vidja. Har bruna ostyriga lockar och stora cockerspanielögon som lätt kan se lite drömmande ut. Nu har jag visserligen inte träffat henne i verkligheten utan enbart sett ett foto på hennes profilsida. Hon påminner mig om Geena Davies. Den där långbenta kvinnan i filmen "Thelma och Louise".

Några fagra lockar är jag inte begåvad med. Nej, de blekblonda hårtestarna står åt alla håll konstaterar jag där i sängen. Glansen i håret har försvunnit för länge sen och jag känner mig långt ifrån som någon filmskådespelare.

Det knastrar i andra änden av luren och Bibi gör sin röst djup och hest viskande.

- Du *anar* inte vilken underbar godisbutik jag har hamnat i. Full med chokladpraliner och jag har ingen aning om vilken jag ska välja.

- Jaså? säger jag utan något större intresse.

Jag vänder mig tungt i sängen och täcket glider ner på golvet. Varenda rörelse jag utövar känns som ett fyspass och svettas gör jag hela tiden. Kan det verkligen vara klimakteriet som satt igång? Ytterligare ett hot och närmare ålderdomens undergång.

Bibi är fem år yngre än jag och hon har än så länge inga problem med blodvallningar eller hormon-svängningar. Full med livsbejakande energier utnyttjar hon marknaden med besked genom att välja och vraka. Jag fattar egentligen inte hur hon orkar vara så tillgänglig och trevlig mot alla sexhungriga män.

- Men Bibi! Är inte risken att man tröttnar om man äter av samma pralinchokladask hela dagarna?

- O nejdå! Snarare vill jag ha mer. Du vet ju att fyllningarna smakar olika, säger hon och grymtar av välbehag.

Det är alltså på ett andligt forum som jag träffat på Bibi. Denna spröda och änglalika varelse som verkade så andlig att änglarna applåderade. Hon har alltid varit den där offervilliga personen som utplånat sig själv för att andra ska lyckas i livet. Vilket innebär att hon inte har stridit för sina rättigheter och riskerat att såra någon.

Men vad har det hjälpt mig då, som genom åren varit ett rivjärn? Kanske har jag snarare skrämt iväg alla stackars satar. Man ska i och för sig inte överdriva sin rätt som en väninna gjorde en gång då hon hade bråttom och skyfflade undan en rullstolsburen som stod framför henne i kön till taxi.

"Tror du att bara för att du är handikappad ska du ha förtur va?" Något magstarkt kan jag tycka. Fast kanske behöver vi vässa våra armbågar lite för att komma framåt i livet.

Det är väl något i den stilen som Bibi mer och mer har börjat upptäcka och försöker tillämpa. Hur började hon att surfa in på alla raggningssajter då? Från sin trogna tjänstgöring hos sin man, som aldrig förstod vad närhet och bekräftelse var, tog hon till slut modet och klättrade högst upp på trampolinen. Hon gjorde därefter en djupdykning rakt ner till den undre världen; "nätdejtingsmaffian". Med andra ord: Hur man lär sig flörta och ljuga fortare än man hinner scrolla ner till slutet av profilsidan. Det är absolut ingenting hon har lärt sig av mig, även om jag har en viss erfarenhet genom att kolla in folks raggande på krogen. De få gånger jag vågar gå ut. Jag har förvisso hört det skvallras om och läst på bloggar vilka metoder som används på nätet. Har man listat sig hos tio stycken har dessa män ytterligare tio kvinnor var, som i sin tur har tio andra karlar. Man kan lätt tänka sig hur detta släktträd till slut kommer att se ut.

Egentligen har jag ju en fast förbindelse med Billy. I alla fall varannan dag, det är lite upp och ner i mitt särboförhållande. Vi ses nästan aldrig och jag vet inte om det är på grund av mig. eller för att han är livrädd att tacka nej till allt runt omkring sig.

Jag minns första gången Bibi fick napp på ett av sina kärleksforum och ivrigt ringde till mig.

- Hör, sa hon entusiastiskt. Hör här vad Hasse har skrivit till mig. "*På med störtkrukan och stilettklackarna för om en kvart kommer jag med hojen och hämtar upp dig!*"

Hon hade sett honom på bild. "*En man i sina bästa år*", som han skrev. Runt fyrtiofem. Enligt fotot såg han ut som en yngre kopia av Rolf Lassgård. Så där pillemariskt tittande under blond lugg. Han var kompakt och vältränad. Sex barn hade han tydligen avlat. Alla utflugna. *"Han var säkert en hingst i sängen"*. Efter ett mejl och några chattkvällar inne på MSN bestämde de att ses en fredag. Helt opretentiöst, hemma hos Bibi. En middag för två. Om hon fixade maten skulle han betala. Absolut inga problem. Han hade minsann varit med förr. Blev det som i Lady och Lufsen tänkte han stanna till söndag kväll.

Redan på lördagsmorgonen ringde Bibi.

- Åh, så misslyckad jag känner mig, kved hon i luren.

- Hur då?

- Ja, suck! Du skulle bara veta...

Yrvaken drog jag mig närmare sänggaveln. Tryckte den

trådlösa telefonen hårt mot mitt nyfikna öra. Det kunde bli hur spännande som helst att få höra hennes smaskiga och detaljerade historia. Om Bibi kände sig misslyckad kunde det bero på att hennes naiva tro på att män skulle vara som teddybjörnar fått sig en törn. Jag vet ju att hon egentligen inte är någon tuff och erfaren tjej som sitter och raggar på internet. Därför tror jag att hon hade hyperventilerat i panik redan på balkongen, då hon sett honom nere på gatan i en tajt skinnoverall och svarta pilotglasögon som en hojåkande Darth Vader. Säkert hade hon slagit sprintrekord i Tjejmilen när hon sprang som en vilde ut mot hallen för att desperat hålla i dörrvredet och vrida om nyckeln två varv i polislåset.

- Såg han så *faarlig* ut?

- Åh, nej då, svarade hon avfärdande.

Jag målade om min bild på nytt och såg en snäll liten farbror komma körande permobil mellan rabatterna. Han hade fejkat sina foton med tjugo år och en annan kropp. Hur många vågar stå för sina deformerade kroppar och sin rätta ålder? Att lägga in en attraktiv profil är viktigare än att ha ett bra CV. Här gällde det att plussa och ta i med råge för att få en guldplats hos det motsatta könet.

Men inte så heller. Kära Hasse hade varit hur snäll som helst. En stor packbag hade han fastmonterad på hojen. Den hade rymt en hel del godsaker. Han formligen vräkte presenter över Bibi. På nolltid hade han fyllt hela köksbordet med gåvor ovanpå hennes fint uppdukade porslin. Bland annat en iPod och några CD-skivor som hon skulle kunna spela - och då naturligtvis tänka på honom när hon inte var i hans trygga broilerarmar.

- Så snål var han inte, spädde Bibi på.

Hon fortsatte sin berättelse medan jag spetsade öronen.

- När allt var uppätet och urdrucket gjorde vi några misslyckade försök i sänghalmen förstår du.

Plötsligt hade Bibi fått en ångestattack och rusat in på muggen. Hon låg där och huttrade på badrumsgolvet med endast en liten handduk över sig som filt och sov genom den tilltänkta älskogsnatten.

- Men gjorde ni det inte?
- Jag hittade den inte...
- Va???

Jag var helt mållös och förstod ingenting. Hur kunde det vara möjligt? Denna kvinnotjusare som hade gett ett sånt intryck av tryggt självförtroende och världsvana. Hade han glömt att veckla ut det allra heligaste när han pumpat upp sina muskelmassor?

- Ja, låt dig för guds skull inte luras av guldförpackningen, muttrade Bibi mellan kaffeklunkarna.

Jag förstår att hon blivit desperat i sitt letande efter kärleken. Hon förväxlar kroppslig lust med äkta kärlek, istället för att sakta odla upp ett långvarigt förhållande som sträcker sig längre än en vecka. För vem söker inte en hjärtevän, någon att älska och dela sin vardag med?

När ålderdomen kommer behöver man en livskamrat som sällskap då vänner inte finns kvar. Eller när krafterna tagit slut, så man knappt orkar stappla iväg till köket för att byta vattnet i glaset där lösgommen legat om natten.

Det går väl an att vara ensam och oberoende när man är mitt uppe i livet och har tusen projekt att förverkliga, då när vi känner oss så upptagna att inte en lucka finns över i agendan. "*Åh, jag har så mycket att göra. Räcker inte ens över till mig själv*" brukar folk säga. Jag har hur mycket tid som helst. Det är sällan som någon frågar mig vad jag ska göra, mer än de gånger mina väninnor ska ut och dricka vin.

Men när helgen kommer sitter jag troget ensam och sörjer över att mitt liv bara försvinner - tillsammans med min företagsamhet.

VARJE HÖST HAR jag målmedvetet försökt komma igång med fysisk träning men det slutar oftast i katastrof. Jag ryser vid blotta tanken på ett gym och alla deras maskiner.
Så fort jag tittar in en träningslokal får jag gåshud på samma vis som när jag tvångsinjicerades i småskolan med en difterispruta. Det är som att befinna sig i en tortyrkammare.

Jag avskyr alla speglar som följer mig vart jag än går och påminner mig om den övervikt jag brottas med. Samtidigt som leende unga kvinnor med vältränade kroppar i slimmade kulörfärgade trikåer poserar bredvid mig. Och jag förstår att jag är ett tacksamt objekt att jämföras med.

Lagom till vårens kursprogram från Studiefrämjandet kom, tänkte jag börja på vattengympa. Det skulle vara oerhört stimulerande med simning där alla muskler får jobba. Dessutom blir man *nästan* viktlös i vatten. För en otymplig figur borde det vara tilltalande. Men redan efter att jag hade betalat i receptionen började ångesttåget komma, då nästa moment av styrka krävdes. Jag skulle klä av mig naken. Med ett stort Marlborobadlakan skylde jag min kropp medan jag raskt bytte om till min svarta baddräkt. När jag sen försökte smyga ut till bassängen hördes en barsk kvinnoröst bakom mig.

- Hallå där! Hade du tänkt smita?
Jag vände mig om och av ren förskräckelse tappade jag mitt skyddande hölje. Mitt badlakan låg som en extra valk nere på golvet. Där stod en kvinnlig badvakt i sextioårsåldern med en kropp som jag bittert avundades. Hon såg ut som hon aldrig gjort annat än att ha legat i hårdträning i bassängerna och levt ett sunt liv.

- Jag vet inte hur det är hemma hos dig men här duschar man!
Hon synade mig uppifrån och ner, samtidigt som en dagisklass på tjugo barn stirrade på mig med klotrunda ögon.

Deras fröknar försökte diskret samla ihop gruppen inför simskolan. Några nakna överviktiga kvinnor långt över pensionsåldern sneglade på mig och jag antog att det var dem jag skulle plaska tillsammans med i nybörjarnas vattenpass, så snart jag duschat.

Efter fadäsen med Gestapovakten gjorde jag raskt en raggardusch för att något försenad infinna mig i badbassängen och utöva delfinrörelser med de andra aktiva krutgummorna. Jag behöver knappast säga det men någon mer gång blev det inte med den vattengympan.

Kapitel 3

- OKEJ VEM STÅR nu i tur? undrar jag med spänning när Bibi och jag hörs av nästa gång på telefonen.

Morgonen bjuder på uppehållsväder och de tunga molnen har skingrats sen gårdagen. Jag gäspar stort och hasar ur sängen. Ställer mig framför fönstret och öppnar det på glänt. Den klarblå himlen framträder allt mer och solens milda strålar bryter fram bredvid gårdshusets gavelsida.
En solkatt dansar gäckande på sovrumsväggen. Jag följer den med blicken och fastnar på den morgonpigga grannen som energiskt putsar sina fönster i huset mitt emot.
Tänk att folk ska vara så extremt duktiga. Det retar mig att jag själv inte orkar ta bort fågelskiten som suttit fastlimmad på fönsterrutan i köket från i höstas.

Full av dåligt samvete sätter jag mig i sängen, beredd att höra Bibis morgonrapport. På nattduksbordet står kaffemuggen som jag automatiskt för till munnen. Jag grimaserar illa och spottar tillbaka innehållet. Märkligt att kaffet kan smaka så vidrigt illa när det är kallt och så himmelskt gott när det är hett och nybryggt. Förresten är det likadant med dofter. Hur de kan förändras. Varför ska det spridas en sådan hemsk odör när man blir äldre? Det är som allting upphör. Man går ner för räkning med dålig andedräkt och sura uppstötningar. Svettas gör man också och ökar i vikt. Kilona fastnar både här och där.

Det är verkligen inte många månader kvar tills jag ska kliva över medelålderns tröskel. Hur jag än försöker spjärna emot så är det ett faktum att det inte går att springa ifrån den hotande ålderdomen. Jag vet inte vad som hänt med min kropp den senaste tiden. Helt plötsligt kan jag känna hur blodet rusar inuti mig och jag blir alldeles rödflammig på bröstet. Jag förstår inte de människor som tycker att livet börjar vid femti. Är det för att vi inte har något val? Livet tar oss framåt vare sig vi vill eller inte. Hur många fitnessprogram jag än tittar på och hur mycket jag än joggar av besatthet på våldtäktsdrabbade skogsvägar eller handlar kläder som egentligen skulle passa en tonåring, går det inte att bromsa upp tiden. Det som först visar att jag inte är tjugofem är faktiskt den ständiga frågan: "*Var fan är mina glasögon?*" Naturligtvis finns de förstås inte där de borde vara. Tryggt placerade på näsan.

En väninna gav mig en gång en snodd att hänga glasögonen i om halsen. På så sätt skulle jag ha dem tillgängliga när krisen kom. Men det räckte bara att höra Billys fråga när han för ovanlighetens skull kom hem till mig en dag: "*Jaså, du har skaffat dig ett senilsnöre?*" Raskt åkte snöret direkt ner i papperskorgen. Så allergisk mot allt som förknippas med ålder och hjälpmedel är jag.

Ändå säger Billy att jag är lika sexig och vacker som när vi träffades för tjugofem år sen. Ett litet bevis för det påståendet kunde han i alla fall ge genom att skänka mig en ring. Men de senaste åren har hoppet börjat svikta och mitt tålamod har uppenbarligen nått sin gräns. Jag har kapitulerat och insett att det inte är någon idé att ha Guldfynds reklamkatalog så där *"påminnelseframme"* på köksbordet när han dyker upp. Det är många gånger jag buntat ihop en hög veckotidningar blandade med reklamlappar och lagt katalogen överst. Naturligtvis i tron att han skulle lockas att bläddra i den medan han väntade på att biffarna skulle bli klara i stekpannan. Dem som jag så kärleksfullt anrättat åt honom. Visserligen vänder sig reklamen främst till kvinnor och det verkar vara väldigt sällsynt att en karl kommer på idén att överraska sin kvinna med ett smycke, allra helst en ring.

JAG MINNS EN KVÄLL när jag mötte Billy i hallen för att med kvinnlig list få honom dit jag ville. Iklädd min svarta, sexiga Maud-Adams-morgonrock och ett par silkigt tunna stay-ups i samma färg krängde jag på honom en ögonbindel. Han skrattade lite generat, men blandat med spänning över vad jag skulle överraska honom med.

Retfullt fångade jag hans händer i mina och gav honom en förförisk kyss. Småleende ledde jag honom in i badrummet.

Därinne började jag successivt knäppa upp hans fåtaliga skjortknappar på den svarta tenniströjan. Det gick inte så smidigt att få av honom skjortan då även Billy blivit rund över magen. Inne i mörkrummet kysste och slickade jag hans håriga bringa, kittlade med tungan på hans styva bröstvårtor. Denna förförelsescen hade jag läst om i senaste numret av "*Fri Kvinna*". Jag iakttog skrevet på hans joggingbyxor för att se om han tyckte om min nya och frigjorda behandling. Nåja, fel var den inte kunde jag konstatera.

Sakta, och jag menar sakta, kavlade jag ner hans byxor så de hasade ner till fotknölarna. Under hans blå boxershorts buktade det ut rätt rejält. Tyvärr, måste jag erkänna, var det absolut ingen imponerande syn för min del. Hur sexigt kan det vara att se en karl med neddragna byxor, håriga ben och vita tubsockor på fötterna? Men eftersom jag övat på min lilla förförelsescen ett par gånger i min ensamhet ville jag definitivt inte förstöra något med en skrattsalva.

Efter lite slit och dragkamp för att få av honom den sista sockan, som satt värre än silvertejp, stod han helt spritt språngande naken framför mig förutom den svarta ögonbindeln. *"Jojo, tänkte jag, egentligen skulle jag knuffa dig rakt i karet och ta mina händer hårt om halsen på dig, din snåla jävel och kräva att om du inte ger ditt löfte om en förlovningsring inom fem röda sekunder ska du minsann bli ingjuten i badkarets botten och aldrig mera kunna stava till en guldring."*

Men, som den snälla och försynta accepterande kvinna jag
är i hans närvaro (annars kan jag vara ett rivjärn) hjälpte jag
honom naturligtvis varsamt ner i det lagom tempererade
badvattnet som jag tappat upp åt honom. Som en liten geisha
satte jag mig bredvid på badkarskanten och fortsatte att
lekande möta hans tunga. Ska jag vara ärligt så var dessa
kyssar mera än våta. Jag befallde honom att inte kika då jag
fort rusade in i köket och hällde upp två glas av hans
favoritwhisky med lite krossad is.

För att få en romantisk look tog jag fram tändaren och satte
fyr på de små värmeljusen som jag placerat inne i badrummet
på fönsterkarmen. Åh, vilken syn. Vilken fantastisk kväll det
skulle bli. Varför betala dyra pengar och åka till lyxigt spa när
man med enkla hjälpmedel kan få en romantisk stund i
hemmets lugna vrå. Det hade jag också läst i det senaste
numret. Vad denna artikel inte berättade, var att mannen
skulle hamna i ett chocktillstånd och utan en gnista fantasi att
kunna ge ett litet gensvar tillbaka... Till mig som hade slitit
fyrtio timmar i veckan på fiskavdelningen på Konsum och
dessutom fått reumatisk värk på grund av kylrum och all
paketering.

Naturligtvis hade förförelsekvällen slutat i fiasko. Värme-
ljusen hade satt eld på den långa gardinkappan. I panik
skruvade jag på duschslangen som släckte både elden och
Billys erotiska lust. Svarta flagor av aska dansade ner som
tonerna i sorgmarschen av Chopin och flöt som konfetti i
badvattnet. Och mitt i låg min Billy och kippade efter andan.

Vi åt maten under tystnad iförda varsin osexig mysoverall.
Min dyblöta exklusiva morgonrock från Maud Adams hängde
jag på tork.

- Lennart! säger Bibi i mitt öra, jag ska testa Lennart.

Jag återkommer till verkligheten och hör Bibis röst från
telefonluren. Har jag missat någon av hennes sexkandidater?

"Hingsten från Sala". "Sexiga Travolta från Hässleholm". "Busiga Benny-Lasse från Umeå".

- Lennart har inga barn. Han ser ut som han har ett spindelnät över hela kroppen och har tre stora drakar tatuerade på ryggen, en orm som gapar efter ett äpple med texten *"Din för evigt i paradiset"*.

- Men herregud! Du kan inte mena allvar, utropar jag och ställer ner kaffemuggen med en smäll på bordet.

- Inte så farligt som det låter.

- Hur länge har ni känt varandra då?

- Hi hi, ja du förstår. Bara några timmar.

Vad har hänt med denna försynta person? För bara ett halvår sen vågade hon inte ens bjuda in brevbäraren som troget lämnat posten i sju år på en kopp kaffe.

Faktum är att jag känner mig en aning medskyldig till hennes nya och frigjorda liv. Jag har länge velat se henne lätta på de översta knapparna i hennes strikta skjortblus.

Hon har levt osynlig i ett liv där hennes exman inte sett skillnaden på henne och deras silverfärgade Audi. Han har tillbringat åtskilligt flera timmar med att gno med sämskskinn på billacken än att tillfredsställa Bibi. Själv har hon trampat på sin cykel i ur och skur för att handla maten som skulle stå på bordet när han kom hem. Varken raffset eller stay-ups verkade kunna väcka hans intresse.

Det var alltså dags att lämna galärskeppet innan det skulle gå helt på grund - och hon har aldrig ångrat sitt val. Nu skulle hon äntligen ta sin revansch och visa att hon var kvinna.

- Han möter upp mig i Mjölby.

- Men du vet ju inte vem han är?

Jag drar häftigt efter andan. Tänk om hon hamnar i en skogsdunge, brutalt våldtagen, eller ännu värre, ihjälslagen?

- Var lugn, vi ska ses på ett litet fik, vi börjar där så får vi se sen.

- Vad du gör Bibi, följ inte med honom till ett hotellrum.

- Han ville i så fall göra det i bilen, säger hon kvickt.

Jag stönar åt hennes korkade svar och slänger mig raklång på sängen.

- Men han kan vara en våldtäktsman.

- Han har lämnat sitt namn och telefonnummer redan så jag ska veta vem han är.

- Du har ju ingen aning om att det han säger är sant Bibi.

- Sådana fasansfulla katastroftankar får man bara inte ha, avvisar hon bestämt.

- Ser du aldrig på efterlyst?

- Herregud. Skulle man tro allt man ser på TV och tro att det ska drabba en så får man till och med sluta upp att se på nyheterna.

- Du behöver väl inte dra allting till ytterligheter. Men visst skulle du kunna bli våldtagen?

- Om man går i kortkort ja. Och urringat.

- Så du kommer att möta honom i en knytblus och vadlång veckad terylenkjol, säger jag och skrattar.

Vi avslutar vårt samtal med löfte om att jag ska ta hjälp av ratsit.se, den där upplysningskatalogen på nätet, där både adress och personnummer på denna drakdekorerade Lennart borde finnas.

Efter att vi lagt på går jag in på MSN och chattar med Inger från Bohuslän. Vi har gått på samma kurs i andlig utveckling i norra Värmland. Vi pratar om väder och vind. Jag berättar vilket underbart liv jag har- medan jag halvligger i sängen i min tilltufsade morgonrock och kedjeröker. Jag har berättat att jag bor i en villa på Djursholm. Billy jobbar inom militären och tjänar bra. Våra två barn, tjugo och tjugotvå år, pluggar på KTH, ska bli civilingenjörer. Eftersom Billy har en ganska hög befattning så behöver jag bara arbeta halvtid och driver en egen salong inom hud och kosmetik i villan.

Jag pluggar dessutom på distans. Man har så man klarar sig, och vi åker utomlands två gånger om året. I år blir det Thailand igen. Börjar bli lite tjatigt att alltid åka dit, men vi har en god vän som äger tre hotell och då måste man ju passa på. Varje mening som kommer upp på skärmen får näsan att växa värre än Pinocchios, men det är så lätt och skönt att få drömma sig bort för en stund - och själv nästan tro att man lyckats här i livet. Vi avslutar chattsamtalet med att säga att hon snart ska komma till Stockholm och hälsa på mig. Jag är övertygad om att det aldrig kommer att ske. Och skulle hon ha vägarna förbi får jag skylla på maginfluensa. Det håller folk borta som om man hade spetälska.

Långsamt reser jag mig från sängen och stretchar ryggen. Rummet stinker av kvalmig cigarettrök. Jag hostar. Fort öppnar jag fönstret på vid gavel och viftar ut den dåliga luften. Genom öppningen strömmar sommarvärmen in och en svag vind sveper tag i gardinen. Luften syresätter mina lungor och det tunga trycket över bröstet släpper för ett tag. Jag drar några djupa andetag och känner mig lättare inombords.

En koltrast sjunger oavbrutet sitt melankoliska läte och sitter gömd bland grenarna i pilträdet. För ett ögonblick ser jag åter livet i färg och gläds över den grönska som Moder Jord har gett oss. På webbradion har man rapporterat att det är ett högtryck på väg och alla soldyrkare kommer att jubla, vilket inkluderar *häxan* som bor i mitt trapphus. När man pratar om trollen så ligger hon redan nere på gården på en pläd och blundar.

Den citronfärgade filten täcker det mesta av gräsfläcken som finns sparad mellan asfalten och betongen. Hennes kropp ser ut som hämtad ur en modetidning fastän hon nyligen har firat sin fyrtiofemårsdag. Det signalerade hon genom att sätta upp en lapp på anslagstavlan. Det skulle festas en vanlig tisdagskväll. Tanken var god och först tyckte jag att det var ett smart sätt att visa den hänsyn som jag själv brustit med så många gånger. Hon bjöd på ett fylleparty som slutade halv fem på morgonen. Då var jag så galen av ilska att jag stormade upp och ringde på. Där stod hon, med oordnad klädsel och rufsig i håret, tillsammans med två yngre män som minst sagt verkade höga på något. Hennes ögon var stora och flackande. De båda männen hade bar överkropp och muskler som skulle ha fått Lets´s dance-vinnaren Magnus att blekna. Hon gav mig ett hånleende och stack till med en fråga *"ifall jag ville vara med och leka"*? Jag blev så förnärmad att jag sen dess vägrar hälsa på henne när vi stöter ihop i trappan eller nere på gården.

Jag blänger avundsjukt på häxan och puffar ut några rökringar mot gardinkappan. Hennes bröst putar ut som två alptoppar. Det går ett rykte om att hon både fettsugit sig och opererat in silikon. Hon kunde få lite av mina tuttar tänker jag bitskt medan jag studerar hennes platta mage. Fan, det är hon som gör att vi andra får komplex. Med avsmak ser jag på min egen degiga och bleka kropp. Hur ska jag våga mig ut på en badstrand och få färg när jag ser ut så här?

Missnöjd öppnar jag garderobsdörren och river ut några kläder jag inte använt på flera år. Jag måste ha ökat femton kilo vilket är en fasansfull tanke. Det finns ingenting i klädväg jag kan ha. Det enda som passar är en tunika jag köpte från "Ellos plus collection". Den ser dessutom ut som ett jävla cirkustält på mig. Färgen är mörk fuchsia och klär mig inte alls. Ärmarna är trekvarts långa med resår och jag ångrar att jag inte genast returnerade det misslyckade köpet. Besviken på mig själv slänger jag plagget på golvet och sätter mig i fåtöljen och tjurar. Jag undrar hur denna Mita, hon som bor i en villa på Djursholm skulle göra? Antagligen har hon professionell hjälp och kan betala dyrbara privata livscoacher.

Tanken slår mig att övervikt hänger kanske ihop med att vara lågavlönad och lågutbildad. När jag bläddrar i skvallertidningar och läser om kvinnor i karriären så möts man övervägande av de som är smala. När den filosofiska analysen poppar upp dras min hand direkt mot cigarettpaketet och dagens åttonde giftpinne åker raskt in i munnen. Med den nytända ciggen mellan läpparna lyfter jag upp datorn från sängen och tar den till fåtöljen.

Jag öppnar därefter mina mejl och det väller ut reklam från alla möjliga företag. Det finns även några privata mejl i inkorgen. En skolträff i Mariestad. Den tänker jag absolut tacka nej till. Varför träffa ett gäng medelålders kvinnor som det gått bra för och som varit gifta med samma karl sen ungdomstiden? De har inte en aning om vad ensamhet betyder. Det är så himla orättvist att det är jag och inte de som hamnat på glasberget. Vore kanske en idé att skaffa en voodoodocka som får föreställa klassens *nippertippa* och använda den som nåldyna. *"Nej Mita, bli ingen elak och hämndlysten satmara nu för att livet inte gjorde dig lycklig."*

Snabbt skummar jag igenom några mejl och ser att Lottas möhippa är framflyttad. Hon har i alla fall haft tur för äntligen har hennes gubbe upptäckt att gräset inte är grönare på andra sidan. Lagom till Lottas femtioårsskiva dit cirka fyrtiofem gäster var inbjudna ställde sig P-G upp för att hålla tal trots sin oerhörda blygsel.

Där berättade han faktiskt om hur mycket han höll av henne. Efter femton års slit-och-släng-samboförhållande ville han gifta sig, Så klart jag är glad för hennes skull som aldrig varit gift. Det är på tiden att hon nu äntligen ska få gå uppför altargången. Visserligen gick hon bakom mig som tärna när jag gifte mig efter ett halvårs bekantskap. Mitt ex hade en hårpiska långt ner på ryggen och vi var med i samma motorcykelgäng. Men lika snabbt som han flyttade in lika raskt åkte han ut ur mitt liv. Strax efteråt konverterade jag till ett medlemskap hos "mogen motorburen ungdom" och blev Billys flamma.

Mejlet jag nyss fått vidarebefordras till resten av flickgardet som tillsammans med mig ska överraska Lotta på hennes frisersalong den femte augusti. Jag rycker åt mig veckokalendern som ligger på nattduksbordet för att klottra ner det ändrade datumet. Det är många veckor av tomma sidor jag bläddrar förbi, eftersom jag numera aldrig har något inplanerat. Jag kommer inte ihåg när jag träffade Lotta och tjejerna senast. Alla har de heltidsjobb och stabila relationer. Inte Agneta då som är singel, men hon är alltid i farten och har inte tid för mig ändå. Mina vänners liv är fullspäckade av åtaganden i alla möjliga sammanhang. Kanske avskräcker min ostädade och mörka tvåa dem från att hälsa på mig?

De få gånger jag lämnar hemmets trygga vrå är när jag slinker ner till kvartersbutiken för att handla det nödvändigaste. Kaffe, cigaretter och snabbmat. När jag lever så osunt är det inte att undra på att jag aldrig går ner i vikt.

Urless slår jag ihop boken och utbryter i ett bröl av leda och slänger iväg den tvärs över golvet. Den hamnar i dammet under min säng. Var tar mitt liv vägen? Jag har ingen meningsfull uppgift längre. Inte sen jag blev sjuk. I början vägrade min läkare att sjukskriva mig men när chefen hittade mig inlåst i kylrummet halvt ihjälfrusen blev det annat ljud i skällan. Ja, inte från ambulanssirenerna då, utan en förstående psykiatriker som började ta min smärta på allvar. Jag skulle få gå i terapi. En självmordskandidat måste man behandla. Nu var det faktiskt *inte* så att jag tänkte ta livet av mig den där ödesdigra dagen. Nej, inte alls. Det vara bara dörren till kylrummet som hade gått i baklås.

Efter det får jag komma på besök en gång i veckan och prata om den gången då jag bland annat tände eld på

badrumsgardinerna och höll på att åka dit för mordbrand.
Jag undrar om jag är traumatiserad av att Billy faktiskt kunde
ha brunnit inne eller om jag mår dåligt för att min
förlovningsring gick upp i rök? Vi har malt på fram och
tillbaka i långa diskussioner medan värken i både armar och
rygg fortsätter. Jag vägrar stoppa i mig flummedicin.

Personligen tror jag att min enda räddning är min laptop
som numera blivit min livskamrat och vägen ut till friheten.
Kan det vara så illa att jag fastnat i denna overkliga tillvaro?
Livet på nätet? Jag har aldrig talat om för någon att mitt liv
enbart utspelar sig framför datorn. Inför mina forna
arbetskamrater och mejlvänner låtsas jag att jag har börjat
studera på distans. För säkerhets skull har jag ett dokument i
word där jag färdigställt några kluriga frågor med diverse
poängstatus hur jag ligger till i min utbildning. Det krävs list
och stort engagemang eftersom jag gärna vill göra allting
noggrant. Inget slarv får förekomma ifall jag skulle bli
ertappad med fingrarna i kakburken.

Allt gör jag så systematiskt att jag faktiskt tror på min egen
story och läser numera på Nätuniversitet. Feministisk filosofi
och genusvetenskap. Den sistnämnda kursen hanterar
kvinnor och mäns livssituation, både historiskt sett och i
dagens samhälle. Dessa två grundläggande kurser gör att jag
på sätt och vis får ett slags självförtroende och kan känna mig
likvärdig min storasyster som numera är adjunkt med
magisterexamen.

Kapitel 4

VÄCKARKLOCKAN VISAR 13.15 och jag känner stress över att halva dagen redan har gått. Det här går inte.
Jag måste göra en uppryckning. Åtminstone gå ut och sätta mig en stund i det vackra sommarvädret.

Inne i badrummet tvålar jag in varenda centimeter hud. Det behagliga varmvattnet strilar genom duschmunstycket och jag blöter håret. Schampot bildar ett ordentligt skum mellan mina händer och med mjuka varsamma rörelser gnider jag hårbottnen. Jag har inte duschat på två veckor, känner mig som ett avloppssystem. Sen jag slutade jobba har jag inte orkat sköta hygienen. Denna vidriga insikt får mig att rysa. Det ska bli ändring på det.

Efter duschen smörjer jag in mig med en kroppskräm som jag beställt på nätet. Jag gör egentligen alla mina inköp via datorn och betalar med VISA-kortet. Egentligen skulle jag inte ens behöva gå ut. Förra veckan satt jag framför datorn en hel kväll och beställde kläder för 2767 kronor. Jag missade till och med favoritprogrammet "*Desperate housewives*".

Självklart borde jag behärska mig, men det verkar som om jag inte längre fattar pengars värde. Mitt hem består förresten snart av hela Elloskatalogen. Det är överkast, kuddar, plädar, en sängram, vaser, porslin och kläder som inte passar. Nästan lika mycket som jag får hem går i retur. Men trots att en stor del av alla inköp skickas tillbaka, har jag en skuld på sextontusen kronor och måste betala över sexhundra i månaden.

Det finns en hel del andra avbetalningar också som min prydliga mor skulle bli mörkrädd av att höra. Jag har funderat på att anmäla mig till programmet Lyxfällan.

Fast eftersom detta är ett av mina skämmiga lik i garderoben så håller jag tyst. När man pratar om dålig ekonomi låtsas jag att det absolut inte alls handlar om mig. Bibi och jag skämtar om att vi ska fixa två miljonärer runt nittio år och sätta dem i korsdrag. Naturligtvis efter att ha skrivit ett vattentätt testamente. Fast lyckan sitter ju inte i pengarna. För tänk hur det gick för Anna Nicole Smith.

Trots att jag resonerar så klokt mellan varven tippar jag varje vecka. Det är Optimist-Berra nere på Livs som trugar på mig alla tipslappar. Han har gett sig katten på att jag ska vinna. *"Enda sättet att bli miljonär"*, säger han och slår upp sportbladet framför näsan på mig *"är att satsa"*. Jag vet att man ska tänka positivt. Så står det i boken *"The Secret"*. Utan några tveksamheter ska jag tänka på mina framgångar precis som om jag hade dem. Det är bara att tro på att jag just nu fått in tretton rätt.

Jag sliter ut de värsta tovorna med hårborsten efter hårtvätten. Märker att det blivit dags att bättra på den blonda färgen. Än så länge märks inte de gråa stråna och det känns trots allt som en bonus. Men vad är det jag ser? Jag rycker åt mig förstoringsglaset som ligger på en hylla i badrumsskåpet och synar mitt ansikte. I labyrinten av rynkor upptäcker jag på hakan ett par svarta hårstrån som tränger ut som elaka monstergroddar. Det är ett faktum: Jag *håller* på att åldras... Svetten bryter fram och missmodigt inser jag att det inte finns någon återvändo till ungdomen. Urgröpt av sorg rycker jag loss de hemska skäggstråna med en sylvass pincett. För varje dag som går blir jag mer och mer lik morsan och har fått en likadan näsa också där den lilla tippen växt ut en bit. Det kan ju inte enbart bero på att jag ljuger så mycket.

Jag gör jag en grimas åt min egen spegelbild och drar i båda öronen, liknar mest en ilsken elefant. *"Jag står inte ut att snart vara ett halvt sekel gammal! Vad fan ska jag göra?"*

Telefonen ringer. Jag sliter åt mig morgonrocken och skyndar att svara. Det tar en stund att lotsa mig förbi Elloskartongerna från den senaste leveransen. Antagligen kommer jag att få lämna tillbaka en hel del igen, eftersom jag envist beställer för små storlekar.

- Mita här, säger jag med en så sensuell röst och sätter mig på sängkanten.

Jag låter bokstavligen som *Madam Mita,* hon som driver en bordell. Eftersom Billy har lovat att ringa mig vid den här tiden tar jag för givet att det är han i andra änden.

- Hej, mitt namn är Bengt-Åke Svensson och jag ringer från marknadsundersökningen *"Lust och aptit"* där vi vill veta om vanliga svenskars sexualvanor.

Jag tappar andan. Vad är nu detta? Någon måste med mig *"skämta aprillo".* Perplex sjunker jag djupt ner i sängen.

- Ja, jag kanske ska börja med att fråga om det finns någon person hemma mellan arton och sextioåtta år?

Vet inte vad jag ska säga. Känner mig fast i en råttfälla. Måste man överhuvudtaget svara på sånt här? Blicken flackar som om jag förväntar mig att någon ska komma och rädda mig. Jag kikar ut genom fönstret för att övertyga mig om att det inte är någon galning som står nere på gården och vill in. Han har säkert redan fått upplysning från *ratsit.se* och sett att jag bor ensam. Det innebär att han vet min exakta ålder och skrämmande nog även min adress. Det kan vara vilken knäppgök som helst som sökt upp mig. Man kan ju kontrollera allting på nätet numera. Det räcker att han vet mitt ovanliga förnamn. Menitha. Därefter klickar han på ”Stockholm” och alla uppgifter rasslar fram snabbare än en jackpott på enarmade banditen på Finlandsfärjan. Jag säger med myndig ton:

- Har du legitimation?
Sekunden senare förstår jag vilken idiotisk fråga jag har ställt.

Hur ska han kunna bevisa att han kommer från en marknadsundersökning genom telefonen? Jag försöker behålla lugnet och säger raskt:

- Jag har ingen lust att svara på den sortens frågor.

- Men det tar bara fem minuter, envisas han. Helt anonymt, fortsätter han.

- Anonymt?

Jag spottar ut ordet och studsar upp från sängen. Hur i helvete kan han inbilla mig att jag är anonym när han ringer hem till *mig*. Och här stannar jag i min fundering. Jag kommer plötsligt på en ännu mera obehaglig tanke. Hur i helvete har korkskallen fått tag på mitt telefonnummer? Jag som har hemligt? Naturligtvis ställer jag honom den frågan också.

- Vi verkar inte vara på samma våglängd.

Han låter besvärad på rösten och den sviktar något. Nu börjar mitt adrenalin närma sig kokpunkten. *"På samma våglängd"*. Har hjärncellerna drabbats av senildemens eller spelar han bara dum?

- Jag får tacka för samtalet då.

Det klickar i mitt öra. Snabbt ringer jag upp Bibi på hennes mobil. Jag vet att hon är på väg att träffa "Drak-Lennart". När hon äntligen svarar berättar jag osammanhängande om telefonsamtalet.

- Finns det verkligen en sådan marknadsundersökning? Hon låter förvånad men verkar tänka på något annat. I bakgrunden hör jag hur det slamrar av porslin och misstänker att hon befinner sig på en restaurang eller liknande. Jag lägger mig raklång på sängen. Mina ögon fastnar på den slokande azalean som står i fönstret och konstaterar att den behöver vattnas.

- Det kanske bara var en idiot som ville ha telefonsex? säger jag.

- Har du satt in en kontaktannons?

Bibi fnissar och gör en liten busvissling i telefonen. Vad tror den dumma människan att jag har gjort?

- Menar du allvar?

Jag suckar över hennes idiotiska fråga men hon fortsätter att hålla diskussionen på låg nivå.

- Den där Bengt-Åke kanske kan praktisera?

- Har du träffat din *dejt* än? frågar jag för att byta samtalsämne.

I korta drag berättar hon att "Drak-Lennart" dyker upp om tio minuter. Hon sitter på *Café Rulltårtan.* Ett litet fik i utkanten av stan.

- Varför möter du inte honom på krogen?

- Det blir billigare så här. Om karlen är ful kan jag dessutom avsluta dejten redan efter tio minuter. Längre än så behöver han inte för att dricka upp sitt kaffe. Jag har redan beställt två koppar och känner mig orolig i magen.

- Herre gud! "Drak-Lennart". Bara namnet låter som en knäppgök.

Bibi verkar inte lyssna och jag undrar om hon verkligen förstår vad hon gett sig in på.

- Jag är så himla *nervööös.*

- Det kan jag verkligen förstå. Ring mig så fort du är klar.

Jag hinner knappt lägga ifrån mig telefonen så ringer det igen. Min röst är vass när jag svarar i tron att det är telefonförsäljaren igen.

- **Jaha!**

- Tjena, har du käkat taggtråd?

Det är Billy. På en gång kopplar jag in *smekfull* på rösten. Mitt leende är stort. Jag lägger mig till rätta i sängen och intar en sexig pose, lättar en aning på det åtsittande skärpet på morgonrocken. Förföriskt drar jag fram mitt ena ben som om jag vore Kim Basinger i "*9 1/2 vecka*". Stryker mig lätt på ovansidan av låret. Jag tindrar med ögonen och änker på

Billys smekande och varsamma händer.

- Åh, så det är du älskling.

- Vi måste skjuta på den där dejten, gumman.

- Jaha?

Jag borde inte bli chockad, men inte heller borde jag ta det lugnt och bli den där accepterande undergivna kvinnan från fyrtiotalet. Då, när mannen kom hem när han ville och maten för länge sen hade torkat in på spisen.

Tankeverksamheten gå på högvarv och jag kokar av ilska. Oxfilén har jag redan inhandlat för 102 kronor samt en flaska Brancaia från Italien som kostat tre gånger det dubbla. Det är absolut den dyraste vinsort jag nånsin har inhandlat enbart för att vi firar silverbröllop idag. Som ogifta då förstås.

- Hoppas du inte blir besviken, men Rolle fick de sista plåtarna till derbyt mellan AIK och Hammarby. Det blir en riktig rysare.

Jag tänker definitiv inte vara förstående. Tycka att allt som gör honom glad, det ska jag också glädjas över. Det känns hårt när han bytt ut mig mot biljetter till en fotbollsmatch som Rolle varit så *snäll* och fixat?

Billy och Rolle har hängt ihop sen i början av gymnasiet. De gör nästan allting tillsammans. Är precis som Bill & Bull. Konstigt nog har Billy aldrig föreslagit en trekant. Annars delar de på nästan allting. De har till och med bilen ihop. Den stadsjeep som de stolt åker runt i nere i City och runt Stureplan. Så patetiska vi är egentligen. Här kan jag nämligen hålla med om att jag är likadan. Vill vara evigt ung, precis som Billy och hans soulmate. Kanske är därför som vi inte vågar göra slut med varandra? För vem vill ha två såna överviktiga överlevare från raggartiden som vi har blivit?

- Jag förstod att du skulle ha överseende sexy. Puss puss. Vi hörs senare.

- Grr, ropar jag högt så tapeterna nästan bågnar.

Varför dränkte jag inte *egot* i badkaret eller lät honom brinna inne när jag ändå hade tillfälle? Jag är för snäll. Alldeles för mesig. Och så jävla trogen. Egentligen borde jag göra som Bibi och slänga in ett dussin kontaktannonser och ta mig ifrån den där inkompetenta, oromantiska fotbollsnörden.

Jag förstår inte varför jag stannat kvar? Jag måste ta tillbaka mitt liv. I vrede knyter jag igen Maud-Adams-morgonrocken hårt runt min fettvalkiga midja. Den ser absolut inte ut som en midja längre konstaterar jag missbelåtet i spegeln. Nu förstår jag Billy. Såklart att han har börjat tröttna.

Han vill byta ut mig. När den elaka sanningen går upp för mig slänger jag mig stortjutande i sängen. Jag bökar runt bland täcke och kuddar. Till slut borrar jag ner ansiktet djupt i dunkudden och gråter förtvivlat. Hur blind har jag varit alla år? Att jag inte haft på känn att Billy bara haft mig i brist på annat. Jag har varit någon att komma hem till för lite snabbsex. Inga krav och ingen man offrar något för. Jag har funnits till hands när Billy har haft tid. Utplånat mina egna behov och inte haft mig själv i centrum. Aldrig någonsin. Tårarna sprutar ut och sorgen tränger sig ända in i hjärteroten. Jag gömmer mitt ansikte bakom ådriga händer, vill inte ens att väggarna ska se mig. Jag känner mig så förbannat ensam och grundlurad.

Efter att jag tyckt synd om mig själv en ordentlig stund är det dags att skärpa till sig. Om nu inte Billy tänker komma så finns det säkert andra kandidater sen ungdomstiden.

Ute i köket står det träbetsade vitrinskåpet och ivrigt drar jag ut den ena lådan. Ur röran gräver jag fram en gammal adressbok som jag vet gömmer några telefonnummer från killar jag dejtade en gång i tiden. Redan på bokstaven B hittar jag Bosse, en ganska nördig kille, men som säkert vuxit till sig vid det här laget. Förresten får man inte vara så kräsen när man själv håller på att ramma isberget.

Jag sätter mig till rätta på köksstolen och tänder ciggen innan jag med bultande hjärta knappar in hans telefonnummer. Det piper till i luren och en röst hörs i andra änden *"nummer 08- 28 82 13 har upphört. Hänvisning saknas".*
Hur dum kan man vara? Tro att denna Bosse skulle finnas kvar på samma adress och fortfarande vara ungkarl dessutom? Självklart är han lyckligt gift med någon som uppskattat hans blyghet och magra kropp. Besviket slår jag ihop boken och slänger den i soppåsen. Varför överhuvudtaget ha en massa telefonnummer kvar som man ändå inte kan använda? Jag vrider på vattenkranen och hämtar glaskannan till kaffebryggaren. Fyller den till fyra koppar och öser några skopor kaffepulver i filtret. Medan bryggaren är igång skär jag upp några skivor av en torr kaffelängd.

Om jag skulle dricka en försoningsfika med grannhäxan, tänker jag plötsligt och blir nöjd med mig själv. Jag springer upp till andra våningen och ringer på dörren. Innanför betongväggen är det tyst, medan mitt hjärta bultar hårt av nervositet. Jag ringer på igen och nu har jag bättre tur då hon öppnar. Min blick möter en kvinna i tajta, svarta träningskläder. Ett lila pannband sätter den illröda luggen på plats. Hon lägger huvudet på sned, snörper på munnen och säger:

- Hm, du jag dricker inte kaffe med flatlöss.
Därefter smäller hon igen dörren framför nosen på mig. Vilken kränkning. Det vidrigaste jag har hört. Jag ska precis ringa på igen då hon i nästa sekund rycker upp dörren. Det låter som en åskknall när den slår igen bakom henne.

Med raska steg springer hon ner för trappan till nästa våningsplan och försvinner ut genom porten.

- Jävla hora, ropar jag så det ekar i stenväggarna.
Liten hämnd är också hämnd.

Klockan är långt efter 22-nyheterna. Jag halvligger i fåtöljen
i vardagsrummet och ser som i en dimma på ett kanadensiskt
vetenskapsprogram. Det handlar om män och kvinnor som
reser jorden runt för att spränga allt från broar till lyxhotell.
Det kanske är en samling hämndlystna föredettingar som
behöver avreagera sig? De behöver göra av sina aggressioner
på något som får dem att äntligen bli sedda.

Jag stirrar på en tom, urdrucken rödvinsflaska. Den som
Billy och jag skulle ha avnjutit och tittat varandra djupt i
ögonen till. Jag har definitivt inget minne av hur vinet har
smakat. Minns bara att försäljaren på systembolaget sa att det
var från 2004 med en nyanserad fruktig och kryddig doft,
karaktär av rostade ekfat. Hur kan detta dyra innehåll få mig
att må så illa? Jag har knapp hunnit slås av tanken förrän jag
rusar in på toaletten och spyr. Allting snurrar när jag stående
på alla fyra tittar djupt ner i toaletten. Där nere ligger det dyra
vinet och oxfilén som en trafikolycka.

Aldrig mera ska jag dricka alkohol. Och aldrig mera ska jag
vara med Billy. I morgon ska jag göra en lista på mitt nya
kommande liv. *"Here I come miss Free Lady!"*

Kapitel 5

NÄSTA DAG GOOGLAR jag igenom alla möjliga tänkbara *"komma-igång-program"* och hittar ett intressant ställe på norra Gotland. Jag har länge velat åka dit. Varje sommar har Billy och jag försökt planera in semestrar tillsammans. Men utan resultat. Vi har inte alls kommit överens om gemensamma resmål då han alltid tyckt att allting är för dyrt. Nu den senaste tiden har han skyllt på min dåliga ekonomi. Som om den skulle vara orsaken. *"Du vet honey, du måste vända på slantarna nu, och jag måste jobba så jag har råd till fotbollsresorna".*

- Men Billy, en vecka tillsammans kunde vi väl i alla fall unna oss?

Det var för lite mer än en månad sen som jag tog upp det igen. Strax före som jag tänkte dränka honom i badkaret och anordnade branden. Jag hade förberett semesterfrågan noggrant. Lagat hans favoritbiffar med basilikapotatis och gett honom en fransk massage. Vad mer kunde en karl begära? Efter denna uppassning låg han proppmätt och småfjärtande i sängen. Man kan säga att han var nöjd med livet och att ha en kvinna som han kunde plocka fram ur byrålådan när det passade honom. Vore jag inte värd en veckas semester? Fri från all förbannade matlagning?

Jag var så trött på hans smutsiga tvättpåse som han alltid kom med när vi väl skulle ses. Bibi brukar skämtsamt säga *"När kommer Billy till tvätterifirman då?"* Trots att jag gjort mig till och fjäskat för honom var han stenhård och gick inte att övertala. Han hade bestämt sig och så fick det bli. Ingen kärlekssemester den här sommaren heller.

Jag masserar tinningarna för att lätta på huvudvärken. Där sitter spåren efter den blöta gårdagskvällen när jag i min ensamhet firat vårt tjugofemårsjubileum utan min träbock till fästman. Det måste till en radikal förändring, fri från den där romantikmördaren. Billy kan ingenting om äkta kärlek och förresten: Är han så bra i sängen egentligen?

Jag har läst i det senaste numret av "Fri Kvinna" att det finns tonvis av häftiga leksaker för en mogen kvinna. Dessa gör till och med mer än vad en man skulle klara av.
Lever jag verkligen på det fria 2000-talet eller har jag hamnat i en annan tidzon trots allt? Mitt liv med Billy har varit som morsans. Serva sin gubbe med tvätt och matlagning. Att bli singel är inget att skämmas för längre. Enligt Bibi finns det otaliga kandidater - och alla verkar trivas att ha ett *one night stand*. Man behöver inte ens koppla på känslorna. Det är bara att ta för sig av kroppsliga lustar om man så vill. Jag tänker inte nöja mig med att ge all min kärlek till en man i fortsättningen. Det är dags att släppa på testosteronet och bara ta för sig.

- Välkommen till singelklubben, säger Bibi när jag nästa dag sitter vid frukostbordet och ringer till henne.

Lucky är medburen från sängen och är snyggt placerad på bordet bland brödsmulor och reklamlappar. Högt och med stor entusiasm läser jag om den fantastiska spaanläggningen jag har hittat. Jag försöker verkligen övertala Bibi att följa med.

- Lyssna noga säger jag och läser:
"Från kl. 16.00 är du och en eller flera väninnor välkomna. Visning och inkvartering. Fika med kaffe/te och bröd. Sen står anläggningen med omklädningsrum, duschar, el-bastu och relaxing rum till förfogande. Lån av badhandduk, badrock, tofflor ingår.
Du får en Energi-massage eller en Taktil massage á 25 min.
(Meddela senast 1 vecka innan vad du vill ha.) Kl. 19.30 serveras en Tre-rätters middag i matsalsverandan. (Dryck ingår ej).
Kl. 08.30 morgonen därpå står frukost-buffén dukad. Efteråt får ni göra en ansiktsbehandling på er själva efter instruktion.

Därefter har ni tillgång till rummen till kl. 11.00.
Pris: 1350 kr
Stavar för stavgång finns att låna.
Du kan välja till:
Klassisk eller Aromamassage, 60 min
Topp & tå (ansikte, fötter), 25 min
Halvkroppsmassage, 25 min. Se aktuella prisuppgifter under "Vi erbjuder".
FREE LADY kan bokas alla dagar i veckan."

- Vi kommer att möta livet med andra ögon...
Bibi sitter tyst under en lång stund. Min glädje kommer av sig lite. Undrar om hon är kvar i luren?

- Ja, jag vet inte, säger hon till slut och låter osäker på rösten.

- Men Bibi, vi skiter i karlarna nu.
Det blir åter tystnad. Jag hör hur hon drar tungt efter andan och verkar vara i en annan värld. Förmodligen ett nytt ragg på gång. Eller blev det bingo trots allt med Drak-Lennart? Jag knäcker hål på tystnaden och frågar nyfiket:

- Förresten hur var det i Mjölby igår?
Hon börjar skratta. Hon vet inte var hon ska börja. Jag anar ytterligare ett freak hon mött och börjar på allvar förstå att det finns gott om dem.

- Jag satt länge och väntade på honom. Det första som får mig att tända av är när människor kommer för sent.
Jo, det kan jag hålla med om som levt med Billy boy under så många år. *"Kommer jag inte idag så dyker jag upp nästa vecka".*

- Efter fyrtio minuter hade gått tänkte jag gå. Trodde att jag blivit lurad. Men strax innan stängning dök han upp i en vit slimmad kostym, säkert av den billigaste sorten. Han såg ut som han var utsänd från maffian.

Bibi berättar snabbt. Precis som om hon vill ha sin berättelse överstökad. I min fantasi ser jag någon som liknar

en maffiaboss i Gudfadern. Kanske var det Al Capones ande
som dök upp genom Café Rulltårtans glasdörrar, i
solglasögon och med ett självlysande ektoplasmaleende? Jag
hör Bibi stöna och utbrista.

- Det var den magraste karl jag nånsin sett!
Jag förstår inte varför hon ska ha en sådan otur på dessa
träffar, tänker jag medan hon hämtar luft för att fortsätta
berätta.

- Först tittade han sig nervöst ut i lokalen. Sen sken han
upp när han misstänkte att det var jag som var "*Sexig Lady*".
Borde inte ha varit så svårt att lista ut eftersom det bara var
jag som fanns där inne. Om man inte ska räkna med
konditoribiträdet förstås. Men det var en ganska osexig tant i
sjuttiofemårsåldern.

- Varför kallar du dig för "*Sexig Lady*"?
Jag gapskrattar och tänker på alla skräcknamn som hon har
nämnt från sajterna. Bibi låter förnärmad när hon förklarar
hur allt ligger till.

- Alla har ju ett nicknamn som sticker ut lite. Och man vill
ju vara anonym i början.

- Okej, vad hände sen? Flaxade han iväg med dig under
pistolhot till hans polerade Chrysler?

- Nja, inte riktigt, säger hon hemlighetsfullt.

- Men du menar inte att ni gjorde det i bilen i alla fall?

- För guds skull Mita! Vad tror du om mig?
Ärligt talat vet jag inte vad jag ska tro, men det kan jag inte
säga. Hennes så kallade frigjorda förändring förvånar mig
inte längre. Hon avverkar ju karlar värre än regnskogarna
skövlas. Det här är inte den Bibi jag har lärt känna.
Alla våra långa och djupa ingående diskussioner inom
andlighet och meditation är för länge sen som bortblåsta.
Hon är uppkopplad överallt. På MSN, mobilen, Vilda
webben, e-kontakt, Match.com och Netlog.

Jag tror till och med att hon lagt in en profil på en sexmötesplats ifall det skulle knipa. Hon har plötsligt blivit som besatt av att nätdejta.

- Vet du vad den lilla gangsterkungen hasplade ur sig efter att han beställt in en kopp kaffe och bänkat sig bredvid mig?

- Nää, har ingen aning?

Det blir tyst ett par sekunder, sen sänker hon rösten precis som om ingen annan ska höra.

- Han pratade om...macko...nåt...mackonist?

- Du menar masochist? säger jag och vrider mig av skratt. Jisses, det blir bara värre och värre. Jag kan för mitt liv inte förstå hur hon lyckas möta alla sorter, efter att ha chattat i bara ett halvår. Hon har mycket att lära, det förstår jag nu.

- Men kära lilla Bibi, säger jag fastän jag vet att hon nästan är etthundraåttio centimeter över havet.

- Ärligt talat så visste jag inte alls vad det betydde. Men när han förklarade att han ville att jag skulle binda honom och smiska honom lite, så där lätt över skinkorna, ja, då förstod jag liksom bättre.

- Jaha, och vad sa du då?

- Naturligtvis sa jag ju att jag inte ens visste att sånt existerade.

Jag vet att hon levt med ett skynke över ansiktet de senaste tjugofyra åren men kan ändå inte förstå att hon undgått "Fråga-Olle-programmen" och alla kvällstidningar med sexexperternas utlåtanden. Där kan man ställa vilka frågor som helst utan att någon ens rynkar på ögonbrynen.

- Men du nobbade väl detta önskemål direkt?

- Jag bad om att få se hans tatueringar, säger hon utan att svara på min fråga.

- Och?

- Hade jag inte hindrat honom så var han villig att redan på plats knäppa upp sin svarta Armani-skjorta och visa mig.

Den skjortan var nog det enda av värde han ägde.

- Sen då?

- Vi ska höras via sms så får vi se. Jag behöver betänketid, svarar hon snabbt och överraskar sig själv.

- Men Bibi! Tänk dig för.

Seg i kroppen masar jag mig upp från köksstolen där jag suttit de senaste två timmarna och pratat med henne. Tre muggar kaffe har jag pytsat i mig. Den rostade mackan ligger fortfarande torr och orörd på assietten. Jag kan inte alls äta. Det vänder sig i magen på mig. Detta förstärker naturligtvis min lust att anmäla mig till ett hälsosammare liv. I alla fall tänker jag börja i morgon.

Jag tänder en cigg och drar mitt första bloss. Klockan är över 11 på förmiddagen. Askkoppen är överfylld och jag undrar oroligt hur mycket jag egentligen rökte igår kväll? Plötsligt på en ren och skär ingivelse tar jag askkoppen och slänger den i golvet. Både aska och fimpar flyger åt alla håll. Frustrerad trycker jag ner min nytända cigarett i slasken och tittar upp i taket och skriker:

- Ge mig ett liv!

Kapitel 6

I STOR FRUSTRATION går jag in i badrummet. Jag pytsar ner lite såpa i skurhinken och fyller den med hett vatten. Rengöringsmedlet sprider en frisk doft av citron när jag vaskar upp löddret med handen.

Vid köksdörren tvärstannar jag rådvill. Jag ställer ner hinken på golvet och har ingen aning om var jag ska börja. All oreda påminner om det kaos jag har inom mig. Cigarettstumparna har spritt ut sig som illgula pluggar på golvet. Jag grimaserar illa och känner mig plötsligt yr. Med en duns landar jag på ändan på stolen. Svetten bryter ut. Jag sliter åt mig handduken som hänger vid köksdörren för att badda pannan.

När jag suttit så ett tag och det värsta illamåendet gått över glider jag ner på huk för att rensa bort eländet.

Odören kväljer mig och jag måste nypa om näsan för att inte kräkas. Fimparna och resten av askan skyfflar jag upp med händerna och slänger i soppåsen. Moppen åker ner i hinken och jag blöter den i vattnet. Sen far jag med trasselsudden runt på golvet och svabbar tills det blir helt rent.

Jag hinner knapp ta igen mig förrän det bubblar i magen. I nästa stund gör jag en djupdykning i hinken. Det kniper åt som en snodd runt mellangärdet och ögonen tåras. Jag stirrar ner i spyorna och kvider ömkligt.

- Jag dör!

Benen skakar. Det känns som huvudet ska sprängas i bitar. Svetten lackar under armhålorna. Något varmt och blött sprider sig i trosorna. Jag kryper ihop i fosterställning. Håller i skurhinkens handtag som den vore en livboj. Köksklockans eviga tickande är det enda ljudet som når mina öron.

Efter en stund hasar jag mig fram på alla fyra. Jag når toalettstolen och fortsätter att kräkas. Mina fingrar nuddar mellan benen. Nej! Det är inte sant? Förskräckt rycker jag dem tillbaka och ser att de är kletiga av blod. Det är mensen som kommit igång, utan förvarning. Jag kränger av mig mina paltor. Vältrar mig över badkarskanten och vrider om duschblandaren.

Jag lutar nacken mot kaklet och låter det ljumma vattnet strila behagligt över magen. Omsorgsfullt tvålar jag in kroppen med olivtvålen och sköljer av löddret som följer med ner i avloppet. Slutligen frotterar jag mig torr med badlakanet. Blodet fortsätter att rinna och sipprar ner på insidan av låren. Huttrande river jag av en bit papper och sätter mig på toaringen för att torka av mig. Jag sträcker mig upp mot badrumsskåpet och lyckas nätt och jämt pilla fram en tampong som ligger på översta hyllan. Mina hormoner befinner sig i ett eldhav av uppror och ögonen fylls av tårar. Jag kan inte styra mina känslor för det är så satans jobbigt att bli gammal.

När jag lugnat ner mig något går jag ut i hallen. På en stol hänger mina ljusgrå mjukisbrallor och ett linne i samma färg. Raskt drar jag på mig dem. Tillbaka in i badrummet tömmer jag ur hinkens innehåll i toalettstolen. Spolar i nytt vatten och gör samtidigt rent moppen med Klorin.

Sen hugger jag tag i Lucky och bär in den till sovrummet. Där slänger jag mig ner på sängen totalt däckad. Trots att jag borde vila loggar jag in på nätet igen och läser om spa-anläggningen. Jag måste ju börja mitt nya hälsoprogram vare sig Bibi är med eller inte. Dessutom borde jag komma bort och få miljöombyte. Jag blir snart galen på att gå instängd i denna unkna lägenhet. I och för sig borde jag vara tacksam över den då jag stått i bostadskön i nitton år för att få bo nära Vasastan. Det var ju meningen att Billy skulle bo här också men på något konstigt vis har inga datum stämt in när det skulle passa för en inflyttning. Så bott ensam här har jag snart gjort i två år. Ensam tillsammans med tapeter som flagnar och droppande kranar. Varje gång jag bett min pojkvän om hjälp har det olyckligtvis, lyckligtvis för hans del, kommit något emellan. En hemmamatch till exempel.

Jag borde ta mig i kragen och åtminstone måla om. Sätta lite kulörta färger på väggarna. Jag är tvungen att göra det själv. Den sextioåriga hyresvärden är snål och dessutom glömmer han vad han lovat på grund av allt supande. Flera år i rad har han skjutit upp stambytet i vår fastighet och att tapetsera om mina två rum, det vägrar han bara att göra.

Det finns en aktiv liten grupp av hyresgäster med inbördes beundran som skickat ut en intresseanmälan angående en ombildning till bostadsrättsförening. Dessa familjer är överrepresenterande höginkomsttagare. De kan slänga upp en halv miljon på stående fot för att skjuta in som kontant- insats i ett boende. Varje gång dessa möten äger rum har jag med skräck tagit mig dit. Jag får känslan av att vara som en sork i ett trädgårdsland. Ibland önskar jag en riktig börskrasch så dessa yuppier ska drabbas av personlig konkurs. Om jag är fattig och får vända på slantarna kan de också prova på hur det är att leva ett liv som mitt. Med dessa destruktiva tankar kommer förmodligen aldrig mina affirmationer att gå i uppfyllelse, istället hamnar jag nog på gatan.

När jag räknat fram och tillbaka på priset för en vistelse på Gotland undrar jag om det inte vore billigare att åka på en sista minuten-resa till Mallis. Hälsoveckan kostar närmare sjutusen kronor för ett enkelrum. Sen tillkommer olika *"tjänster"*. Däribland en chokladinpackning i sextio minuter för 720 kronor. Jag måste ta ett banklån konstaterar jag förtvivlad. På hälsoanläggningar kan man inte ta en

avbetalning som man kan göra på en resebyrå. Om jag går i
personlig konkurs på grund av en veckas vistelse på ett spa
på Gotland har jag ingen nytta av ett hälsosamt liv. Först nu
förstår jag varför man så innerligt vill ha något man inte kan
få. Jag är alldeles fixerad vid tanken på att få åka iväg
nånstans. Men verkligheten i plånboken vill tydligen något
annat.

Jag loggar ut och stänger igen locket om Lucky. Känner
mig törstig. När jag går mot köket ser jag en hög kuvert och
reklamlappar ligga nere på golvet vid brevinkastet. En av
räkningarna är från Ellos. Jag ryser vid blotta tanken på den
stora skuld jag har. Ångestfull slänger jag avierna i en hög
ovanpå mikrovågsugnen. För att få jämvikt på det hela är det
dags för en megavinstlott.

En isande kyla blåser in genom det öppna fönstret. Jag
sträcker på halsen och tittar ut. Stora mörka moln drar ihop
sig över takåsen. I nästa stund brakar det loss. Det smäller till
ordentligt. En blixt flammar upp och automatisk tar jag
skydd bakom gardinen. Regnet vräker ner och grenarna från
vildbusken slår mot rutan. Skyndsamt stänger jag fönstret
men det har redan bildats en liten rännil på fönsterbrädet. På
vissa ställen har målarfärgen flagnat på grund av allt regnande
denna sommar. Himlen lyser upp igen och det hörs en rejäl
knall. Skyndsamt rycker jag ut alla kontakterna i lägenheten.

- Skitväder!

En cola light står i kylskåpsdörrens fack och frestar. Jag ger
inte colan en chans till förhandling utan öppnar burken och
sveper innehållet. En lång rap kommer ur munnen samtidigt
som jag kliar mig i skrevet. Kanske borde jag beställa tid hos
gyn för undersökning? Varför pratas det så lite om vad som
händer när en kvinna kommer in i kärringåldern? Det är
förstås knappast ett samtalsämne som Billy och jag diskuterat
vid middagsbordet med levande ljus, inte ens med mina

väninnor. Jag har aldrig hört dem gnälla eller varit påverkade av vare sig PMS eller menstruationsbesvär.
De verkar inte ha några problem överhuvudtaget mer än när de ska välja färg på sovrumsgardinerna.

Jag sneglar på köksklockan som visar att det snart är tid för stängning nere på Berras Livs. Egentligen har jag allt det jag behöver men en frestande chokladkaka borde jag ändå vara värd. Nu när jag slutat röka. Jag ilar ut till hallen. Roffar åt mig nycklar och plånbok som ligger ovanpå den brunbetsade byrån. Jag gömmer mina fötter i ett par stora svarta gummistövlar och slänger på mig regnrocken.

Berra har fullt upp med att stänga. Han står huttrande ute i hällregnet och försöker haka av den svartgula vimpeln som fladdrar vid sidan om butiksdörren. Den ljusblåa långärmade poplinskjortan är blöt och smiter åt som gladpack runt kroppen. När han ser mig komma lufsande skiner han upp som en värmande sol och håller upp dörren åt mig.

- Du ska då alltid komma när dagen är slut.
Han skrattar och visar upp en rad snusbruna framtänder.

Jag går in i affären och han kommer haltande efter. Det droppar regnvatten från de glesa silvergråa hårstråna som han i vanliga fall omsorgsfullt kammar över från sidan, i ett fruktlöst försök att gömma flinten. Nu hänger de i långa testar på vardera sidan över öronen och han påminner om en glasögonprydd afghanhund.

- Voff voff! skrattar jag.

Utan att han förstår vad jag tänker på skäller han tillbaka och skrattar så han kiknar. Optimist-Berra gör verkligen skäl för sitt smeknamn. Han är alltid glad och skämtsam.
Jag har aldrig hört honom gnälla trots hans polio. Det är inte mycket mer han har berättat, då han aldrig vare sig pratar sjukdomar eller gottar sig över allt elände som står i tidningarna. *"Äh, de skriver bara skit för att jag ska få sälja"*

skrattar han. Han buntar ihop dagens överblivna nyhetsblad
som ska i retur och ställer packen på golvet.

- Ska du inte tippa idag?

- Jag vinner aldrig, svarar jag medan jag plockar fram en
fiskgratäng ur frysdisken.

- Testar man aldrig...

- Så vinner man aldrig, fyller jag leende i. Jag vet.

- Nej, just det, instämmer han.

- Billy spelar på...

Jag tystnar tvärt. Varför pratar jag om honom? Det är ju slut
mellan oss.

- Jaha! ... Då var det dags för stängning.

Berra tittar på sin armbandsklocka och linkar fram mot
dörren för att låsa.

Utanför hörs ett bultande på det stora skyltfönstret och i
nästa stund dyker Ragnars fårade ansikte upp.

- Låser du redan? gastar han och vädrar sitt paraply så
vattnet yr i den lilla affären.

- Prick sju.

- Hur ska du då få kunder och tjäna stålar?

Ragnar böjer ryggen bakåt och ger mig en sidoblick medan
han spatserar mellan varukorgarna. Hans gråsprängda kalufs
syns bakom bröddisken och man hör hur han river i hyllan.
I nästa stund kikar han fram och dinglar med en påse skorpor
i ena näven och ropar:

- Har du inget annat än den här skiten?

Berra låtsas inte om Ragnars spydiga kommentar och svarar
lugnt på hans fråga.

- Det är Pågens och inget fel på dom.

Ett mörkt moln av dålig energi cirkulerar i den lilla affären.
Jag behöver få luft och komma ut. Har ingen aning om vad
jag vill ha längre. Stressad av situationen att ha Ragnar i
närheten skyndar jag fram till kassan.

Jag lägger ner mina varor på disken. Leende knappar Berra in fil och gratäng på den digitala kassaapparaten. Han pekar sen på min dubbelnougat som jag plockat från ställningen som står intill och viskar.:

- Du får tre för en tia i dag.

Han blinkar med ena ögat och stryker handen över flinten.

- Men Berra, jag borde egentligen b a n t a.

Jag formar tydligt bokstäverna med munnen så inte Ragnar ska höra. Berra skrattar hjärtligt och säger därefter:

- Äh, du som har så fina former.

Om det hade varit någon annan som sagt så till mig hade jag blivit rosenrasande. Men Berra kan säga vad som helst utan att det låter fel. Tätt bakom mig, så nära att mina nackhår reser sig hör jag Ragnar fnissa och jag känner hans unkna andedräkt.

- Mm...Visst, vilka kurvor...

Mina axlar stelnar till och jag har ett dräpande svar på tungan. Jag avskyr denna uppblåsta och märkvärdiga gangstertyp.

När jag vänder mig om möts jag av framsidan på ett bilmagasin. Där kör en tävlingsbil på en kurvig skogsväg. Ragnar skrattar och viftar med tidningen framför mitt ansikte. Han höjer på sina ögonbryn och flinar. En bild tonar upp sig inom mig av en galen professor.

- Åh, vad trodde surkärringen jag menade?

Jag kokar av ilska och har lust att köra in hans förbannade paraply hårt i magen på honom. *En riktigt stöddig jävel är du och inte ett dugg ärlig heller.* Han tränger sig förbi mig och lägger jämna pengar på disken och kilar skrattande iväg. Jag tittar efter honom och kramar så hårt om dubbelnougaten att den går mitt itu. Jag väser:

- Någon borde sätta dit dig.

NÄSTA MOGON VAKNAR jag till sol och koltrastens sagolika
sång. Kroppen är utvilad och underligt nog känner jag mig
lätt i sinnet. Som en yster liten flicka hoppar jag lekfullt upp
ur sängen. Jag hakar upp fönstret och vänder ansiktet mot
öster. Drar tio djupa andetag. Den friska och helande energin
fyller mina lungor. Jag har ju läst i "Fri kvinna" hur viktigt det
är att börja dagen med att syresätta alla celler för att bygga
upp konditionen.

Jag intar dagens första måltid med en tallrik fil och kanel.
På bordet ligger dubbelnougaten mjuk och helt orörd.
Det känns som jag vänt blad i boken och börjat på ett nytt
kapitel. Först nu börjar jag förstå livets mening genom att
kunna förverkliga sina drömmar. Och ingenting är för sent.
Det finns bara möjligheter. Energier är ständigt föränderliga
och det gäller att vara i det positiva flödet.

Senare på eftermiddagen ringer telefonen. Det är Billy som
är på väg till London för att se en fotbollsmatch mellan
Liverpool och Chelsea. Jag berättar att det är slut. Att allting
är över.

Jag vet att det är fegt att göra slut på ett förhållande i
telefonen. Ett som dessutom varat i tjugofem år. Men det är
inte alltid som saker kommer i rätt tid eller ännu mindre i rätt
ordning. Om jag nu ska bryta med allt vill jag inte vänta tills
han kommer hem om en vecka. Mitt nya liv börjar nu. Utan
övervikt, utan cigg och utan Billy.

- Har du PMS?

Jag misstänker att han vandrar inne i Arlandas taxfree för att
köpa sig en flaska Grant´s, hans favoritwhisky.

- Jag har bestämt mig nu efter alla tröstlösa år.

- Honey, vi tar det där sen. Om du inte ändrar dig så släng
för guds skull inte min sköna mysoverall.

Knastret från mobilen dör bort. Borta är Billy och borta är
mitt gamla jag. I hallspegeln synar jag mitt plufsiga ansikte

och den positiva energin är som bortblåst. Istället känner jag mig låg och gammal. *"Där försvann den lilla stunden av föränderlig energi"*, suckar jag tungt. En hålögd människa märkt av tidens gång tittar mot mig. Håret ser livlöst ut och frisyren spretar åt alla håll. Den bilden gör inte att jag mår bättre. Jag skakar på huvudet för att få mina tankar att klarna. *"Se nu till Mita att du tittar framåt och gör något åt din livssituation."*

Morskt sliter jag av mig morgonrocken och styr mina steg mot badrummet. Stående i badkaret låter jag duschen strila mot min nakna hud. De roterande rörelserna ökar blodcirkulationen som får smärtan i kroppen att avta något. Förändringens tid är kommen efter att jag drämde askkoppen i protest på golvet. Med ens har mina grå celler insett att mitt liv stagnerat under flera år på grund av energitjuven Billy. Det är dags att söka svaren inom mig, istället för att ta emot dem från en egotrippad idiot som bara har sig själv i tankarna.

Hur många gånger har jag inte försökt få till stånd ett samtal för att hela den trasiga kärna som vår relation cirkulerat kring så många år. Men han har varit hårdare än granit när det gäller att släppa på sina principer. Framförallt med att våga öppna sig för mig. Billy har en notorisk skräck för ensamheten och hans grabbgäng betyder allt för honom. Han skulle hellre rädda sin tajta kompis ur eldslågorna än sin fästmö. Och hans umgänge med sina vänner har eskalerat sen förra hösten. Den rapporten fick jag från en skadeglad Ragnar, som stött på Billy på Facebook. *"Det var en jävla massa snygga pumor han addat. Visste du om det, Mita?"*

Naturligtvis röjde jag inte med en min hur Ragnars uppriktighet sårat min självkänsla. Billy hade inte alls nämnt dessa nya kvinnor, än mindre presenterat dem för mig.
När jag tagit upp frågan vad dessa kvinnor betydde hade han skrattat och avfärdat dem som gamla klasskompisar.

Billy har varit alldeles för självupptagen. Det fanns inte en tillstymmelse av en tanke att kunna ge mig en blomma för att bedyra att jag var den enda kvinnan för honom. Full med agg mot karlsloken som gett mig så lite skruvar jag hårt om kranen och hänger tillbaka duschslangen. Jag kliver ur karet och sätter fötterna på det kalla stengolvet.

De isande vattendropparna rinner ner från nacken längs ryggraden. Jag småfryser och rycker åt mig det rosa badlakanet och torkar kroppen för att få upp värmen. När jag står där som gud har skapat mig, precis lika utlämnad som den gången jag var i simhallen, ställer jag mig på vågen. Först blundar jag och kniper ihop ögonen för att slippa se resultatet. Försiktigt sneglar jag med det ena ögat för att se den vikt som vågen visar.

Jag har inte haft mod att väga mig under dessa tio år. Istället har jag försökt lura i mig att det jag inte ser det syns inte heller. Men spegeln luras inte. Det kan jag konstatera då jag ser mig i skyltfönstret hos Berra. Det är länge sen som jag bytte ut min spegel i helfigur mot en i brösthöjd. Jag kan fantisera hur den nedre delen ser ut. Jag hoppar av från vågen som om jag bränt mina fotsulor då displayen visar åttioåtta kilo till mina etthundrasextiosex centimeter. Jag anade detta. Över tjugo kilos övervikt. I blindo störtar jag ut från badrummet. Brutalt tillboxad med den nakna sanningen om hur eländig jag ser ut.

Inne i sovrummet drar jag ner persiennerna för att hindra solljuset från att exponera min deformerade och avskyvärda kropp. Jag sliter åt mig morgonrocken. Använder den som skydd och vacklar ut till köket. I vitrinskåpet har jag medicin som jag behöver för att döva min smärta. "*Fula Mita! Äckliga Mita!*" Ekar det i huvudet. Händerna skakar och det känns som jag håller på att förvandlas till sagornas trollpacka.

Jag skruvar upp korken på min päronkonjak. Fyller upp ett

stort dricksglas. Ivrigt tar jag några klunkar och blundar hårt
när det starka tränger ner i min strupe. När den värsta våndan
är över styr jag viljelöst mina steg mot frysen. Djupt bland
panpizza och glasspaket hittar jag en färdiggjord potatis-
gratäng som jag slänger in i ugnen. Jag brassar på tre
frukostkorvar som flyter i margarin och tittar uppkäftigt mot
mig i stekpannan.

Egentligen mår jag illa av bara tanken på att äta dessa
kaloribomber. Men eftersom jag är ful och tjock där ingen vill
ha mig kan jag lika gärna fortsätta att tröstäta. Ska jag
dessutom dö i förtid kan jag sannerligen dricka mig full
också. Jag öppnar skafferiet och gräver fram några öl som
Billy vill ha när han sällsynt är här för att titta på en
fotbollsmatch.

När jag tänker på honom kan jag inte låta bli att känna mig
ledsen över min ensamhet och allt det han har utnyttjat hos
mig. För varje tugga som jag skyfflar in i min sorgsna mun
växer ett hat mot alla män som saboterat kvinnors
romantiska drömmar. Var finns det äkta och sanna?

Jag petar lite i maten och skjuter undan tallriken. Konjaken
och ölen blandas som ett drinkbål nere i magsäcken.
Efter en stund reser jag mig från bordet. Jag känner av
ostadigheten och får stödja mig mot bordskanten.
Konjaksflaskan och det påfyllda glaset vilar som trygga
gosedjur i mina händer när jag vinglar ut till vardagsrummet.
Jag styr stegen mot den gamla stereon jag inte använt sen min
ungdom. I en av mina backar står de gamla LP-skivorna som
jag en gång kunde ge mitt liv för att få äga.

Jag drar ut den ena vinylplattan från fodralet och lägger den
på skivtallriken. Ett knastrande ljud tonar ut från högtalarna.
Bitterljuvt glider jag ner på golvet. Känner nostalgi.
Konjaksglaset värms upp av mina kupade händer. Jag blundar
och lutar huvudet mot väggen. De första takterna av

American Graffitis Paradise Road gör att jag minns. Det är Billys ögon jag möter. Hans ögon när vi älskade i bilen. Tvärförbannad över min längtan till honom sveper jag glaset och häller upp mera av konjaken. Efter det blir det svart.

Kapitel 7

LÅNGT BORTA HÖR jag en telefon ringa. Det tar en stund innan jag förstår att det faktiskt är min egen. Med ben som knappt bär mig snubblar jag fram mot sovrummet för att svara. Helt utmattad slänger jag mig på sängen och landar på rygg..

- Var har du hållit hus?

Bibi låter orolig på rösten. Hur länge har jag sovit? Är det en ny dag eller vad? Munnen känns fadd och huvudet tjuter som ett helt sågverk. Jag ska precis svara henne då det åker upp och ner som en transporthiss i magen. Jag är alldeles vimsig och allting snurrar runt.

- Vänta!

Jag flyr in mot badrummet böjer mig över toalettstolen. I nästa sekund kommer lite potatisgratäng, några korvbitar och alkoholen upp. Det trycker på nere i ändtarmen. För att inte göra på mig är jag tvungen att byta plats och sätta mig på sitsen så skurhinken hamnar i mitt knä. Det rinner i båda ändar och jag tror att jag drabbats av min egen undergång. Efter en stund börjar pulsen att återgå till det normala. Jag sköljer ansiktet med kallt vatten och tvättar händerna. Tillbaka i sängen hittar jag min trådlösa telefon och fortsätter att prata.

- Jag mår så eländigt och det är så hemskt utan Billy.

Flera gånger får jag svälja för att inte spyan ska komma upp ur halsen. Jag tycker så synd om mig. Lovar en gud som jag snart inte längre tror på att aldrig mera dricka.

- Du måste få i dig mängder av vätska nu.

- Det kanske är maten? Korven kanske var gammal?

Jag låter ynklig och Bibi tröstar.

- Kan bero på alla nervspänningar också.

- På mitt nya liv, menar du?

- Njae, men du har gjort *slut* på dig själv kan man väl minst sagt säga.

Jag ryser. Samtidigt sprider sig en obehaglig hetta inuti min kropp. Några svettpärlor bryter ånyo ut på pannan. Jag mår tjuvtjockt - och måste rusa till toaletten på nytt. Det blir endast ett hulkande den här gången. På nytt blaskar jag på med vatten över ansiktet. Låter det rinna över mina handleder. *"Så återställer man pulsen"*, sa alltid "Fisk-Nisse", vår avdelningschef där jag jobbade. Jag kunde bli hysterisk när det var stressigt och folk ville handla samtidigt. *"Tag en strömming från kylrummet och släng på den över handlovarna. Jag lovar att du känner dig som människa igen"*.

Jag vinglar in i köket. Fyller ett stort glas med iskallt vatten och klunkar i mig.. Halvblundande tar jag mig tillbaka till sovrummet. Famlar efter den trådlösa som hamnat i fotändan av sängen. Varenda rörelse gör att det rör sig som ett ormbo i magen. Varsamt lägger jag mig i fosterställning i sängen och drar upp täcket över hakan.

- Jag mår så dåligt...

- Skippa vattnet Mita. Försök få i dig varm buljong, det återställer saltbalansen.

- Jag kan inte dricka annat än vatten.

- Klart du kan. Tänk på "tankens kraft".

- Vad då *tankens kraft?*

Jag spottar ut ordet tillsammans med dricksvattnet som rinner ut ur mungiporna så att jag måste torka munnen med morgonrocksärmen. Det är just på dessa så kallade *"Andliga forum"* som vi pratat om hur vi påverkas av tankens kraft. Att tro på att alla önskningar är realiteter. Varken mer eller mindre. Jag har skrivit långa listor med affirmationstankar. Läst varenda mening omsorgsfullt och noggrant i tre års tid. Varit så positiv att mamma skulle bli mörkrädd.

1. *Jag gifter mig med Billy och vi har ett bra liv.*

2. *Jag solar på däck i bikini på ett fartyg i Karibiska havet.*

3. *Jag har 13 rätt på tipset och pengarna bara rullar in.*

4. *Min lägenhet är nyrenoverad.*

5. *Jag är en berömd författare och alla mina manus är utgivna.*

6. *Jag bryr mig inte om mitt utseende.* (Här kanske universum misstolkar min önskan dock. Det jag egentligen menar är att inte vara så utseendefixerad medan de där uppe kanske tror att jag vill skita i hur min kropp ser ut).

7. *Mina plågoandar sen småskolan sitter fastmonterade i ett gruvschakt!*

Den sistnämnda punkten vet jag att man absolut inte får nämna. Det du sänder ut till universum kommer trefalt tillbaka. Så den sjunde meningen är lite av en kluvenhet ska jag villigt erkänna. Men det verkar ändå inte som jag får dessa affirmationer att verkställas i alla fall för hur har mitt liv blivit?

- Du måste läsa dessa meningar med kraft och inlevelse.

- Men jag har *gjort* det.

- Strunta i affirmationerna då och tänk lite annorlunda på din livssituation. Du kan börja direkt på morgonen innan datorns påslag med att säga: "Fan, vad jag är bra!"

- Men Bibi! Hur kul är det på en skala att vakna med en rygg som säger något annat och blommorna som vissnar. Jag kan inte ens hålla dom vid liv. Regnet står som spön i backen, pengarna sinar och... Billy som är borta ur mitt *liv.*

När han dyker upp i huvudet kan jag inte låta bli att tycka hemskt synd om mig och snyftar. Jag tycker inte alls om mitt nya liv erkänner jag för Bibi.

- Lugna ner dig lite och sök tröst hos en karl då. Glöm "egot" Billy nu och ta för dig av livet.

Jag känner klådan i underlivet igen. Blir skiträdd. Har den jäveln smittat ner mig nu? Han kanske har legat med hela

vänskapslistan som han addat på Facebook? Jag börjar genast
bläddra i min kalender för att se när vi sågs senast. Herregud!
Det är över en månad sen. Och då blev det en snabbis efter
badkarsintermezzot. Den gången tog han faktiskt bara för sig
och verkade mer som han gjorde sin plikt. Hur länge har jag
haft mina besvär? Jag känner inte längre någon tro på livet.
Det skulle fattas bara om jag drabbats av en könssjukdom
också. Jag hatar gynekologer och vill inte dit. Usch, det är
över tre år sen jag var och undersökte mig.
Det är så förnedrande att lägga sig i stolen med hela
härligheten i vädret. Så himla obehagligt. Den där jävla
spateln eller vad det är som ska dra isär hela kuttan.
Så äcklig känsla när sterila fingrar med latexhandskar ska
gräva efter äggstockarna.
   - Hallå! Har du lagt på? skriker Bibi i luren.
   - Åh, nej jag är kvar. Fick en obehaglig tanke bara.
   - Som vad?
   - Ifall jag fått klamydia eller ännu nåt värre, som gonorré.
   - Jaså? Av vem då?
   - Billy förstås.
   - Men hur skulle det ha gått till?
   - Kära Bibi, någon gång fick vi till det i alla fall.
   - Skulle Billy...? Oroa dig inte!
   - Han kan ha haft en massa andra kvinnor än mig fattar du
väl.
   - Du får väl testa dig då.
Bibi suckar med en röst som antyder att hon inte alls är
intresserad av mina problem.
   Efter att vi lagt på mår jag ännu sämre. Flera gånger
försöker jag knappa in telefonnumret till kvinnokliniken men
lägger på i sista stund. Tänk om jag är sjuk? Det kanske inte
bara är en könssjukdom jag har? Det var ju rejält som jag
blödde nu senast. Det kan ju inte vara bra. Och har jag inte

blivit tröttare? Min stora mage kanske inte bara är fett. Det kanske är något annat som ligger och växer?

Jag får panik och börjar böla. Hjärtat slår hårt innanför bröstet. Känner mig fruktansvärt rädd. Det kanske är bättre att ta sitt liv nu genast så slipper jag lida? *Nej Mita. Skärp dig nu! Ska du ha hjälp med ett liv så måste du våga ta steget.*

Jag blundar medan jag väntar i telefonen att någon ska svara. Till slut hör jag en kall telefonröst som låter mycket stressad. Jag snubblar på orden och berättar mitt ärende. Redan samma dag får jag tid. Det är ett återbud. Nu är det ingen återvändo.

På kvällen ringer jag till Bibi för att berätta. Jag halvligger i sängen med en rykande kopp te på nattduksbordet bredvid mig. Hur har jag över huvud taget överlevt den här dagen? Flera gånger trodde jag att jag skulle spy, både i taxin och inne hos gynekologen. Fan, vilken baksmälla jag har haft. Allt jag längtar efter är att få krypa ner i sängen och sova.

– Jag fick ett recept mot torra slemhinnor och magkatarr. Det var inte så läskigt ändå. Den kvinnliga läkaren var hur bra som helst. Hon förklarade vad som händer i en kvinnas kropp när man kommer in i klimakteriet. Eftersom slemhinnorna i slidan blir tunnare så blir man torr och får klåda. Mensen kan bli riklig och mer oregelbunden. Jag är alltså en helt normal klimakteriekärring. Hon sa att besvären kan bli lindrigare om jag motionerar och tänker på vad jag äter. Så nu ska jag förbaske mig banta och börja springa.

– Men så bra. Då överlever du ett år till då.

Bibi skrattar. Jag vet inte om det är till mig eller till den hon samtidigt sms:ar med. Som vanligt är hon upptagen av alla män som bara konverserar genom mobilen.

– Jag har inte fått svar på cellprovet ännu. Sen tog hon prov på klamydia och gonorré också, eftersom jag var misstänksam. Men hon sa att allt såg fint ut och att jag inte behövde vara orolig.

- Det blir ett hälsosammare liv i fortsättning nu då?

- Men att åka till Gotland får jag skippa. Verkar skitdyrt, inte minst med alla tillägg.

- Ge mig hälften av de där 7500 kronorna som den där hälsoveckan på Gotland kostar dig så ska jag bli din personliga coach.

Jag skrattar gott och tänker på Bibis röst i ett headset till och med inne på dass.

- Jo det vore en idé med telefonvägledning förstås. Du kan ju vara med mig i joggingspåret och heja på.

- Klart jag kan. Men det finns ett bättre alternativ.

- Som vad?

- Jag är säker att en vecka på Mallis skulle göra underverk. Billigare än Gotland dessutom. Vi kan affirmera och ta tag i *"tankens kraft"* i varsin solstol mellan drinkarna. Tänk dig två snygga välslimmade killar som samtidigt smörjer in oss med solskyddsmedel, säger Bibi och skrattar förtjust.

Jag tänder direkt och hinner inte tänka efter innan jag hasplar ur mig:

- Vilken pangidé! Du är en pärla... När sticker vi?

Kapitel 8

EN FÖRMIDDAG SEX veckor senare befinner vi oss på Arlanda. Vi sitter inne på O´Learys sportbar. Här har Billy suttit många gånger innan han ska iväg på sina fotbollsresor.

Caffelatten rinner ner i strupen som en mjuk och behaglig sommarvind. Bibi och jag skålar med varandra för att önska oss en bra semester. Baileysen i glaset har gett mersmak. Den är förstås inte av den kalorifattiga sorten om man nu ska tänka på att banta. Men just nu i denna stund är jag på väg till livets Mecka. Jag tänker fira att jag är en "free lady".

Tycker mig ha varit ovanligt duktig då jag lyckats med att både sluta röka och heller inte ha tillåtit mig att övertalas av Billys envisa uppvaktningar. Det är väl konstigt vad mycket en kåt karl plötsligt kan avsätta av sin dyrbara tid då geishan är borta. Tre fotbollsresor har han ställt in. Redan efter två dagar kom han hem från London för att som han sa: *"kolla läget"*. Han var väl orolig att jag i ren ilska hade klippt sönder hans mysoverall.

Men ståndaktig som en tennsoldat tänkte jag inte ge mig. Jag tog inte tillbaka ett enda ord som jag sagt den dagen han stod på taxfree för att inhandla sin whisky.

Nu ska jag bara koppla av och lämna alla bekymmer bakom mig. Och provtagningarna behöver jag inte oroa mig över heller. De visade inte något onormalt.

Bredvid mig gräver Bibi nervöst i sin Chanelväska. Till slut får hon upp sin puderdosa och knäpper fumligt upp det guldfärgade locket. Hon kisar mot den lilla spegeln som gömmer sig i dosan medan hon hastigt duttar på lite puder på näsan. Omsorgsfullt stoppar hon tillbaka sminket i väskan. Inne på taxfree har hon handlat en eau de toilette för inte mindre än 809 kr. Parfymflaskan ligger i en väl tillsluten plastpåse. Ivrigt sliter hon upp påsen för att öppna kartongen med dess innehåll.

- Men Bibi! Vad gör du?

Hon ler oförstående mot mig medan hon skruvar av korken på flaskan. Ett moln av parfym sprider sig omkring oss när hon sprutar doften på sina handleder.

- Nu får du antingen slänga din dyrbara skatt i en papperskorg eller ge bort den till någon som inte ska gå ombord på planet.

- Hur menar du nu?

- Du får varken ta med flaska, tub eller burk som rymmer mer än en halv deciliter. Alltså du får inte ha mera vätska än femtio milliliter. Din parfym är ju på hundra.

- Jaha? Vad kan hända då?

Hon tittar sig osäkert omkring och för darrande likörglaset till munnen. Sveper det i ett enda drag.

- Jo. Förstår du inte. Inne på planet finns det detektorer vid varje flygplansstol och det kommer att tjuta värre än hesa Fredrik där du sitter. Då åker du av planet innan det hinner lyfta.

- Herregud! flämtar hon och bleknar.

Jag flinar inombords. Tänk vilken syn det vore om det vore sant. Bibi kan man tydligen lura i vad som helst tänker jag road.

- Du kan bli tagen som terrorist. Det här är inget att leka med. En kille jag känner hade med sig rakkräm ombord. Han fick till och med sitta i arresten här på Arlanda. Semestern blev totalsabbad. Men man måste ju chansa i livet, säger jag och skrattar.

- Det här är inget att skämta om Mita.

- Hoppas de inte upptäcker spriten som jag gömt i botten på min resväska.

- Men du kan ju råka ut för smuggling. Är du inte klok!

Inombords bubblar jag av skratt. Stålsätter mig för att se allvarlig ut. För att slippa möta hennes skräckslagna blick sneglar jag mot pubens utgång. Den kantas av servicebutiker, caféer och restauranger. Jag iakttar familjer som förmodligen ska transporteras till soliga breddgrader. De är säkert trötta på det regniga väder som den svenska sommaren envist har att bjuda på. Jag tar den sista klunken av kaffet och tittar på Bibi. Hennes pekfinger åker fram och tillbaka i munnen av nervositet. Det är nästan så hon börjar hyperventilera.

Plötsligt skrattar jag och lägger lugnande min hand ovanpå hennes.

- Varva ner lite nu. Det kommer ingen gerillavakt och föser iväg dig med handfängsel. Du får väl charma besättningen ombord.

Bibi skruvar ängsligt på sig. Söker ögonkontakt med tjejen som serverar oss. Hon visar med sitt tomma glas som tecken på att hon vill beställa mera.

Trots att det är många resenärer på Arlanda är det ganska tomt i baren. Whiskyn kommer in direkt. Bibi ler uppskattande åt leveransen. Vi sitter tysta. Jag vill att hon ska plågas en stund till. Hon kan gott få våndas. Här slänger hon ut tusenlappar som ingenting och parfymen var inte billig.

Jag vill ändå inte förstöra stämningen och säger därför hurtigt:

- Vi hade i alla fall tur som lyckades hitta den här sista-minuten-resan för halva priset.

- Ja, skönt för dig Mita att du fick ta resan på din kredit. Hon säger dessa ord med välmening men jag känner ett styng av klasskillnad mellan oss. Som den fattiglapp jag varit under alla år borde jag inte åka.

Åren tillsammans med Billy har varit en värld utan tillstymmelse av semester. Han har aldrig bjudit mig på en enda resa. Själv har han haft klippkort på alla hotell världen runt. Under vår tid tillsammans har jag bara funnits troget till hands och tagit emot hans skitiga kalsonger när han kommit hem. Jag blir genast bitter när jag tänker på snåljåpen.

– Inte ens en chokladkartong hade den jäveln med sig.

– Vem då?

Bibi börjar bli påverkad av den sprit hon tömt i sig. Hon ler fånigt och tittar med simmiga ögon mot mig.

– Menar du din kära Bi... illy, så kan jag trösta dig med att min idiot var ännu värre.

Hon gör en yvig gest med ena handen och välter ut det nästan tomma glaset på bordet. Jag antar att "idioten" är hennes före detta man. Hon stirrar på duken där whiskyn lämnat en fläck.

– Jaha! Nu måste jag beställa in mer sprit.

Hon befinner sig i en frizon nu och har deklarerat att hon minsann inte tänker vara en torris. För säkerhets skull dubblar hon beställningen så hon kan dricka två samtidigt.

– Ska du verkligen tanka på så mycket? Det är ju bara morgon ännu.

Nog kan jag supa loss men det finns trots allt en viss moral hos mig. Bibi blir plötsligt gravallvarlig och spänner blicken i mig som när en falk spanar in sitt byte. Några svettpärlor syns på hennes överläpp. Hon nyper hårt tag om min ena arm och säger:

– Jag går inte ombord!

– Vad säger du?

Hennes mun är hopknipen som ett streck. Ansiktsfärgen skiftar i blossande rött.

– Tänker du på parfymen? Självklart skojade jag med att det tjuter på planet. Förresten tror jag att det är okej att ha en parfym som inte överstiger en deciliter. I ditt fall hamnar du på marginalen. Men är du så himla orolig kan du väl ge parfymen till serveringstjejen. Hon som var så trevlig.

Men hon skakar nekande på huvudet. Jaså? Det gäller inte parfymen. Kan det möjligtvis vara mobilen? Har hon glömt sin älskade nallebjörn? Det vore väl det enda skälet som skulle hindra oss från att åka.

- Ja vågar inte, piper hon fram.
- Vaa?
- Jag är flygrädd!
- Men...?
- Har aldrig någonsin flugit tidigare förstår du.

Hon tar servetten och snyter sig våldsamt. Hennes ögon tåras av skräck. Frånvarande för hon whiskyglaset till munnen i tron att det ska rädda henne. Jag måste till varje pris få henne ur dessa dumheter.

- Det kommer att gå bra. Att störta är lika liten risk...
- Tyst! avbryter hon och ögonen flackar åt alla håll.
- Men du kan inte vägra. Inte nu!

Jag tänker inte ett ögonblick på hennes fasansfulla rädsla. Har ingen som helst lust att förstå hennes fobi. Just nu är jag bara ett superego - för jag tänker *inte* missa min välbehövliga solsemestern på grund av att Bibi backar ur. Hon borde ha sökt hjälp för det här tänker jag ilsket.

Och det långt tidigare än här på Arlandaterminalen. Om jag inte kan övertala henne att gå ombord på planet så kommer inte jag heller att kunna åka. Det inser jag. Utan att ens fundera mycket längre beställer jag snabbt in en ny drink åt henne. Jag låter henne prata på om livet och alla komiska nätkontakter hon har träffat, medan hon omedvetet dricker sin sprit.

- Tänk när jag öppnade mejlet ...det vaar...den st...örschta jag sett för...stå...r du? sluddrar hon.

Jag överlåter min halvdruckna drink till henne medan hon berättar vidare. De hade genast bytt mejladresser med varandra. Hon hade trott att det var en schysst kille. Intet ont

anande hade hon öppnat sin inkorg och funnit en närbild på
hans kraftfulla stånd.

- Åh, vad äckligt!
- Den...djävulen... skaa...jag faan i mig flå.

Hon hade raderat mejlet direkt och blockerat honom. Efter
den incidenten ska hon aldrig röja sin identitet på dessa sajter
lovar hon.

- Men Bibi! Du verkar ju inte ha lärt dig.
- Ha...har jag inte?
- Alla karlar du träffar då "in real life"?
- Tja men... de har inte fått min... mejladress..
- Ibland undrar jag vad du tänker med.

Jag suckar. Låter henne bubbla på och lyssnar bara med ett
halvt öra. Diskret försöker jag hålla koll på klockan. Det är
mindre än en halvtimme kvar tills det är dags att lätta från
stolarna.

Precis som en tidsinställd bomb som i sista sekunden
desarmeras är nu Bibi med på noterna. Hon tycker att det ska
bli riktigt roligt att flyga. Spriten har gjort verkan i hennes
instabila sinne. Med vingliga ben stödjer hon sig på mig när
vi ska gå ombord. Jag har fullt sjå att stötta upp mitt packade
resesällskap och ta hand om vårat handbagage. Två
markvärdinnor kollar våra biljetter. De ler menande mot
varandra när Bibi lyfter upp den ena armen och sjunger:

- Eviva España!

Falska toner ljuder när hon lämnar terminalen och går mot
bryggan som ska ta oss ombord.

Kapitel 9

PLANET ÄR EN Airbus 330 och rymmer uppåt tvåhundra-
femtio passagerare. Våra platser är vid vingen några få rader
från toaletterna och utgången. Kabinpersonalen informerar
om flygsäkerheten och visar oss syrgasmaskerna. De berättar
vidare om sina tjänster ombord, om underhållning och även
vilka filmer de visar. Det finns två olika menyer att välja på.
En heter "easy meal" för den som vill äta lite och lätt. Den
andra är en "holiday meal" med mera kaloriintag, för dem
som inte har bekymmer att komma i sina badkläder.

Vi flyger högt ovan molnen med Sunclass Airlines. Bibi har
fönsterplats och har redan somnat i flygstolen.
En dryckesvagn med diverse snacks ställs i mittengången
bredvid min plats. Folk beställer. Det korkas upp
kvalitetsviner, öl, sprit och läsk. Även jag köper något
drickbart att läska mig med och vänder mig mot Bibi.
- Ska du ha?
Det hörs bara ett rosslande ljud från henne. Rösten låter
värre än min spruckna, jag som varit storrökare i tjugofem år.
Hon halvligger i en konstig ställning i stolen med gapande
mun. Hennes långa slanka ben har hon på något underligt
sätt lyckats tråckla in under sitsen. Hon ser nästan tvådelad ut
där hon med djupa och tunga andetag sover sig igenom sin
flygskräck.

Inte heller är hon den sportiga typen. Ett halvårs chattande
och närmast boende framför datorn, har då rakt inte
förbättrat hennes kondition. Jo, möjligtvis i fingertopparna då
efter allt tangentbordsknappande.

Jag kikar ner på min mage. Den ligger som en jäsande
vetebulle över säkerhetsbältet. Först nu fattar jag att det inte
har hänt nånting med den påbörjade bantningen.

Efter att det tog slut med Billy har jag tvärtom gått upp nästan fyra kilo. Det har inte alls varit som i reklamfilmerna, där snygga och vältränade fitnesstjejer ler i sina åtsittande neonfärgade träningskläder med ett nikotinplåster på armen. Istället för ciggen till teven har jag tagit chokladkakan. Istället för ciggen till kaffet har det blivit ytterligare en kaka. Hur ska jag komma i baddräkten?

Hur ska jag överhuvudtaget våga visa mig i den? Som en valross kommer jag att breda ut mig och ta plats på halva Mallorca. Jag har läst på nätet att det finns ordentliga gym i Palma. I kombination med att simma i poolen kanske jag kommer att hitta fram till min midja igen.

Jag sneglar på Bibis trådsmala kropp. Hur kan två personer se så olika ut? *"Fyrtornet och Släpvagnen på semester"*, suckar jag tyst för mig själv och lägger dystert mina händer över min tjocka mage. Hon har haft alldeles rätt i att vi båda måste förändra dåliga vanor. Det ska vi göra nu genom att bryta våra invanda mönster. Jag ska få en puff i rätt riktning med ett individanpassat motionsprogram. Bibi ska arbeta med att lära sig att säga ett bestämt *nej* till alla flåsiga och ivriga karlar på nätet. Hur det nu ska gå till.

Det är lite kyligt i planet och medresenärerna vrider fram och tillbaka på ventilationssystemet som reglerar luften i kabinen. *Om de kunde ge sjutton i att skruva så förbannat. De är ju för det mesta rätt inställda,* tänker jag småirriterat.

Efter en stund kommer maten in. Jag viftar bort den som är ämnad till Bibi. Min salladstallrik ser fräsch och nyttig ut inuti plastförpackningen. Med hjälp av tänderna försöker jag bända bort det genomskinliga höljet. Till slut lyckas jag. Magen kurrar och jag slukar varenda gurkskiva som finns kvar på tallriken. Jag sköljer ner alltsammans med ett glas vitt och känner värmen återkomma i min frusna kropp.

Om jag bara fick sova en stund så tröttheten försvann och

vakna pigg som en lärka. Jag har varit vaken sen fyra i morse
och skulle behöva sova minst tre timmar till. Ögonlocken
åker upp och ner men det går ändå inte att slappna av.
Flygplanets dova mullrande och de höga skrattsalvorna från
ett gäng ungdomar bakom oss stör mig hela tiden. Barnens
tjut och smatter från Nintendo Gameboy får mig att koka
över. Jag hade banne mig köpt den här resan för att få en
välsignad semester vilket inte borde innebära att tvingas
vistas i en lekstuga.

- Är hon full?

Jag studsar till då frågan kommer helt utan förvarning.
Bredvid mig i mittengången sitter en ljushårig flicka i
sexårsåldern med stora allvarsamma ögon. I händerna har
hon en leksaksapa som hon snurrar fram och tillbaka.

- Min pappa brukar också sova så där när han har druckit
sprit.

- Jaså?

- Aa, så där med gapande mun, så allt blött rinner ner på
hakan.

Jag ler lite besvärat och vet inte vad jag ska tycka om den
frispråkiga unga damen. Vilka ouppfostrade snorvalpar det
finns nu för tiden. Säger rätt ut vad de tänker.

- Så du tror att så fort en vuxen sover är man full?

- Nä, men jag såg och hörde er när ni gick ombord. Tanten
fick ju ledas in ju, säger flickan sanningsenligt.

Det är fasligt vad ungar är nyfikna. Allt ska de ha reda på.
Tjatar gör de och ska ha svar tills man ger upp. Dessa
parasiter skulle man ha med till chefen i en löneförhandling.
Så jäkla skönt att jag aldrig nånsin har skaffat mig barn. Jag
försöker byta samtalsämne.

- Ska du på semester?

Hon nickar och spricker upp i ett leende. Jag ser att det
saknas två framtänder i överkäken. För ett ögonblick smälter

jag som ett isblock í solen. Kanske är barn oförargliga ändå?
Men ändrar genast min inställning då hon pekar på mig.

- Min mormor har också en sån där tjock mage.

- Jaså?

- Men hon är snäll i alla fall, skyndar hon sig att tillägga.
Ta mig härifrån! Jag hoppas på ett mirakel. Att flickan ska bli
flygsjuk och spy i en brun påse. Jag avbryts i min bisarra
tanke när en ung kvinna dyker upp i gången, troligen hennes
mamma.

- Skulle inte du gå på toaletten? Det var inte otäckt därinne.
Kvinnan sätter sig bredvid flickan som viskar högt. Det når
naturligtvis mina öron.

- Mamma, hon med tjocka magen har en full tant bredvid
sig.

- Sch, så säger man inte.
Kvinnan lägger milt handen över ungens mun för att tysta
henne.

Bibi sover sig igenom frågvisa ungar, stormar och
syrgasmasker. Under tiden upplever jag ordentliga luftgropar
som till och med får mig att gripa tag i hennes slappa arm.
Vi åker igenom ett kraftigt oväder över Frankrike. Det
blixtrar och man kan se ordentliga skyfall från stora mörka
moln. Planet hoppar och många passagerare tittar sig oroligt
omkring. Jag försöker frenetiskt få ögonkontakt med
stressade flygvärdinnor för att se i deras blick om de försöker
tona ner att något dramatiskt är på gång i flygplanet. Brukar
det verkligen knaka och vibrera så här? Men flygbesättningen
arbetar på som vanligt. Passar upp, korkar upp och serverar.

Efter en timmes skakande flygresa närmar vi oss till slut
flygplatsen i Palma. Där är vädret strålande med klar sikt på
vägen ner. Trots att det rycker lite i planet vid inbromsningen
blir landningen mjuk. Vi hinner knappt ta mark förrän folk
sliter upp säkerhetsbältena för att ta sig ut till den tropiska

värmen. Själv är jag ganska knäsvag när jag sätter ner mina
fötter på Son Sant Joan. Det är nog bara Bibi som inte märkt
nånting av turbulensen.

- Tänk att min flygrädsla är som bortblåst, kvittrar hon.

Flygplatsen ligger åtta kilometer österut om huvudstaden
Palma de Mallorca. En transferbuss hämtar upp oss för att
köra till våra respektive hotell. En bred och trafikerad gata,
kantad av exotiska palmer tar oss mot centrala Palma.
Vi passerar den pompösa katedralen La Seu.

Bakom den ligger Gamla stan med sina snirkliga gågator.
Jag känner mig upprymd att befinna mig på platsen som bara
för ett par dagar sen fanns i en resekatalog.

Det är varmt inne i bussen och luftkonditioneringen når
inte oss passagerare. Tyget på min trånga Sverigetröja klibbar
fast på kroppen och för första gången längtar jag efter
kylrummet på fiskavdelningen. Jag stönar och vänder mig till
Bibi.

- Jag dryper av svett.

Det är flera än jag som utsöndrar sina odörer. Folk viftar
med reklamlappar för Bodybar, som någon på flygplatsen
delat ut.

- Det ska bli *såå* underbart att ställa sig i duschen, svarar
Bibi med ett leende, samtidigt som hon plockar fram mobilen
ur väskan.

Jag hör upprepade pip från den och misstänker att hon fått
sms från en av sina nätkarlar. Hon fnissar för sig själv när
hon läser på displayen och klickar raskt tillbaka ett svar.
Hennes tumme knäpper elegant på de små knapparna som
när en telegrafist under krigstiden knackade iväg koder enligt
morsealfabetet.

- Jag har fått tre sms från mina "älsklingar".
- Jaså, säger jag ointresserad och blundar.
- Där är hotellet!

Bibi skriker till. Hon reser sig upp ur sätet och viftar. Chauffören tutar ilsket på en bil som parkerat framför hotellet. Bussen gör en tvär inbromsning. Bibi faller handlöst ner på sitsen och slår till mig i ansiktet med mobilen i farten.

- Du är livsfarlig!

Jag grimaserar illa och skyddar mitt högra öga med handen. Har inte åkt utomlands för att komma hem i ett paket, och den här början verkar ju vara oroväckande.

- Förlåt mig Mita. Jag blir så sprallig, vet inte om det är på grund av spriten eller glädjen att vara här.

En neonskylt lyser upp hotellets namn med röda feta bokstäver. Bibi kliver ut från sin plats lika smidig som en katt. Jag känner mig däremot tung som ett kassaskåp när jag reser mig upp. Min kroppshydda är definitivt inte anpassad för trängsel i bussen. Ju mindre jag vill göra mig desto mera sväller jag upp.

Väl ute på trottoaren känns det befriande att äntligen stå ute i det fria. Chauffören hjälper oss att få ut resväskorna och ställer dem framför entrén. Skrattande säger han något på spanska och skakar på huvudet, innan han hoppar in på förarplatsen.

- Var det bara vi som skulle av här?

Bibi snurrar runt som om hon letar efter fler hotellgäster. Från bussens sidoruta hör jag knackningar och jag möts av en liten vinkande hand. Den tillhör flickan från planet. Av ren reflex vinkar jag tillbaka. Jag förnimmer en viss värme inombords där hon försvinner mot okänt mål.

Hotellet är litet och ägs av en privatfamilj. Det har vi fått veta från reseledaren som mötte oss på flygplatsen. Entrédörren är gjord av massivt glas och mycket tung och i foajén uppe i taket roterar en svalkande casablancafläkt. Standarden är enkel. De få möbler som finns vid entrén utgörs av en utsliten soffa, ett cigarettfimpsärrat bord och två bruna pinnstolar. Det står en sömnig gråhårig spanjor i medelåldern bakom disken med dagstidningen uppslagen framför sig. Han verkar mera intresserad av det han läser än att ta emot sina gäster.

Utan att lyfta blicken från tidningen tar han nonchalant fram en nyckel och mumlar *"Bienvenido"*. Hövligt tar jag emot nyckeln och vänder mig mot Bibi.

– Han har nog ätit ättiksyra till frukost.

– För lite sex antagligen om du frågar mig.
Bibi fnissar och knuffar mig milt i sidan. Jag skakar på huvudet och suckar. Tror hon att livet bara går ut på att vältra sig i lustar? I hennes hjärna existerar inget annat än kärlekens språk.

– Underligt att han inte skrev in oss eller tog emot våra pass, påpekar jag.

Ögonen på Bibi snurrar runt som bingohallens nummerbollar när hon försöker lokalisera sig. På dörren till hissen sitter en lapp fasttejpad skriven på spanska: *No funcionar.* Hon rycker flera gånger i handtaget.

– Är du säker på att det är ett hotell?

– Enligt deras neonskylt så.

Min röst låter allt annat än pigg. Jag suger tag i resväskan, trär mitt handbagage över axeln och går mot trapporna upp till rummen.

– Det finns massor av reklampelare som gömmer porrklubbar, så den sortens skylt ger inte hotellet några extra poäng, fnyser Bibi tätt bakom mig.

Jag känner hur mitt humör börjar svikta. Det blir inte soligare av Bibis klagan. Det enda jag längtar efter är att få sova.

– Även om hotellet verkar skabbigt så hoppas jag det finns en skön säng. Jag måste vara utvilad om jag ska orka motionera i morgon.

- Tillåt mig småle men det ska verkligen bli intressant att ta del av ditt välplanerade späkningsprogram.

Bibi ger mig ett roat leende som jag inte låtsas om. Jag är alldeles utpumpad och benen darrar våldsamt när vi äntligen står på tredje våningen. Det är här vi ska bo. Jag släpper ner resväskan på golvet för att låsa upp. Nyckeln åker fram och tillbaka i kolven, utan resultat.

- Förbannat också.

- Ge hit!!!

Bryskt knuffar Bibi undan mig och sliter åt sig nyckeln. Hon stånkar och stönar. En blöt rand blir synlig utmed ryggraden under sidenblusen.

- Jag har ingen lust att behöva be den där sömniga typen om hjälp.

- Ta det lugnt nu och andas! Tänk på chakrabalansen, säger jag leende.

Situationen påminner om Dupontarna ur Tintin som ska ta sig in på ett hotellrum. Bibi är blodröd i ansiktet och upprörd. Jag väntar bara på en stor explosion från henne.

- Dörrjävel!

Hon skriker högt och jag misstänker att portiern måste höra oss. Jag skrattar smått hysteriskt, kryper ihop och sätter mig på den vinröda men fläckiga heltäckningsmattan. Hon är fullt upptagen och ger dörren en ordentlig spark så damm flyger åt alla håll. Jag viftar bort rökmolnet som dansar omkring oss.

- Oj! Här var det välstädat ska jag säga.

Bibi rycker i handtaget. En hostattack avbryter hennes försök. Hon sätter sig på huk och försöker lugna ner sig. Efter en liten stund är hon åter igång och sliter i dörrvredet. Hon fumlar med nyckeln och rycker i låset.

- Har du dynamit?

Hon beter sig hysteriskt. En tredje spark viner i luften. Springande steg hörs uppför trappan. Jag vänder mig om och ser hotellportieren. Ansiktet är rödbrusigt och svettpärlor droppar från hans panna. På en sekund ställer jag mig upp. Hans utseende gör att jag knappt kan hålla mig för skratt.

I handen dinglar en nyckel som jag anar ska öppna pärleporten. Efter bara några sekunder har han vridit om låset. Han visar med en gest att det bara är att kliva in.

Just som han ska ila tillbaka ner för trappan ändrar han sig och säger bryskt:

- Los pasaportes!

- Aha, så kom det till slut, suckar jag och gräver fram passet ur handbagaget.

Han tar emot våra pass som ser ut som två frimärken i hans väldiga nävar. Bibi ruskar på huvudet och ser honom försvinna ner för trappan med hisklig fart.

- Hur i helsike tog han sig hit som hade näsan tryckt mot tidningen?

- Ja, inte vet jag? Han hörde väl ditt vrål och trodde antagligen du skulle riva hotellet.

- Du, det hängde på håret ska du veta.

Luften är instängd och kvalmig. Rummet känns som max tio kvadratmeter. Ett litet bord står mellan två enkelsängar som är placerade utmed långsidan. I hörnan till vänster om fönstret finns en fåtölj och en golvlampa.

Bibi skjuter in resväskan mot fåtöljen och håller hårt i sitt handbagage. Hon synar kritiskt rummet uppifrån och ner.

- Har vi varken toalett eller dusch?

- Nej, men vi har ett handfat. Det andra finns nog ute i korridoren.

Hon vrider genast på kranarna. Först händer det ingenting, men sen brusar det i rören. Efter ett par sprutt kommer en brunaktig sörja som luktar rost. Porslinet i tvättstället är slitet och har sina år på nacken.

Utmattad lägger jag mig i sängen och blundar. Jag kämpar

tappert för att hålla tårarna tillbaka. Vill inte visa Bibi att jag också är besviken. Det känns som alltsammans är mitt fel. Jag sparkar av mig mina klibbiga ballerinaskor så de studsar mot väggen. Vit torkad målarfärg faller som snöflingor och lägger sig i en liten hög på golvet. Jag bara väntar på att hela rummet ska rasa ihop. Svetten sprider sig i rännilar överallt på mig. Under armarna, i nacken, på ryggen och mellan tårna som jag försöker vädra. Jag längtar efter att få slänga mig i en svalkande pool.

Bibi är missnöjd och det visar hon genom att vägra sätta sig. Hon vankar av och an i det lilla rummet. Jag försöker muntra upp henne.

- Vi har ju tak över huvudet i alla fall.

- Det är väl det enda också.

Mina ögon fastnar på en liten tavla på väggen med ett motiv från en tjurfäktning. Matadoren har precis vunnit sin seger och pekar stolt på svärdet som gett kampen ett slut; dödsstöten.

Den handmålade tavlan får mig att rysa och stämningen mellan Bibi och mig känns frostig. Jag vill inte hamna i en depression igen, inte när jag kommit hit för att börja leva. Det är helt otroligt. Här ligger jag på en säng i Palma precis som hemma. I samma rum finns en nippertippa som vägrar rycka upp sig. Hon verkar ha tappat all gnista för att hotellet inte varit femstjärnigt.

Nu har vi faktiskt valt att åka ospecificerat - och då får man räkna med att dra en nitlott någon gång. Det är inte mycket som hon har genomlidit när det gäller att bo enkelt. Men så har hon aldrig varit utomlands tidigare heller. Självklart har hon trott att allt naturligtvis ska vara som i en resekatalog.

Ett knarrande ljud hörs från sängen när Bibi äntligen sätter sig och pekar.

- Titta! Inte ens taket är helt på det här stället.

Utan något större intresse vänder jag på huvudet. Jag noterar en obetydlig rispa bredvid taklampan. Jag är väl medveten om att min ton inte låter len som honung.

- Åh, herregud, då skulle du se mitt tak. Lever du som en prinsessa hemma eller...?

Bibi kommer att gå mig på nerverna om hon fortsätter att beklaga sig över alla oväsentliga saker. Vi är ju äntligen på Mallis. Om hon hade mitt liv under en vecka så skulle hon säkert fått ett psykbryt för länge sen.

- Hoppas man kan bada i alla fall! Eller befinner jag mig fortfarande på flygplatsen?

För att motbevisa den saken studsar jag upp ur sängen, öppnar fönstret för att kika ut. Ljud från hög och intensiv trafik väller in i rummet.

Nere på gatan kör motorfordon och vibrerande oväsen hörs från asfalten. Jag sträcker mig ut så halva kroppshyddan vilar tungt över fönsterkarmen. Försöker sniffa mig fram till havsbris eller klorvatten. Kanske ligger poolen mitt i den fyrfiliga trafikled som separerar vårt hotell från de livliga uteserveringarna på andra sidan?

- Stäng!

Hon skriker ut ordet och slänger sig på rygg ovanpå bädden med armarna i kors. Fönstret är skevt och gångjärnen hänger på trekvart. För att inte få hela rutan i handen låter jag det vara öppet genom att haka fast det med en spärr. Det börjar likna en fars där allt elände inte kan bli värre än det redan är.

Och Bibi fortsätter sitt klagande så det osar negativ energi i rummet. Mitt tålamod ligger nu på bristningsgränsen. Om hon inte håller käften snart sliter jag loss rutan och slår den i skallen på henne.

- Dålig luft är det också.

- Men Bibi! Hur var det nu med *"tankens kraft"* som du talade så varmt om? Att vara positiv.

Jag säger meningen med syrlig underton. Hennes svar uteblir.
Istället vänder hon sig på magen och borrar ner ansiktet i
huvudkudden. Jag misstänker att hon ligger i sängen och
tjurar. I helsike att jag tänker be om ursäkt.

Min röda resväska står på golvet. Trots tröttheten lyfter jag
upp den på min säng. Jag plockar upp kläderna, stuvar in
mina T-shirts och shorts på en hylla i den teakfärgade
garderoben som står trygg som en dörrvakt i tamburen.

Borta från den andra sängen hör jag Bibi andas med djupa
och lugna andetag. Hon har somnat. Jag plockar fram en
trägalge så tyst att jag kan för att inte väcka henne. Pang!
Ljudet av tre stycken andra hängare brakar till när de åker ner
på golvet. Bibi far upp och stirrar på mig med förskräckta
ögon.

- Bygger du om eller vad håller du på med?
Nä, nu jäklar får hon bli på bushumör. Impulsivt hugger jag
tag i en av klädhängarna. Jag rusar skrattande till anfall mot
henne och petar med mitt vapen i hennes mage.

- Ryck upp dig din gamla griniga häxa!
Först motar hon irriterad bort galgen som jag rört henne
med. Jag gör en grimas. Till slut skrattar hon också och
knuffar mig åt sidan. Hon skuttar upp och tar skydd bakom
fåtöljen. Jag hugger tag i min kudde. Slänger den mot henne
så hon duckar. Nere på golvet står hennes resväska och hon
fiskar upp en rakkräm. Jag backar undan medan hon snabbt
skruvar av locket. Skadeglatt riktar hon flaskan mot mig.
Reflexmässigt lyfter jag upp det lilla bordet och söker skydd
från min motståndare. Jag känner mig som en stridande
elefant mot en ståtlig riddare.

- Du skulle bara våga, skrattar jag andfådd.

- Tror du inte? Ingen, inte ens du kallar mig för häxa ska du
veta.

Den strama Bibi är plötsligt försvunnen. Det lyser spex och

barnasinne om henne. Våra tjut överröstar vårt spring bland resväskor och hopp i sängarna. Min säng svajar och madrassen är nära att ge vika. Hon jagar mig runt runt, sprutar raklödder överallt så det ligger som gräddkluttar på golvet. Jag halkar. I fallet drar jag med mig fåtöljen och hamnar under den.

 - Aj, satan! Ryggen!

 - Men Mita! Vad har jag gjort?

Full av ängslan lyfter hon undan möbeln, sätter sig ned på huk och tittar osäkert på mig. Jag stönar ordentligt och låter henne få trösta min onda kropp. Hon hjälper mig upp och jag linkar till sängs.

 - Har du så ont? Måste vi tillkalla en läkare? Vill du åka hem? Förlåt, förlåt!

Skrattet bubblar ut genom mina näsborrar och jag frustar som en gammal märr. När hon märker att det inte är något allvarligt andas hon lättat ut.

 - Åh, du lurade mig bara.

Hon instämmer i mitt skratt och sätter sig bredvid mig på sängen. Efter en stund reser hon sig upp och börjar packa upp sitt lyxiga resebagage. Hon rotar fram en tvåfärgad bikiniöverdel av märket Panos Emporio.

 - Nä, nu det blir raka spåret till Medelhavsböljorna.

Kapitel 10

EN TIMME SENARE sitter vi insmorda med högsta solskydds-
faktor i varsin solstol. Spanjorernas knapphändiga engelska
och deras handgestikulerande har snabbt visat oss till playan.
De har förklarat att vi måste ta bussen för att hitta pärlorna.
Inne i Palma är vattnet förorenat och man bör inte bada.

Jag ser gyllene sandstränder så långt ögat når där jag ligger i
solstolen. Ön är kuperad och på bergssluttningarna ligger
vackra små byar. Det blåser friska vindar ute till havs, medan
det än så länge bara fläktar härinne på torra land.

Att simma i meterhöga vågor blir nog lika svårt som det
varit för Billy att reparera packningen på kranarna där
hemma.

En segelbåt är på väg att lämna hamnen och några
motorbåtar kör in. Varje gång vågorna slår in mot stranden
känner jag havsdoften. Bibi halvligger i sin solstol och njuter.

- Det här är livet, spritter hon till.

- Mm, nickar jag instämmande.

Jag är beredd att glömma bort vårt tjafs på hotellet. Vi får
stoppa våra sura miner i en ballong och skicka i väg dem ut i
universum. Jag håller verkligen med om att det är skönt att
vara på Mallorca. Solen kommer att göra gott åt min rygg
och värkande leder.

Bibis mobil piper till igen. Diskret gräver hon fram den
under sitt badlakan. Hårstråna på mina armar reser sig som
igelkottstaggar. Är det en sak jag blir sned på så är det hennes
eviga sms:ande. Jag behöver inte ens se utan bara ana att hon
öppnar inkorgen vid det klickande ljudet.

- Okej, vem av kåtisarna är det nu?

- Äh, det är den där kroatiern.

- Vet han inte att du är på semester?
Hon trycker flitigt med tummen på knapparna och vips
slänger hon iväg ett meddelande till svar.
- Titta vad han skrev.
Hon småmyser och bläddrar tillbaka till inkorgen för att visa.
Utan någon större entusiasm tar jag emot mobilen och läser
på displayen, *"siter på balkonen och baterit til dator doligt"*
- Vilken usel svenska han skriver.
- Ja, men, han har ju bara varit i Sverige i två år.
Hon rycker tillbaka mobilen och stoppar sin kära leksak
innanför behån.
- Han bjöd mig förresten till Kroatien. Han ska snart åka
dit och vara där i fyra veckor.
- Kan du inte försöka koppla av dina nätdejter nu? Du är ju
i alla fall i Spanien.
- Ja ja, ta det lugnt. Jag bara sms:ar lite med honom. Han
tror att jag är hemma.
- Jag blir inte klok på dina karlar, hur orkar du hålla reda på
alla som...
- Har du sett den där brunbrända strandkillen som går och
säljer meloner, avbryter hon och lyfter på solglasögonen.
Jag kisar med ögonen för att undvika att bli bländad av
solen när jag kollar in uppenbarelsen.
- Men vad tänker du på? Han är säkert inte mer än tjugotvå.
- Här nere är väl inte åldern något problem.
- Bibi! Nu får du komma ner på jorden och vara lite
självkritisk.
- Jaså?
Hon ger mig en oförstående min. Det känns som jag åkt på
semester med min trotsiga tonårsdotter.
Är det meningen att jag ska stå för uppfostran och
förmaningar till en person som är lika gammal som jag?
Nej, tänker jag sen. Hon får minsann ta hand om sig själv.

Vill hon ha en finnig toyboy ska jag inte hindra henne. För att byta samtalsämne frågar jag:

- Tror du Billy saknar mig lite då?

- Tyvärr verkar det ju som han är mer kär i en fotboll...

Genast tar hon död på det lilla hoppet jag hade. Det verkar hon inte vilja fatta utan sträcker bara ut sina eleganta ben och lägger sig till rätta. Hon är redan gyllenbrun. Jag misstänker att det är solariets verkan. Nu tänker människan ta vara på soltimmarna och hon lider inte ett dugg i värmen. Solen är hennes väg till paradiset. För mig bär den till helvetet eftersom den bara gör mig röd innan färgen flagnar.

Det tar pinande lång tid innan någon färg överhuvudtaget fastnar på min kropp. Det är som jag vore insmord med bonvax. Solbrännan bara rinner av mig. Och efter alla larmrapporter om hudcancer har jag blivit ännu mera försiktig med solandet.

Men skrämd blir inte Bibi. Nej då, hon skiter i alla forskarrön. *"De vill bara få pengar till sina fonder"* säger hon trotsigt. Sen gräver hon fram en flaska solmousse ur kassen, pumpar ut lite grann och smörjer sig noggrant om armarna. Hennes hy glänser som brons. Egentligen har jag ingen lust att ligga bredvid henne och bli jämförd.

Demonstrativt lägger jag mig på sidan. Jag vänder ryggen åt hennes håll och blickar ut mot de andra badgästerna.

Det verkar vara mest spanjorer. En grupp tyskar pratar högt med varandra så att det ekar över playan. Några barn rusar skrattande förbi. De stänker upp delar av stranden på mig.

- Ungjävlar, se er för!

Jag studsar upp från stolen. Min kropp är full av sandkorn, både i hårbotten och innanför baddräkten. Det stör mig att jag ska stöta på snorvalpar överallt. De är som retfulla acnen i tonåren som poppar upp hela tiden. Bibi ser dock ut att trivas. Hon ligger leende och blundar. Kanske tänker hon på en mans heta smekningar över alla ställen där solen värmer hennes slanka kropp.

Jag sätter mig till rätta igen och försöker komma till ro men ungarna som sandbombat mig har stört friden.

Solstolen är obekväm. Jag vrider och vänder på mig. Hittar inte någon skön ställning. Det kliar på ryggen och det känns som jag ligger på en indisk spikmatta.

Nej, det här går inte. Otåligt reser jag mig upp och spejar ut mot det böljande havet. Endast en handfull badare har vågat sig ut i vattnet. De dyker ner i vågorna för att i nästa stund vara ovanför vattenytan igen. Jag känner mig varm och klibbig. Måste ha något svalkande i mig. Forcerat rotar jag runt i kassen. Djupt nere i botten hittar jag en vattenburk.

Jag plockar med mig det drickbara och trampar fram till Bibi.

– Ska vi ta oss ett dopp?

– Gå i du, jag ligger så bra här, mumlar hon och viftar iväg mig som om jag vore en fluga.

– Men att svalka sig vore väl inte fel.

Jag sjunker ner tätt intill henne och öppnar aluminiumburken. Oskyldigt råkar jag spruta ut lite av innehållet över hennes mage. Hon flyger upp lika förskräckt som om jag lagt in ett vedträ i en sprakande brasa och gnistor hamnat på hennes känsliga hud.

– Vad sjutton gör du?

– Oj, förlåt!

Jag tar mig för munnen. Fnissande ger jag henne fliken på mitt badlakan för att torka. Men hon vägrar ta emot min hjälp. Istället spottar hon på sina fingrar och gnider upprörd bort mineralvattnet.

– Håll dig borta från mig är du snäll! Förresten simmar jag inte i stormbenägna vågor, man riskerar att drunkna.

- Men var inte så irriterad. Det är långt till storm. Och det finns ju unga, muskulösa badvakter.

Bibi lägger sitt söta huvud på sned, ler syrligt mot mig för att sen sätta sig till rätta igen. De höga bränningarna slår mot piren där båtarna ligger förtöjda. Strax utanför havsviken befinner sig två modiga surfare för att utmana vågorna.

Jag nonchalerar Bibis katastroftankar och går ner mot strandkanten. Jag vadar ut en bit. En kraftig våg når mig till låren och ytterligare en väter ner min baddräkt. Istället för att hoppa undan möter jag nästa med skräckblandad förtjusning. Nu förstår jag vilken kick dessa modiga surfare känner när de utmanar vågorna. Det är omöjligt att ta några simtag i dessa dyningar.

Oväntat kastas jag in mot stranden, kryper utpumpad upp på land. Jag lägger mig som en säl och fäster blicken mot skyn. Med några taffliga och yviga armrörelser ovanför huvudet startar jag mitt morgonpass.

Nästa rond är att under några sekunder lyfta ändan från marken. Som naturligtvis blir ett platt fall när jag utmattad landar med en duns på rygg. Jag blundar. Det här är alldeles för ansträngande. I panik för jag handen över strupen och det känns som jag ska kvävas.

Andas lugnt Mita lilla, säger jag om igen som ett mantra. Efter några minuter har jag återfått normal puls. Omtumlad av upplevelsen sätter jag mig långsamt upp. Jag blickar ut över de höga vågorna som krusas till ett vitt skum när de slår in mot stranden.

Bakom mig hör jag en ljus barnröst som fnittrar. Jag vänder mig hastig om och upptäcker att det är flickan från planet. Hon sitter på knäna och öser sand över en mansfigur som ligger raklång på stranden. Det är bara ansiktet och hans blonda kalufs som sticker upp. Hon märker att hon är iakttagen och stannar upp med sitt grävande.

När hon upptäcker mig ler hon igenkännande. Jag reser mig ostadigt upp och ropar.

- Så du och din familj är också här?

Hon nickar skrattande och mannen sneglar mot mig. Jag känner mig osäker och vet inte om jag ska gå fram och hälsa. Men utan att jag riktigt vet hur jag tagit mig dit står jag plötsligt bara en halv meter ifrån dem. Jag sträcker fram handen för att hälsa på honom och ler.

- Hej, flickan och jag träffades på planet. Trevligt barn du har.

- Och jag är... Klaras... du får ur... säkta... men det är lite svårt att hälsa när armarna är nedpackade i sanden.

Han säger orden stötvis och spottar ut några sandkorn från munnen. Hans gröna ögon och brunbrända ansikte får mina ben att skaka av nervositet. Det känns olustigt att stå framför honom i en drypande våt baddräkt, full med klibbig sand som smetar in mellan skinkorna. Mina kraftiga lår och breda bak kan jag inte skyla. Badlakanet ligger kvar på stolen som en hånfull livboj.

Jag står orörlig och har inga ord att säga. Flickan vänder mig ryggen, fortsätter med sitt grävande och packar in mannen i mera sand.

- Ja, jag ska väl gå då, mumlar jag till slut.

Snopet travar jag tillbaka till Bibi som fortfarande halvligger i samma ställning. Naturligtvis är jag ingen kvinna att ödsla tid på. Speciellt inte för en gift man som passar sin lilla dotter.

Baddagen har blivit till sen eftermiddag. Om ett par timmar är det mörkt. Det hettar i ansiktet och jag måste vara knallröd. Det bränner överallt på huden och jag tjatar på Bibi att vi ska dra oss hemåt.

- Om en stund. Vill få lite färg på baksidan bara, muttrar hon och lägger sig på mage på sitt badlakan.

- Vill och vill, det blir inte mer sol än så här och om en

timme är det säkert kolsvart.

Jag biter ihop och plockar ihop mina pinaler för att förbereda hemgången. Vilken egoistisk soldyrkare hon är. Jag som hade hoppats på att få uppleva annat av Palma än doften av solkrämer. När jag packat ner allt i kassen sätter jag mig trumpet i stolen. Jag tittar på klockan och ser att vi varit här i över fyra timmar.

- Men du, om vi inte går nu så dör jag av solsting.

- Det var fasligt vad du är känslig.

- Ja, vi har inte samma förutsättning där, säger jag till mitt försvar.

Hon stönar och reser sig upp. Därefter krafsar hon ihop sina utspridda saker, drar handen genom håret och smörjer in läpparna med ett solstift. Hon sveper med blicken över stranden.

- Han har gått.

- Vad menar du?

Hon sliter av sig sina solglasögon och tittar frågande på mig. Hennes stora bruna ögon ser oskyldiga ut där hon står och inväntar mitt svar.

- Din lilla toyboy som du trånade efter så dant.

- ...Men lilla vännen, tror du att det är för hans skull jag dröjer mig kvar?

- Okej, men jag vill hem och släcka elden i skinnet. Det går nog en buss snart och den ska vi hinna med.

- Ja, ja! Vi *ska* hem, säger hon och går sin väg.

- Vad är det med dig?

Jag halvspringer för att hinna med och håller mina ballerinaskor i handen tillsammans med badkassen. Det bränner under fotsulorna och jag måste hoppa i sanden för att inte skålla dem helt. Ovanför beachen löper strandpromenaden och cirka femhundra meter längre bort syns exklusiva hotell som breder ut sig som majestätiska klippblock. En lyxjakt glider in i viken och det hörs ett dovt ljud från motorerna när den passerar oss. Mannen som styr båten vinkar. Hans breda leende visar upp en rad vita tänder i den starka solbrännan. Uppe på däck ligger två unga kvinnor och solar toppless. Bibi blir genast på bättre humör och vinkar skrattande tillbaka. Hon vänder sig mot mig och nyper hårt om min arm.

- Där skulle man vara.

- Jo, tack, utan bikiniöverdel då?

- Vad är det med det då? Då får man jämn solbränna. Kan vi inte hälsa på honom?

- Aldrig i livet!

Jag tvärstannar och backar för att visa att jag menar det jag säger. Hon släpper ner badkassen och suckar, tittar bedjande på mig och slår ihop hälarna.

- Men Mita, du såg ju att han vinkade.

Hon vänder sig om och tittar bort mot kajen. Ställer sig på tå för att få bättre sikt. Hon spejar för att se om mannen fortfarande visar något intresse.

- Han vill att vi ska komma.

- Hur faan vet du det? Bara för att någon är glad och vinkar så betyder inte det att man ska komma springande som det vore reautförsäljning av mobiler och chattprogram.

- Du är en riktig *bitterfitta*, säger hon häftigt.

- Va...vad sa du?!

Jag tvärstannar. Fattar inte om jag har hört rätt.

- Förlåt!...Jag menade inte att...

Bibi ser förvånad ut och tar sig för munnen. Jag börjar ana en tjurighet hos denna i grunden präktiga kvinna. Hon kanske inte alls varit så jädrans lätt att leva med för "idioten". Vad brukar man säga, att det aldrig är ens fel att två träter.

Jag sneglar på henne i ögonvrån och ser hennes osäkerhet. *Det kan du minsann få. Du har ju för fan gnällt sen vi landade. Allt handlar faktiskt inte bara om dina behov, din stroppa!*

När hon ser min ilskna uppsyn blir hon väldigt ångerfull.

- Förlåt Mita! Menade inte så. Det bara slank ur mig.
Djupt förkrossad greppar hon min axel. Först vrider jag mig
loss. Hon är genast där och rycker tag i min arm. Jag spelar
stel och kantig. Tänker inte ge med mig så fort.

Hon stryker mig över håret men inte ens då smälter jag.
Envist stirrar jag ut mot vattnet för att slippa möta hennes
förtvivlade blick. Det är nästan tomt på stranden förutom en
grupp ungdomar av olika nationaliteter som spelar
beachvolleyboll. Det är fortfarande varmt och solen ligger
som en guldskimrande slöja över havet. Bibi nyper om mina
kinder och gör en grimas. Till slut kan jag inte hålla mig
längre utan brister ut i skratt.

- Bitterfitta?

Hon skrattar också. Vi kramar om varandra och det känns
skönt att vi kan bli sams igen. Några havsfåglar skriar och vi
avbryter vår omfamning. De flaxar med yviga vingslag och
sliter i något ätbart som ligger på piren. Alldeles intill glider
jakten in de sista metrarna och lägger sig långsides längs
bryggan. De unga kvinnorna syns inte till och jag antar att de
gått ner i ruffen för att byta om.

När båten ligger still vänder sig mannen mot Bibi och ropar
glatt.

- Hallo!

Bibi fnittrar som en tonårsflicka och jag tycker det känns
pinsamt. Hans gråsvarta hår fladdrar i vinden lika livligt som
den spanska flaggan som sitter bak på yachten. Han tittar
intensivt på Bibi och frågar på perfekt engelska.

- Are you here alone?

- Åh, no I ´m with my friend, skrattar hon och pekar på
mig.

Men ser han mig inte eller vad faan är det frågan om? Är

jag någon sorts osynlig skugga eller vad? Ivrigt försöker jag dra iväg henne.

- Kom så går vi.

Impulsivt slår hon bort min hand. Bibi vill inte hindras från att bli uppvaktad. Hon har inte alls tänkt missa sin chans att få gå ombord på lyxskutan.

Vilset sjunker jag ner på en trälåda som står på piren och väntar ut henne. Jag befinner mig i ett låst läge. Inser att semestern inte alls kommer att bli som jag hoppats på. Förstår mer och mer hur olika vi egentligen är. Det känns som ett stort misstag att vi rest tillsammans.

Något kladdigt stänker samtidigt ner min tunikaärm. En fågel gör en djupdykning över mig och ner i saltvattnet. Jag knyter min näve mot den.

- Din jävel! Se vad du har gjort.

Irriterad reser jag mig upp och hoppar ner på en flytande båtbrygga. Jag böjer mig över kanten och blöter handen för att gnugga bort fågelskiten.

Ombord på yachten halar mannen fram en lina som sitter fastbunden i fören och slänger den till Bibi. Skrattande greppar hon tag i tampen. Står tafatt och osäker. Han visslar glatt. Greppar tag om akterlinan. Som en vig gymnast hoppar han sen i land, sätter sig på huk och kontrollerar att tamparna hålls på plats i ringarna.

Vågorna slår högt mot kajen och jakten gungar i sidled där flera stora båtar ligger och trängs. Från ruffen hörs upprörda röster. Dörren flyger upp och ut kommer kvinnorna hack i häl. De har båda på sig korta skira sommarklänningar med smala axelband och tunna tygskor. Den ena är våt i ansiktet och den andra håller ett tomt champagneglas i handen.

- No puedo más! Jag pallar inte längre, skriker den ena kvinnan och håller för ansiktet.

- Me importa un pepino! Det ger jag faan i, ryter den andra

och slänger ilsket det tomma glaset överbord.

Mannen stelnar till och med ett par kliv är han tillbaka ombord på lyxbåten. Han tar ett fast grepp om axlarna på kvinnan som slängt glaset i havet och säger ilsket.

- Ya está bien! Nu går det för långt.

Hon tittar trotsigt på honom, sliter sig loss och formligen flyger av båten. Bibi står i vägen och knuffas omkull så hon tappar förtöjningslinan ner i vattnet.

- Hazte para allá! Flytta på dig, väser kvinnan och springer därifrån.

Jag stannar upp mitt plaskande och rusar fram till Bibi för att hjälpa henne upp. Mannen tröstar kvinnan som står kvar på däck. Hon snyftar hejdlöst mot hans bröst. Han tittar över hennes axel mot oss och ropar vädjande på engelska:

- I apologize! Jag ber om ursäkt!

- Kom, så går vi. De får klara av sin lilla fejd ensamma, säger Bibi.

- Ni kan väl stanna?

Han vinkar oss tillbaka men Bibi skakar på huvudet åt hans inbjudan.

På hotellrummet är vi rejält utschasade efter dagens upplevelse. Bibi tar igen sig i fåtöljen, stirrar med tom blick ut i rummet. Det sticker som nålar på min brända hy. Varsamt drar jag av mig de få plaggen och slänger dem i en hög på golvet. Jag sparkar in byltet under sängen och känner mig som hemma.

- Men Mita!

- Ja?

Hastigt vänder jag mig om, ser hur hon visar med sitt finger. Måste hon vara så nitisk och lägga märke till alla fel. Hon är precis som parkeringsvakterna i Stockholm. Jag har verkligen ingen lust att hamna i en tvist igen. Bäst att raskt krafsa ihop kläderna och vika dem prydligt på sängen.

Sen ber jag henne att smörja in mig på ryggen med Aloe Vera-gelen. Hon säljer för Aloe Vera på nätet och har lurats av en *"sellmaster"* att sälja dessa fantastiska produkter och bli rik. Det är produkter för över fyratusen kronor i hennes beautybox.

Om hon kan lova mig att ge mig en bättre kropp och retuschering av alla rynkor så ska jag banne mig köpa hela väskan. Hon vet att det inte är lätt att sälja till misstänksamma svenskar som helst vill köpa billigt hudklet på Lidl.

Jag sitter på sängkanten medan hon gnider in mig med gelen på ryggen. Vi diskuterar det som hänt nere vid piren. Bibi har redan bildat sig en klar uppfattning vad gäller rika spanjorer. När hon uttrycker sin avsmak trycker hon extra hårt mot mina brännheta axlar.

- Aj! Vad du tar i. Sluta!

Det svider på huden och ännu värre blir det av hennes omilda behandling. Jag travar fram till kassen, plockar upp baddräkten som är fuktig och full av sand.
Bibi sätter sig ner i fåtöljen och biter av en liten flik på sin lillfingernagel. Hon suckar och utbrister.

- Vilka hetlevrade spanjorskor snyggingen hade på båten.
Jag studerar henne i smyg medan jag slänger ner baddräkten i handfatet. Biter Bibi på naglarna? Det kanske gömmer sig en solkig blondin under denna välfriserade yta ändå?
Smågnolande sveper jag ett badlakan om mig och landar på sängen.

- Varför låter du så munter då?
Hon tittar på mig med undrande ögon. Hennes lockiga hår står åt alla håll. Inte ens hon är förskonad från resdamm och havsluft. Jag lägger huvudet på sned och frågar:

- Blev du verkligen på allvar intresserad av honom?

- Han såg bra ut. Liknade den italienska fotbollsspelaren Buffon.

- Lite drag kanske han hade, men han är säkert en ohjälplig
flickjägare. Se bara på hans unga kuttersmycken. Allvarligt,
jag tror inte att du har någon chans där Bibi. Han ville nog
bara ha hjälp att förtöja båten.

Hon sträcker ut sina långa slanka ben och lättar från den
mjuka plymån. Med bestämda steg går hon fram till
resväskan och gräver fram necessären.

- Det var naturligtvis hans döttrar. De verkade inte vara så
mogna, säger hon bestämt.

- Tror du verkligen på vad du säger?

Utan att svara öppnar hon dörren och jag antar att hon är
på väg till duschen. Det ska verkligen bli befriande att få
skölja av sig all sand och den svett som grott in i huden.
Men först behöver jag något starkt för att rycka upp mig.
Osmidig tar jag mig upp från sängen.

I facket på resväskan halar jag fram en flaska färdigblandad
gin och grappo. Ovanpå handfatet står två glas. Jag fyller upp
drygt halva i det ena av dem.

Redan efter ett par klunkar skjuter humörbarometen i
höjden. Nu ska det äntligen kopplas av. Det är dags att njuta
av mitt välförtjänta miljöombyte. Drinken och
medelhavsklimatet får mig att längta efter en cigarett.
Jag plockar fram broschyrerna som reseledaren delat ut.
Sträcker mig på sängen som absolut inte är modell Hästen.
Tungt rullar jag över på magen och läser.

Det är inte bara stränder och uteliv som Palma bjuder på.
Man kan även njuta av vackra innergårdar och underbar
grönska med pinjeträd och fruktträdgårdar. Jag borde
verkligen upptäcka de pittoreska landskapen. Hade jag råd
skulle jag åka och se grottorna med den sagolika sjön nära
Porto Christo. Frågan är om jag får med mig Bibi på en sådan
utflykt. Hon vill ju bara bli brun. Jag släpper foldern som
halkar ner på golvet. Är alldeles för slö för att plocka upp

den. Det tar på krafterna att ha flugit i flera timmar och legat på stranden en halv dag.

Sakta faller jag in i dvala långt borta från Palma de Mallorca. Jag är inne i en guldsmedsaffär och tittar på ringar tillsammans med Billy. Plötsligt står han innanför disken och ber mig sträcka ut min hand för att mäta storleken på mitt finger. Hans kärleksfulla ansikte förvandlas plötsligt till en förvriden demons. I nästa sekund tar han fram en jaktkniv och hugger av mig fingret.

- Aj...aj...aj!!!

Jag vrålar och sätter mig skräckslaget upp i sängen, gnider förvirrad mina händer över ansiktet. Bibi står i rummet och ser allt annat än glad ut. Hon har endast ett par minimala stringtrosor på sig.

Hur länge har jag sovit och vilken fruktansvärd dröm? När jag tittar på mitt finger ser jag ett bitmärke som förmodligen är efter mina tänder.

- Vad du ser chockad ut då? säger Bibi medan hon med bestämda rörelser försöker krama schampot ur håret.
I korta drag berättar jag om drömmen.

- Snacka om att drömma men kom tillbaka till verkligheten nu Mita. Det finns inte en gnutta vatten på det här hotellet, så glöm att du ska ut ikväll.

- Så du har snott allt nu då? säger jag och kliar mig i örat. Hon ger mig en kall blick och snor badlakanet som en turban om håret. Sätter sig sen i fåtöljen och knorrar.

- Jag tar in på ett annat hotell, Mita.

- Nej, snälla...

- Förresten ser det redan ut som en svinstia härinne med dina slängda kläder och din... Din illaluktande baddräkt i handfatet. Det finns ingen luftkonditionering heller. Jag flyter bort och står bara inte *ut!*

Hon slänger upp armarna i luften för att förstärka

maktlösheten i detta drama. Tyst reser jag mig från sängen, nyper tag om den stinkande stinkbomben.

Så nu är hon på krigsstigen igen? Jag måste göra allt för att lugna ner henne. Hon tänker alltså byta hotell. På sätt och vis förstår jag henne. Men att packa ner kläderna och åka till andra sidan stan? Det orkar jag inte. Och dyrt blir det säkert på ett bättre hotell. Jag måste få henne på andra tankar, göra något åt situationen. Även om jag redan är slut och uttömd på krafter så tänker jag ta ett allvarligt snack med hotellpersonalen.

Jag slänger på mig en långkofta och stoppar ner min blöta baddräkt i en av de stora fickorna. Så slipper hon åtminstone se eländet.

- Om duschen bli fixad stannar du en natt till då? undrar jag medan jag drar en kam genom mitt ostyriga hår.

Hon lutar huvudet bakåt och visar en bekymrad rynka mellan ögonbrynen. Jag hoppas uppsynen betyder att hon vacklar i sitt beslut. Vore väldigt bekvämt om hon kan ge hotellet en chans, vilket även skulle inkludera mig.

Jag får ta eget beslut och skyndar mig ner för trappan. Nere i foajén är det tomt. Inte en själ syns till. Vad är det för ställe vi har hamnat på egentligen? Det finns varken personal eller gäster. Kanske är det ett spökhus där inget levande existerar?

Hetsigt klämtar jag i den lilla klockan som står på disken. Ljudet från bjällran ekar mot de kala väggarna. Inte en själ syns i foajén. Bakom receptionsdisken står en dörr på glänt. Jag tassar fram och skjuter upp den med foten.

På ett skrivbord lyser en lampa och bredvid står ett kassaskrin. Locket är olåst och jag lyfter försiktigt på det. Där ligger en hög eurosedlar. Hur kan man lämna allt så synligt? En nytänd cigarett pyr i en askkopp så det måste betyda att någon finns i närheten.

- Ah, señora, säger en röst bakom mig.

Jag snurrar runt och överraskas av en ung spanjorska, inte mer än femton-sexton år gammal. Hon har en kökshandduk i handen och torkar noggrant en tallrik.

- Sorry, utbrister hon och skrattar.

Flickan är dottern till familjen. Hon förklarar på knagglig engelska att hon brukar passa receptionen. Ibland är hennes föräldrar upptagna med andra sysslor. Jag förstår att alla i familjen måste hjälpas åt. Hon presenterar sig som Sorella och tränger förbi mig i dörröppningen.

Stressad tar hon upp cigaretten som ligger på askfatet. Röken lägger sig som en tjock dimma på det lilla kontoret då hon pumpar i sig några bloss. Jag som inte för så länge sen varit en inbiten storrökare, känner hur det stockar sig i halsen på mig och jag börjar hosta.

- Jag letar efter din pappa. Det finns inget vatten i duschen.

Jag formulerar orden långsamt och tydligt på engelska så hon ska förstå vad jag menar. Inbillar mig att om jag bara artikulerar ordentligt så blir det inga missförstånd. Det gäller att hoppa in i duschen innan krogen stänger.

Hon beklagar och slår ut med armarna.

- Duschen krånglar ofta på andra våningsplanet. Pappa säger att det är så dåligt tryck i ledningarna däruppe.

- Kunde han inte tänka sig att vi kunde flytta ner en våning då, eftersom hotellet än så länge inte har några gäster?

- No no, ler Sorella. Resten av våningarna är under reparation, ursäktar hon och puffar ut små rökringar mot mig.

Hennes yviga hår är kolsvart och räcker ner till midjan. Ansiktet är smalt med markerade ögonbryn och tunna läppar. Hon är tre gånger smalare än jag. Hennes jeans sitter tajt och runt om de smala höfterna bär hon ett brett skärp.

Vänta du bara lilla sparvöga. När du kommit i min ålder, då

ser du också ut som alla andra spanska gummor.

- Du kan väl säga till din älskade far när han dyker upp.

- Jag är ledsen, men han kommer inte förrän sent ikväll.

- Men vi måste ju duscha nu! säger jag förtvivlad.

Hon ler medlidande och rycker på axlarna för att visa att det inte finns något annat att göra än att vänta till i morgon.

- Snälla söta lilla du, kan jag inte duscha nån annanstans?

Oväntat sparkas dörren till entrén upp. Den buttre hotellägaren kliver in. Kanske är han min räddande ängel ändå.

Han kånkar på en stor kartong och ställer den ansträngd på golvet. Antagligen är det något dyrbart och ömtåligt.
Kan hända en duschkabin? Han ser ut som en liten humla med sin runda kagge och de smala benen. Ansiktet är grovhugget med drivor av bitterhet.

Sorella tittar vettskrämd upp. Trycker giftpinnen i munnen på mig och rusar tillbaka ut varifrån hon kommit.
Plötsligt står jag ensam bakom disken, endast iklädd en stor kofta och med rökverket mellan mina läppar.
Jag gömmer undan cigaretten som fortsätter att ryka bakom mig. Hans blick tränger rakt igenom. Jag känner hur rödfärgen stiger i mitt ansikte. Egentligen borde jag inte skämmas för att jag står naken i en långkofta och röker.
Men ändå! Kanske inte så lämpligt att jag står bakom portierdisken, vid kassaskrinet.

Diskret släpper jag taggen på golvet och fimpar den med skon. Lamullskoftan ger en obehaglig klåda på armarna.
Jag kliar mig som om jag hade skabb, andas häftigt och känner svettdroppar rinna utefter ryggraden.
Det hjälper inte att den tunga fläkten cirkulerar som en centrifug ovanför mig.

Hotellägaren tittar misstänksamt på mig. Det är helt tomt i huvudet. Kommer inte ihåg vad jag ska säga. Jag ler, och märker att hans blick stannar på det som buktar ut i min ficka. Varsamt försöker jag skyla badplagget med händerna.

Just som han tänker gå tillbaka ut lossnar min demens. Jag är övertydlig i min engelska. Han skakar avfärdande på huvudet och är redan på väg mot huvudentrén.

- No, no wait! ropar jag.

Han tvärstannar, vänder sig om och säger temperamentsfullt några fraser på spanska. Ivrig plockar jag upp pennan som ligger på disken. River av en bit papper från blocket. Så gott jag kan krafsar jag ner några symboler för att visa vad jag menar. Han slår ifrån sig med armarna och backar ut mot glasdörren. Min hjärna går på högvarv för att hitta hjälpen. Jag måste få honom att förstå. Och var håller den där unga damen Sorella hus som lämnade mig ensam med detta stenansikte? Jag är nära att ge upp då jag av en händelse ser en plåtlåda stå på golvet intill disken. Snabbt dyker jag ner i den, gräver upp en skiftnyckel och för den över mitt struphuvud.

- Duschas kaputt.

Äntligen vaknar zombien och det verkar som han förstår. Han grymtar högt och tar motvilligt emot verktygslådan som jag plockat upp.

Vi säger ingenting till varandra när vi går upp för trappan. Jag är så förbi av trötthet att jag kan börja gråta när som helst. Mina ben skakar och jag har fullt sjå att ta mig upp till våningen.

Men en kvart senare står jag i duschkabinen och tvålar in mig.

Kapitel 11

I NÄSTAN IDENTISKA klänningar med halterneckband sitter vi
på varsin barstol några kvarter bort från hotellet.
Bibis gula klänning matchar hennes solbränna. Min röda går i
samma nyans som mitt ansikte. Vi har beställt in tequila
sunrise och det känns som livet har återvänt. Drinken
serveras i highballglas och har fyllts med apelsinjuice och
några stänk grenadin. Den ska få oss att tänka på en
soluppgång.
  - Vad sa buttergubben på hotellet när du stod lika sexig
som Marilyn Monroe, enbart i en kofta?
  - Jag höll på att svimma men inte på grund av klädseln. Det
var verkligen ingen höjdare att stå där med en cigg i käften
innanför deras disk. Dottern i huset verkar smygröka. Och
det var jag som fick skämmas. Men okej, har jag räddat henne
från en familjefejd så bjuder jag på det.
  - Jag känner mig *så* fräsch, säger Bibi och byter
samtalsämne.
  Hon visar upp sina bronsfärgade armar och lägger dem
elegant bredvid mina. Utan att svara drar jag snabbt undan
armarna för att slippa påminnas om min ljusröda hud.
Bibi ser verkligen läcker ut i sin solbränna och vackra leende.
Jag förstår att alla karlarna på nätet vill ha henne. Men vilka
är villiga att stanna kvar för en seriös relation?
  - Hallo girls, säger en spanjor runt fyrtio med välpolerat
gråsvart hår och slår sig ner intill Bibi.
  Han tittar uppskattande och synar ogenerat hennes kropp.
Ger en gillande komplimang över hur brun och vacker hon
är. Med en enda blinkning mot bartendern beställer han två
glassliknande drinkar. Den ena till henne - och helt

häpnadsväckande den andra till mig. Han tittar road på oss då vi sörplar i oss av den goda drycken.

- Slut! säger jag till honom när glaset är länsat.

- Ah, schveenska? skrattar han och höjer på ögonbrynet.

Hans intensiva blick stannar hela tiden kvar hos Bibi. Han försöker på stötig engelska att konversera. Sättet att se på henne får mig att skämmas. Åh, dessa män som tror att de redan har halva inne. Bara hon nu inte faller för hans fjäskande som jag anar att många andra kvinnor redan har gjort. Deras tårar har inte hunnit torka på kinderna efter att de lämnat Palma innan han sitter vid baren och raggar igen.

Men Bibi bryr sig inte, utan följer honom upp på dansgolvet. Skrattande snurrar hon runt och klappar händerna. Hennes röda högklackade sandaletter gör henne minst en halvmeter längre än honom. Då och då höjer jag mitt drinkglas till en skål mot henne.

Längre bort i den ena barhalvan ser jag en man titta diskret på mig medan han dricker något ur en flaska. Han matchar min egen kroppsvikt. Jag sneglar på honom och ser att det rycker i hans ögonlock. Kan det kanske vara en flört eller är det en nervskada? Han höjer upp flaskan till en skål och ler snett mot mig. Jag vägrar att besvara hans hälsning och vänder mig istället nonchalant mot bartendern.

En drink sätts genast i min hand och jag sveper den direkt.

- Señorita! Can we dance?

Jag vänder mig om och möter två mörkbruna brunnar. Omedvetet glider jag ner från barstolen och benen håller mig inte riktigt uppe. Jag är en aning påverkad av alla drinkar och min uppvaktare fångar upp mig i sina armar. Jag känner en sur andedräkt av öl och lök som tar bort min egen Boucherondoft. I denna omfamning är vi lika långa och tittar in i varandras ögon.

Utan att fatta vad som egentligen händer är jag mitt uppe i

en dansande "bump" från 70-talet. Våra höfter slår emot
varandra som aladåben på ett julbord. I dansens virvlar bryr
jag mig inte om vare sig figur eller fitnesspass.

Han skrattar och visar upp en rad tänder av guld. Jag kan
inte låta bli att fascineras av den plombering han har i övre
käkraden. Tandgarnityret måste ha kostat en förmögenhet
tänker jag och gapar av förvåning. Hans knubbiga fingrar
flätas samman i mina och snart har jag honom nära min
kropp.

Helt plötsligt känns det inte alls lika lustigt längre utan jag
mår rentutav illa. Stanken från stekos tillsammans med hans
pomada klibbar sig fast som ett osynligt täcke omkring oss.
Panikångesten klättrar på mig och jag måste bort. Bort från
denna illaluktande lökrapare.

Jag är lika svettig som efter bussresan som transporterade
oss till hotellet när jag återvänder till barstolen. Artig som få
bugar han lätt och ler när han går tillbaka till den
undangömda hörnan där han suttit tidigare.

- Aha, vem var det där? säger Bibi och höjer leende på
ögonbrynen.

- En danspartner bara. Ingenting annat.

- Men såg du inte hur förföriskt han blinkade?

Hon fnittrar och lutar huvudet mot sin lilla spanjor som
inte flyr undan. Istället kysser han henne på kinden. Det ser
osmakligt ut. Jag förstår inte hur hon kan låta honom ta sig
sådana friheter.

- Lägg av nu! Håll koll på din lilla fjant istället.

- Mita du måste leva nu.

- Jag lever väl som jag vill, svarar jag irriterad.

- Du måste ta vara på tillfälligheterna.

Hon skålar mot spanjoren och glittrar med ögonen. Jag kan
inte förstå varför hon accepterar vad som helst. Så fort någon
är villig att ge henne några bekräftande ord så blir hon kär.

Var sitter hennes självförtroende nånstans? Nog borde hon få bättre ragg än det här. Spanjoren säger till mig på bruten engelska:

- Your friend is dancing good.

Han har bestämt sig. Det är henne han vill ha. Han berättar att han älskar långa kvinnor. "*Like this Danish woman, Brigitte, Sylvester Stallones ex-lady.*"

Jag sveper Lumumban och försöker provocera honom.

- Och du tror att du kan fånga en sådan kvinna?

Jag drar sugröret förföriskt ut och in mellan mina läppar och blinkar mot honom.

- En cierta manera, på sätt och vis... kan jag nog det.

- Har du någonsin sett en reflekterande glasyta?

Jag tittar på honom med en genomträngande blick. Vet att jag är ute och kliver på okänd mark. Men jag måste ta ner honom på jorden.

- How do you mean?

- Undrar bara om du sett dig i spegeln?

Hans ögon smalnar och han ler besvärat. Sen vänder han sig mot Bibi och skakar frågande på huvudet.

- Mita! vädjar Bibi som börjar ana oro.

Småleende ser jag retfullt på honom medan jag vickar på det tomma drinkglaset Jag knäpper med fingrarna mot bartendern.

- Please, can I get a... brandy... Six centilitres.

Medan jag beställer in spriten lägger spanjoren armen om Bibis bara axlar. Han ställer sig på tåspetsarna där han står bredvid. Ger henne en kyss vilket får mig att må illa. Trots att jag inte själv är nykter så förstår jag att Bibi inte heller är klar i huvudet. Jag kisar med ögonen och ser honom i nästan dubbelt format. Värmen är en bidragande orsak till att alkoholen går direkt ut till blodet, och till hjärnan.

Jag böjer mig ner och pekar med ett finger på spanjorens

mage för att retas med honom.

- You...you little monkey there.

Jag anar en muskelkramp i ansiktet och för ett ögonblick tror jag att han ska kasta sitt innehåll i glaset över mig.

- No entiendo bien, jag förstår inte riktigt?

- Hallå!! säger Bibi och tittar strängt på mig.

Jag kan inte hejda mig. Just nu avskyr jag alla karlar. Ännu mer denna lilla fjant. Det blir en lång pinsam tystnad. Det bästa för att återställa lugnet är att jag avlägsnar mig ett par minuter, eller ännu bättre, i några timmar.

Han ropar efter mig då jag är på väg in till damrummet.

- Mala hierba nunca muere! Ont krut förgås inte så lätt.

Jag stödjer mig på stolarna utmed vägen. Knuffas än hit och än dit. Folk stöter in i mig där jag vinglar på mina högklackade skor.

På toaletten möter jag min spegelbild med stora förskrämda ögon. Det blekblonda håret står åt alla håll, trots att jag knutit ett matchande rött hårband runt det. Min klänning följer min jämntjocka kropp som skinnet på en falukorv. Jag skulle naturligtvis inte låtit mig övertalas av Bibi att köpa en sådan figurnära jerseyklänning. Den får mig att se tjugo kilo tyngre ut. Jag nyper i tyget och försöker öka omfånget genom att tänja ut den två storlekar, så att inte valkarna ska synas så tydligt. För att piffa upp mig lite målar jag läpparna röda och plutar med munnen.

- Lite söt är jag väl i alla fall? säger jag till mig själv innan jag går ut.

Borta vid baren syns varken Bibi eller spanjoren till. Jag kikar mot dansgolvet som är överfullt av partysugna människor. Jag irrar runt som en yr höna under en halvtimme för att se var de tagit vägen. Trots att jag är påverkad av spriten börjar jag bli orolig på allvar.

Burdust tränger jag mig förbi några spansktalande

ungdomar vid baren, frågar bartendern om han sett till Bibi. Men han skakar leende på huvudet. Jag bannar mig själv som vägrat ta med mig mobilen till Spanien. Det var ju för att inte vara uppkopplad överallt. Nu hade det förstås varit bra att ha den tillgänglig i alla fall. Jag måste stålsätta mig.
Det är en fullvuxen kvinna jag släpat till Mallorca. Om jag nu ska ta ansvar för henne kommer jag med all säkerhet inte få någon semester.

Det strömmar in fler och fler människor på diskot. Efter en stunds letande lyckas jag hitta en ledig barstol. Automatiskt beställer jag en drink för att nollställa mina stresshormoner. Det evigt dunkande diskoljudet slår mot mina känsliga trumhinnor. Folk skrattar och festsugna ungdomar roar sig med varandra. Ingen lägger märke till mig.

Fan, jag är inte ens offer för ett våldtäktsförsök. Vem vill ha mig när det finns tjugoåriga läckra silikontuttar att klämma på. Jag suckar tungt och tittar djupt ner i det tomma glaset. Var kan lökraparen ha tagit vägen? Förmodligen skrämde jag i väg honom redan vid dansen. Livet kan knappast vara ensammare än så här, mitt bland alla glada människor. Jag hänger över bardisken och viftar med en yvig armrörelse för att få bartenderns uppmärksamhet.

- En... en tiiireedubbla whisch...ky...

- No more for you! svarar han leende och torkar av ett glas.

Vad? Tänker han verkligen neka mig en till? Jag som skulle kunna vara hans morsa! Fy, så förnedrande. Möjligtvis att jag har lite svårt att uttrycka mig just nu, orden vill inte riktigt hänga med. Men full är jag verkligen inte. Jag tänker inte finna mig i att bli så förolämpad - av en pojkvasker.

- Jääävla... schpanjorer! säger jag stött.

Jag avskyr det här fascistiska landet. Förbannade Franco. Det kommer alltid att sitta kvar diktatur i det här folkets gener. De är bödlar hela bunten - och dessa tjurfäktningar...

Hur faan kan man njuta av att se djur misshandlas?
Matadorerna är säkert höga på amfetamin. De borde själva
stångas ihjäl. Kanske spetsas? Hänga och dingla däruppe i
hornen. Nåja! Visserligen känner jag mig en aning påverkad
av alla drinkarna men inte värre än att jag kan stå på benen.
Hade jag haft körkort hade jag till och med kunnat köra hem
bilen till hotellet. Först ska man dricka och betala en massa
pengar sen får man inte dricka. Vad fan tror de att man gör
på en bar då?

Alldeles som när en sagofé viftar med sitt trollspö står helt
plötsligt en kubansk Mojito framför näsan på mig.
Är det en hallucination eller kan det vara min drink som
kommit seglande som genom en magisk handling?

Jag kikar runt och mina ögon stannar på bartendern. Kan
han ha ångrat sig och insett att han varit för hård mot sin
gamla mamma? Men han verkar inte alls ha tagit någon notis
om mig utan är fullt upptagen. Kvickt som onda ögat hugger
jag tag om glaset och sveper drinken i ett enda nafs, utan att
tänka på att det kan vara någon annans.

- Häär...ligt! ...hick.. Där schaatt den.
Jag ler belåtet. Doppar ner lillfingret i botten på glaset för att
slicka i mig innehållet, och rapar.

Plötsligt förnimmer jag två starka armar som hugger tag i
mig på varsin sida. Jag svävar ovanför golvet. Mitt huvud
hänger som den slokande azalean jag har hemma.
Runt omkring hör jag folk jubla och applådera. Jag vet inte
om det är till mig eller de varelser som orkar bära ut mig från
diskoteket.

- Give me a drink! ... Do you un... der... stand! ryter jag
innan jag släpps ned på trottoaren utanför ingången.
Jag kravlar mig bort ett stycke- och spyr bakom en buske.
Ligger på alla fyra och känner mig som ett fyllesvin. Allting
snurrar och det enda jag vill är att någon ska ta mig härifrån.

Några röster hånskrattar och säger något på spanska när de
passerar mig. Mödosamt ställer jag mig upp hjälpt av en staty
som tursamt nog står intill. En vaktande skyddsängel tänker
jag när jag kramar om den manliga stenfiguren.
"*Det är du och jag älskling*", mumlar jag och kysser foten på
statyn innan jag lullar hemåt.

Jag går på den upplysta allén som kantas av labyrinter med
gågator. Det blir ingen lätt match att hitta hem. Huvudet
dunkar och det bubblar i magen. Jag önskar att jag redan låg i
sängen. Den magnifika katedralen är upplyst som ett
gigantiskt sagoslott. Det är den som ska vara mitt riktmärke.
Jag passerar renässanshus och kyrkor, mode- och
smyckesbutiker, men har ingen aning om vart jag är på väg.
Det värker i fötterna. En husvägg blir mitt stöd när jag
fumligt tar av mig skorna.

Jag känner en ny spya närma sig halstrakten. Resten av
kvällens maginnehåll studsar upp i en kaskad mot ett
skyltfönster. Ögonen tåras och jag ryser inombords.
När magen lugnat sig något plockar jag upp skorna från
marken men lyckas inte rädda dem från lite av det som
droppar ned från fönstret.

Innan jag fortsätter gör jag en till fasansfull upptäckt. På
den smala stenbelagda trottoaren ser jag ett par gråfärgade
byxben. Mina ögon följer de raka pressvecken som avslutas
vid låren. Där tar ett par buskiga nävar vid, så spända att
knogarna vitnar över den olivfärgade huden.

På en halv sekund har jag hotellägarens blick fastnaglad i
mina förskräckta ögon. Jag har aldrig förstått spanska bättre
än nu och inte heller blivit så snabbt nykter.

Han hugger tag om min nacke. Släpar mig genom den
tunga entréporten och beordrar mig att stanna. Hotellägaren
är upprörd! Han viftar hejvilt med händerna.

Genom dimmiga ögon ser jag honom öppna ett förråd.

Han fyller en hink med vatten och häller i rengöringsmedel.
Jag skäms så jag kan dö. Låt mig transporteras bort till en
evig vila. Han säger inte ett ord då han räcker över städ-
attiraljerna till mig. Det tar en bra stund att skura bort min
uppkastning.

Han sitter i lobbyn och pratar i telefon när jag kommer
tillbaka. Tyst ställer jag ner hinken med sörja och putsduk vid
disken. Vore det inte för den förbaskade nyckeln som hänger
hånande på en krok bakom honom skulle jag rusa upp på
mitt rum. Han nickar kort åt mig med en bestämd min att jag
ska vänta. Jag har varken ork eller lust att stanna. Vill bara
sova.

Efter tio minuter har han pratat klart och hugger ilsket tag i
hinken och vräker ner skurduken på golvet. Han skriker åt
mig så ansiktsfärgen skiftar i rött. Hårt kniper han tag om
min arm och släpar ut mig på trottoaren. Han studerar
fönstret noggrant. Går närmare för att syna om det finns
spår kvar. Fortfarande håller han ett hårt tag om mig.
Efter en stund lugnar han ner sig och lossar sitt grepp.
Inne i foajén igen ger han mig till slut nyckeln. Jag ler och
fortsätter osäkert mot trappan. Men han är tydligen inte
färdig med mig.

- Momento señora!
Han försvinner in på det lilla kontoret och kommer tillbaka
med Sorella i släptåg. Men herre gud sover inte flickebarnet?
Klockan måste vara närmare fyra på morgonen.

- Förlåt, men pappa är så arg för... Hm... Att du rökte
bakom disken, säger hon besvärat.
Hon ser skamsen ut och tittar ner i golvet. Mina ögon
smalnar något och jag har säkert mord i blicken.

- Är han arg för att du slängde ciggen i munnen på mig?

- Jamen, han trodde ju att det var du som rökte. Snälla
gulliga du. Berätta inte att det var jag, ber hon förtvivlad.

- Okej! På ett villkor! Att du lägger av att smygröka. I annat fall kommer du sakta men säkert att ruttna inifrån! Det vore väl synd på en sådan vacker kropp?

- Jag lovar bara du håller tyst och inte berättar för pappa. När jag ser hennes vackra bedjande rådjursögon mjuknar jag något. Självklart ska jag hjälpa henne. Jag ger henne en lätt klapp på kinden och säger mildare i tonen.

- Säg åt honom att jag ber om ursäkt - och aldrig ska göra om det.

Självklart sitter han med ett ess i rockärmen, eftersom jag kladdat ner hans egendom. Bara därför ska jag be honom om ursäkt. Men jag överväger att anmäla honom för misshandel för han gjort mig illa i armen. Det gör faktiskt riktigt ont märker jag nu och gnider den omsorgsfullt efter hans grepp.

- Du, det var en sak till.

- Jaha?

- Det fattas pengar i skrinet. Pappa undrar vad du gjorde bakom disken?

Sorella tittar olyckligt på mig och hennes underläpp darrar. Helt mållös spärrar jag upp ögonen. Kan inte tro mina öron. Vad är det jag anklagas för? Jag förbannar det här landet och undrar vad som gått snett.

- Tror din pappa att jag är en tjuv nu också?

- Njae, han kan ha räknat fel också, men undrar naturligtvis.

- Om du inte ger honom ett jävligt bra svar... ska... ska jag berätta sanningen. Glad kommer han inte att bli. Jag är jävligt trött nu och tänker gå och sova.

Jag känner mig som ett vrak när jag äntligen kommer upp på rummet och kastar mig handlöst i sängen. Tankarna far omkring och jag har jävligt ont huvudet.

Det är helt okej att jag tar på mig rökningen men fan heller att jag ska anklagas för att ha stulit också.

Först fram på småtimmarna dyker äntligen Bibi upp. Jag

har inte sovit en blund på grund av huvudvärken. Men jag har också varit orolig för Bibi. Jag sätter mig upp och kisar i det dunkla skenet. Solens svaga gryningsstrålar försöker hitta in genom de fördragna gardinerna.

- Var har du varit?

Utan att svara lossar hon långsamt på spännet på sina röda sandaletter. Hon ställer skorna snyggt och prydligt intill dörren. Försiktigt tar hon av sig sina glittrande örhängen, håller dem i handen en stund för att sen slänga ner dem i innerfacket på resväskan. Tyst och metodiskt knyter hon upp sin klänning och låter den falla som en utslagen blomma. Elegant böjer hon sig ner och fiskar upp plagget för att hänga den över karmen på fåtöljen.

Det enda som hörs i rummet är hennes rörelser. Hon pillar fram en våtservett ur sin necessär och gnider bort sminket framför spegeln. Därefter vecklar hon ihop pappersduken till en boll och kastar den i skräpkorgen. Hon knäpper av sig bh:n. Hon är brun som en pepparkaka och kraftiga märken syns efter hennes bikinirand. Graciöst glider hon ner i sängen och snor in sig i det tunna lakanet.

- Kan du inte säga var du har varit?

Jag ställer frågan igen och bökar med kudden för att lägga mig tillrätta. Hon gäspar stort. Äntligen berättar hon att de tillbringat sin tid i matsalen. Med sitt sällskap syftar hon på spanjoren.

- Det kom ju ett helt dagis instormande som tjoade runt bardisken. Så där kunde vi ju inte vara, säger hon sömnigt.

- Jag är allergisk mot gapande tonåringar, fortsätter hon.

- Vem är inte det.

Jag suckar och tänker på min egen helkväll i baren. Spanjoren och Bibi har förstås gått runt och letat efter mig. De var väl kvar tills stället stängde för att se om jag låg och sov under en barstol.

- Du var inte så speciellt trevlig mot honom. Han som bjöd dig på drinkar och allting. Inte ens ett tack fick han, knorrar hon.

- Vad då på allting? En sådan äcklig typ tänker jag inte be om ursäkt.

- Han var hur snäll som helst.

- Är du så blåögd? Han ville väl ha betalt, *in natura* fattar du väl.

- Nu får du skärpa dig lite. Så dum i huvudet är jag inte.

- Förstår du inte hur farligt det är att leka med en sydlänning?

- Ett par kyssar och lite hångel är väl inte farligt?

- Du har ingen erfarenhet Bibi. Du har ingen chans där ute.

Nu har vi hamnat i en ny konflikt. Det här ser inte bra ut. Vi skulle aldrig ha träffats. Det hade räckt att chatta på nätet och prata i telefonen.

Efter alla dispyter vi inlett under ett enda dygn så märker jag att vi verkligen är ett omaka par. Kommer vi verkligen att kunna bo under samma tak under en hel vecka?

Jag tycker det känns urtrist alltsammans. Nu är både Bibi och hotellägaren arga på mig.

- Nu sover vi. Jag gissar att det inte blir vare sig något bad eller solande i dag, svarar hon kort.

Kapitel 12

DEN MALLORCANSKA SOLEN är stekhet och luften är alldeles stillastående. Avgaserna som ligger i ett tjockt bälte över staden stinker fränt. Som en tickande bomb ligger den blåaktiga asfalten och bara väntar på att smälta under alla bildäck. Trafiken är tät och folk sitter med nedvevade rutor för att släppa in svalka. Smattrandet från vespor och motorcyklar blandas med bullret från tunga motorfordon. Ilskna signalhorn ger en hotfull stämning som när som helst kan få någon att explodera.

Jag och Bibi går förtegna och försjunkna i våra egna tankar. Vi har undvikit varandras blickar och endast svarat artigt på varandras tilltal. Långt in på förmiddagen har vi dröjt oss kvar i våra sängar. Vi har inte gjort oss någon brådska att ta oss ut. På hotellrummet har tystnaden legat lika kvävande som i en våtbastu. Tysta har vi duschat och klätt på oss.

Bibi kan konsten att få en värld att stå stilla och jag har upptäckt att hon är ofattbart långsint. I alla fall är vi överens om att inte åka till beachen idag. Vi slinker in på närmaste bar för att inta dagens första måltid. Längst in i en skuggig hörna långt borta från ljus och höga ljud hittar vi ett bord för två.

Det är olidligt varmt och jag har en föraning om att dagstemperaturen kommer att stiga långt över fyrtio grader. En rad svettpärlor bryter ut på min panna och jag får ideligen torka bort dessa med en pappersservett. Egentligen borde vi ha trotsat baksmällor och dåligt humör. Borde ha tagit bussen till stranden för att ta oss ett svalkande bad.

Bibi får in en stor skinksmörgås med grönsaker och biter försiktigt av en tugga. Hon tuggar omsorgsfullt och

noggrant. Ser till att inga smulor sprider sig ut genom mungipan. För varje bit hon tar torkar hon pedantiskt munnen med servetten. Det verkar som hon gör allting med finess. Jag undrar road hur hon uträttar sina behov.
En klutt, sen torka. Men hon kanske är för fin för att skita. Omedveten om mina absurda tankar säger hon leende:
  - Så här kan vi inte ha det. Vi måste hålla ihop.
Naturligtvis tar jag emot hennes utsträckta hand till försoning och ber om ursäkt för mitt uppförande på diskobaren.
  - Förlåt mig Bibi!
  - Äh, det är redan glömt. Jag hade ändå inte tänkt mig ett nummer med honom.
  - Jag ska försöka hålla näbben i styr i fortsättningen, säger jag.
  Det blomstrar om henne där hon sitter i en kort, tunn, gulfärgad silkesklänning som visar hennes långa brunbrända ben. Jag har pressat på mig en kortärmad åtsittande jumper som är alldeles för trång över bysten. Gång på gång försöker jag dra ner den över höfterna för att försöka dölja min mage. Mina tajts är storblommiga och sitter som skruvstäd.
Inget som platsar på catwalken i Paris. Jag gömmer mig bakom ett par stora runda solbrillor och mår rejält illa.
Det står fyra cola och två flaskor soda på bordet. Jag försöker skämta.
  - Jag förstår inte varför jag är så törstig när jag drack så mycket igår.
  - Hur mycket drack du egentligen?
  - Antagligen en hel del. Blev utkastad till slut.
Jag skäms över mitt beteende på baren och tar några klunkar av mineralvattnet.
  - Utkastad? Åh, herregud!
  - Självförvållat. Jag borde satt en gräns för vad jag tål.
  Min baksmälla gör att huvudet känns två nummer för litet.

Hur ska jag kunna ta mig igenom denna dag?
- Efter gårdagskvällen tänker jag bli nykterist.
Änglalik lägger Bibi huvud på sned och ler förstående mot
mig. Hon ser ut som en förlåtande pastor på ett väckelse-
möte. Halleluja!
- Att göra bort sig Mita, det kan hända den bästa.
Jag häller rejält mycket av dressingen över min sallad och tar
en tugga av brödet.
- Undrar om din spanjor har mig på sin dödslista?
Bibi bubblar ut ett skratt så det stänker småsmulor genom
munnen. Jag tar skydd med min pappersservett för att inte bli
nedstänkt. Hon glittrar med ögonen och lägger huvudet på
sned:
- Ibland låter du en och annan groda hoppa ur munnen.
Jag studerar hennes vackra ansikte, tänker på alla
uppvaktande killar hon måste ha haft i tonåren. Hennes
pappa var säkert vaken då hon kom hem sent om nätterna.
Jag försöker göra mig lustig och frågar:
- Din pappa låste väl in dig?
- Du skulle bara veta...
Hon tittar sig runt i lokalen och sänker rösten.
- Jag är uppvuxen i ett kristet hem förstår du. Gifte mig då
jag fyllde tjugo. Det var pappa som valde ut honom åt mig.
Aha! Den nedtryckta och väluppfostrade flickan som tar igen
allt nu. Hon fick aldrig sin ungdom.
- Var uppfostran hård?
Hon nickar dystert. Jag förstår att dessa obehagliga
upplevelser under hennes uppväxt har präglat hennes liv.
- Naturligtvis var jag inte kär i *idioten*. Han var dubbelt så
gammal som jag, men jag trodde att det skulle bli bättre hos
honom.
- Då förstår jag att du jagar bekräftelser.
- Antagligen har du helt rätt.

- Vem vill inte bli sedd förresten, säger jag längtansfull.

- Nog syns du alltid.

- Ha ha! Du menar min kroppsvolym eller min stora käft?

- Vågar man säga både och?

Hon ler ansträngt och himlar med ögonen. Jag märker att hon inte vill prata mera om sin uppväxt och vi släpper ämnet.

I ett försök att lätta upp stämningen berättar jag om nästa blunder.

- I natt spydde jag ner hotellets panoramafönster.

- Vad *säger* du?

Bibi tror inte sina öron. Först tittar hon storögt på mig. Därefter skrattar hon.

- Hela situationen är ytterst pinsam...

Med en yvig handrörelse slår jag till smörgåsassietten med handen. Den flyger som ett UFO över bordskanten. Bibi hostar och tittar generad ner i golvet, där tallriken ligger i bitar.

- Hoppsan! Nu blir det städning igen ser jag, viskar hon.

- Faan också.

Jag drar en suck, böjer mig med ner och fumlar efter skärvorna för att raskt stoppa dem under bordsduken.

- Men vad gör du?

Bibi skäms över mig och gömmer ansiktet bakom servetten. Det är bara hennes bruna ögon som tittar fram. Hon sneglar nervöst fram och tillbaka på personalen. Tack och lov verkar ingen ha märkt den spruckna tallriken. Servitören är fullt upptagen med att fälla ner jalusiluckorna inför siestan.

Varför ska Bibi vara så prydlig? Kunde det inte ha varit hon som slagit ner tallriken eller spillt ut dressingen på sin klänning? Istället är det jag som står för alla jävla klavertramp. Jag mår inte alls bra vare sig psykiskt eller fysiskt. Huden bränner och jag har solfrossa. Mitt nya liv att träna och bättra på hälsan ligger långt fram i tiden. Jag bävar för att dagarna ska gå utan att jag sparkar igång min dressyr.

- Undrar var gymmet ligger? säger jag plötsligt.
- Tror du behöver en kroppsmassage istället.

Jag rynkar på näsan vid bara tanken på att någon ska knåda min kropp med heta händer.

- Jag vill inte att någon kåt karl ska knåda mig.
- Var har du fått det ifrån?
- Klart att en man bli upphetsad när han får chansen att fingra på en naken kvinna.

Hur mycket har jag inte hört mina väninnor berätta vad de blivit utsatta för. Men Bibi skakar avfärdande på huvudet.

- Så du menar att männen bara ser oss som sexobjekt?
- Nja, inte alla förstås.
- Tror inte alls du behöver vara rädd, säger hon och tar emot notan.
- Nej, du har rätt. Ingen normal karl tänder på en fettbulle.
- Så menade jag inte. Varför är du så elak mot dig själv?
- Den enda jag hade var Billy. Det måste fan ha varit fel på honom. Eller så var han så självupptagen att han inte såg vad han trängde in i.
- Men Mita!
- Jag är för tjock. Det ser du väl själv. Minst tre storlekar för stor. Klarar inte av att banta och mumsar i mig lass av smörgåsar som jag egentligen inte ens borde titta på.
- Din självkänsla är på botten. Den måste du bygga upp inifrån. Under tiden ska dina ögon få något läckert att vila på.
- Va? Menar du att du ska trolla fram en karl?

Hon skrattar och reser sig. Hon ser hemlighetsfull ut. Hon skjuter in stolen med ett skrapande. Jag sitter fortfarande kvar och tittar misstänksamt mot henne.

- Du skulle kunna se mycket smalare ut direkt om du bara klädde dig annorlunda.

- Hur menar du?

- Ett råd är att bära lösa och lediga kläder. Du ska definitivt inte gå i tajta trikåer eller toppar som passar bättre på en tonåring.

Jag studerar hennes slanka kropp. Hon har aldrig haft problem med vikten, men så gillar hon inte skräpmat heller. Jag lider av alla laster. Den enda svaghet hon har är alla dessa karlar. Men det håller jag tyst om för att undvika ytterligare en schism mellan oss. Om vi inte tänker lika kanske det beror på att jag måste lära mig att förstå henne.

Vi flanerar längs gågatorna och hamnar på Calle Olmos där det vimlar av butiker. De exklusiva skyltfönstren gör reklam för underbara underkläder, läckra klänningar, skor och smycken.

Klockan har passerat 17 och alla affärerna har öppnat igen efter siestan. Vi kliver in i en liten butik med fashionabla klädmärken. Min blick fastnar direkt på en elegant svart klänning, smyckad med axelband av strass. Jag hänger genast tillbaka den när jag ser prislappen.

- Här kan jag omöjligt handla.

Bibi är ivrig och tar genast fram plagget igen. Hon tycker att klänningen är som klippt och skuren för mig. Tyget är i polyesterjersey och känns mjukt och följsamt. Jag tar emot skapelsen och håller den framför mig. Den hårt sminkade expediten sneglar på mig med kritiska ögon. Jag blir genast osäker, glädjen är på en gång bortblåst. Självklart passar *jag* inte i detta klädesplagg. Men Bibi knuffar in mig i provrummet.

- Tramsa inte nu...

- Men?

Ovillig klär jag sakta av mig och står endast i mitt underställ. Den stora vita bomullsbehån omsluter min tunga byst. Under den väller min omfångsrika kalaskula ut som på en gravid kvinna. Mina lår är fulla med gropar och de runda höfterna ser ut som bakdelen på en arbetshäst. Provhytten är avskyvärd och har en mycket avslöjande spegel. Den visar mig i helfigur. Jag snyftar till och känner mig äcklad. Tafatt försöker jag dölja min kropp med hjälp av mina tajts.

- Nej, Bibi! Det här går inte.

- Sluta nu!

Hon låter bestämd och uppmanar mig att prova. Som en blind famlar jag med den svarta läckerheten. Med hårt slutna ögon trär jag på mig kreationen. Jag känner Bibis svala fingrar mot min nakna rygg när hon hjälper mig med dragkedjan.

- Fantastiskt! utbrister hon.

Begeistrad leder hon ut mig i butiken, som gudskelov är tom på kunder. Den eleganta expediten ser gillande ut när hon ser mig i klänningen.

Jag är helt mållös när jag ser mig i den kromfärgade spegeln. Det är en helt annan skepnad som står framför mig. Allt det tjocka på mig är dolt. Den sköna klänningen faller lätt och slutar strax ovanför knäna.

- Du har snygga knän och vrister så dom måste du framhäva, säger Bibi entusiastiskt.

Mina bara axlar framhäver mina nyckelben och jag vet att de är sexiga. Med dessa smala strasskedjor ser jag helt sagolik ut måste jag erkänna.

- Men jag har inte råd Bibi.

- Jag betalar.

- Nää! Kommer aldrig på fråga.

- Sluta larva dig. Jag har pengar. Se det som ett lån.

- Du kan inte mena allvar?

- Jo, det gör jag. Håll tyst nu, annars kanske jag ångrar mig.

Hon skrattar och ger mig en vänskapskram. Nu är jag på partyhumör igen och längtar efter utgång. Men Bibi har hittat ett par tunna beigefärgade raka bomullsbyxor som hon vill att jag också ska ha.

Medan butiksbiträdet knappar in Visa-kortets alla siffror på kassaapparaten räcker Bibi över ett turkosfärgat linne med tillhörande tunika. Tunikan har underbart söta, klädda knappar i samma färg. Bibi pekar på plaggen och ler mot biträdet.

- Those too!

- Vad kul att du köper något till dig också, säger jag glatt.

Kapitel 13

Jag är dödstrött när vi anländer till hotellet. Vi slänger oss raklånga på sängarna. Det tar på krafterna att handla kläder. Jag sneglar på de exklusiva kassarna där våra plagg ligger. Det ska bli så kul att gå ut ikväll. Jag måste vara någorlunda nykter. Tänker inte bete mig som en fjortis. Det kryper i kroppen och jag måste prova min klänning på nytt.

- Jag kan inte hålla mig längre.

Stolt visar jag upp mig i min svarta blåsa. Hänförd snurrar jag runt och känner mig attraktiv, för första gången på tio år. Jag studerar mitt ansikte i den lilla spegeln ovanför handfatet. När jag kollat en stund drar jag av mig mitt röda hårband och slänger det i papperskorgen. Försöker puffa till hårtestarna för att få bort raggarlooken.

Missnöjd tittar jag med bedjande ögon på Bibi. Hon studsar upp från sängen och tar tag i en tofs av mitt hår.

- Jag förstår inte varför du bleker ditt hår så där?

- Ser man inte yngre ut som blondin?

- Nä, inte alls. Du har ju jättefin färg i botten. Titta här! Hon drar i mitt hår. Vrider huvudet på mig som om jag vore en gummidocka.

- Aj! Jag är håröm, kvider jag och slår bort hennes fingrar.

- Nu fixar vi dig.

- Ska jag färga om det nu?

Jag är oerhörd skeptisk och har mina aningar om vad som är i görningen. Hur kan hon plötsligt så mycket om stajling, hon som levt så inbunden och nedtryckt i tjugofyra år? Genast blir hon som ett lyckligt barn på julafton och klappar händerna.

- Jag ska hjälpa dig vännen.

Hon fnittrar medan hon energiskt plockar fram en karta
med hårprover och några färgningsmedel ur sin beautybox.

Vi är helt överens om att jag ska tona ner mitt blonderade
hår och lägga in lite bronsfärgade slingor. Jag tar av mig
klänningen och hänger den på galgen. Mitt stora badlakan får
skyla kroppen. Medan jag slår mig ner i fåtöljen berättar hon
om sin frisörutbildning. Hon är inte helt borttappad bara för
att hon levt hämmad i ett långvarigt äktenskap. Skyndsamt
häller hon upp varsin gin och tonic.

– De här får oss att lugna ner oss.

Hon tar en ordentlig klunk, ställer ner glaset på bordet och
intar rollen som frisör. Med en fet kräm smörjer hon in
hårfästet så ingen färg ska fastna på huden. Jag mår som en
prinsessa av att känna hennes skonsamma behandling.
Mjukt och försiktigt benar hon upp mitt hår och penslar på
färgmedel. Om det inte vore för den stickiga glödlampans
sken i taket skulle jag säkert somna.

– Usch, vad här är upplyst. Det är väl ingen som ser oss va?

– Det skulle vara en fönsterputsare då.

Småskrattande slänger jag ett ögonkast mot den svarta
rutan. Där ute är det redan mörkt till skillnad mot de ljusa
kvällarna i Sverige. När jag tänker på hemma blir jag genast
vemodig. Jag saknar Billy. Han var mitt allt. Det kan jag inte
förneka. Fy fan, för dumma, dumma Billy, som inte vågade
vara i sina känslor, utan sprang ifrån så fort de kom för nära.
Ofrivilligt snyftar jag till. Jag tömmer mitt glas och suckar.

– Men Mita du ångrar väl dig inte redan?

Jag skakar på huvudet. Sorgsen skruvar jag upp korken på
ginflaskan och fyller på. Egentligen borde jag supa skallen av
mig för att glömma.

– Jag tänker på Billy.

– Skit i honom nu! Han är inte värd att spilla tårar över.

– Jag vet. Men fattar inte hur han bara kunde överge mig,

utan att ens kämpa emot det minsta. Jag gav honom allt.

- Det är det värsta en kvinna kan göra.

- Ska man inte anstränga sig då?

- Jovisst, men det måste ju vara från båda håll.

Det är inte lätt att vara klok när man har djupa känslor för någon. Om det gick att trycka på en deleteknapp ändå - poff så vore han borta ur sinne och minne.

Ginflaskan står lockande på bordet och jag funderar oroligt om den ska föra mig mot min undergång.

Nej, aldrig i livet ska den få mig att falla. Jag ska bara dricka för att bli glad. Nu är det semester och då ska jag banne mig få njuta. Här på Mallis är vi helt enkelt två glada medelålders kärringar ute på vift. Jag slänger en blick på det lilla runda bordet. Där ligger reklamlapparna som någon pådyvlade oss på flygplatsen. Det gula pappersbladet med den svartsnirklade texten är skriven på engelska. Jag tar lappen och läser högt:

- *"Come party at Bodybar! First drink free!"* Wow! Kvällen är räddad.

Bibi ler uppskattande. Är genast på hugget. Nu ska det bli party, party. Det finns ingen tid att deppa över taskiga förhållanden.

I duschrummet hjälper hon mig att få bort färgmedlet. Hon smetar in håret med balsam som får sitta en stund innan sköljningen. Vi studerar den nya hårfärgen framför spegeln.

- Blev det inte en aning för mörkt?

- Nej, det blir skitbra när det torkar!

Hon pillar och drar i mina hårtestar. Jag vet inte om jag är nöjd med resultatet. Blev det inte för mörkt ändå?

Tillbaka i rummet torkar hon energiskt mitt våta hår med en frottéhandduk. Hon sprejar på ett skyddsmedel som gör att färgen sitter bättre. Jag känner mig inte längre så morsk när hon gräver fram sitt verktyg ur boxen.

- Jaha Mita! Får jag gå igång med saxen nu då?

- Men ta inte så mycket, gnäller jag ynkligt.

Hon drar allt hår bakåt. Jag avskyr att visa ansiktet så öppet. Med kraftiga tag kammar hon mina hårtestar och klipper. Saxen går som en slåttermaskin över huvudet. Jag sneglar oroligt ned på golvet för att se hur mycket hon har tagit. Hon böjer sig över mig och viskar retfullt i mitt öra.

- Nu måste du fixa ett läckert ragg.

- Never, ever!

Inte en chans i världen att jag tänker hoppa i säng med en okänd sydländsk gigolotyp.

- Var inte en sån förbaskad torris, Mita.

Hon skrattar och visar upp en rad perfekta tänder. Hennes generösa mun gör att ansiktet plötsligt ser så litet ut under hennes yviga hår.

- Kanske *jag* kan få ett ligg ikväll då, om inte du skrämmer iväg alla kavaljer?

- Bibi! Passa dig jävligt noga för könssjukdomar bara.

- Vad menar du?

Hon stannar upp i sitt klippande och tar en klunk av groggen. Jag fattar inte hur hon tänker?

- Du måste väl känna till både kondylom och klamydia?

- Smittar det lika lätt som gonorré?

- Självklart! Klamydia är lömskt. Det syns knappt. Och har man haft kondylom kan man få livmoderhalscancer.

- Jag brukar använda kondom.

- Gonorré smittar även oralt ska du veta.

- Oralt! Vad betyder det?

- När man gör det med munnen...

- Jaså! Ska man ha kondom på tungan då? frågar hon troskyldigt.

Jag viker mig i fåtöljen och gapskrattar. De avklippta hårtestarna rasar ner från axlarna och landar på golvet.

Hur är det ställt med henne egentligen? Lever hon på artonhundratalet eller vad? Jag skrattar igen och tänker på hennes oerfarna sexualupplysning.

- Bibi! Vi tar det här kapitlet en annan gång. Nu måste du fixa färdig mig så vi kommer ut nån gång.

VI SVEPER IN genom de öppna dörrarna till "*Bodybar*". Jag känner mig skitkaxig i den nya tuffa frissan. Mitt nya och självsäkra liv har börjat ta form. Med hjälp av Aloe Vera har hon åstadkommit en unik förvandling på mig. I ett svagt ögonblick har jag beställt produkter för 1745 kronor. Vill man hotta upp sig lite är det förstås värt varenda krona.

Min kalla öl känns läskande och livet är på topp. Vi ögnar igenom matsedeln och diskuterar vad vi ska äta. De flesta maträtterna är översatta till engelska. Till slut beställer vi in tapas. Jag kommer att bli proppmätt och säkert full av gas i kistan.

Lokalen ser fräsch ut och det verkar vara ett populärt ställe. Det strömmar hela tiden in folk som ska äta. Vårt bord är placerat längst inne i hörnet på diskoteket. Musikvolymen är hög så vi får skrika till varandra för att höras.

- Såå snygg du är, ropar Bibi.
- Tycker du verkligen det?
- Jaa! Du är en helt annan person.
- Nu skulle Billy se mig.

Jag ler stort och höjer en skål mot henne. Trots att det är slut så kan jag inte hjälpa att han finns som ett spöke över mig. Jag önskade verkligen att han skulle se vilken fantastisk kvinna han har sumpat. Det känns vemodigt, men på samma gång befriande att slippa ha kontakt med honom.

Man måste vara stark för att göra slut trots att känslorna finns kvar. Jag tycker att Bibi verkligen är värd att firas som klarat av att ta sig ur ett dysfunktionellt förhållande.

- En skål åt dig.

- Mig?

- Ja! Att du tog dig ur ditt äktenskap och blivit en frigjord kvinna.

Hon skrattar och skålar med mig så glasen klirrar. Blinkar förföriskt.

- Vänta du bara. Du kommer nog att längta efter ett rejält skjut du också. Fortare än du anar.

- Men Bibi! Sansa ner dig lite.

Maten kommer in och vi delar på en flaska Rioja. På småtallrikar serveras oliver, bläckfisk, räkor, sniglar, friterade champinjoner och skinka. Vi har också fått in olika slags grillspett och aioli. Det smakar fantastiskt. Vi äter upp maten, pratar om väder och vind. Restaurangdelen fylls på med flera matgäster.

Vid vårt bord är fyra platser reserverade. När servitören kommer för att ta bort våra tallrikar viftar jag med gratiskupongen. Det dröjer inte länge förrän han är tillbaka med två drinkar. Eftersom jag druckit några groggar redan på hotellrummet så känner jag mig redan en aning lullig.
Jag irriteras av tanken att hotellchefen misstänker mig för stöld.

- Har du snattat något någon gång?

Bibi skakar på huvudet och häller i de sista dropparna av vinet i sitt glas. En av serveringspersonalen tömmer ett par askkoppar och torkar av ett bord i närheten. Bibi passar på att beställa ytterligare två öl.

- Jag höll på att sno kollekten en gång. Brorsan och jag ansvarade för att samla in pengar till kyrkan.

- Vad var det som hindrade dig?

- Pastorn dök upp i församlingssalen precis när jag skulle norpa några tior och stoppa i fickan

- Hur kom du på den tokiga idén?

- Jag var tolv år, hade inte fått veckopengen på flera
månader.
- Ojdå!
Hennes ansikte hårdnar när hon snörper på munnen åt
minnet.
- Pappa var skitsträng ska du veta. Så fort jag gjorde fel
drog han in veckopengen.
- Snacka om makt.
- Ja, om man kommer hem med fyror i stället för femmor
så.
- Vad? Drog han in veckopengen för att du inte hade
femmor?
- Det var absolut inte det värsta.
- Jaså?
- Jag kom hem för sent från skolan en gång. Då blev jag
utan kvällsmat under en hel månad.
- Det är inte möjligt?!
- Jodå! Mamma och jag fick smyga oss ut i köket och fixa
smörgåsar till mig efter att han somnat. Det var ganska skönt
på sätt och vis. för då slapp jag sitta med vid matbordet. Han
kunde bli så arg för ingenting. Vet du? Jag tror att jag blev
anorektiker på grund av honom, säger hon bittert.
- Har du ätstörningar fortfarande?
- Det är bättre nu, men jag håller sträng diet ibland.
- Jag skäms Bibi.
- För vad?
- För mitt eviga tjatande om att jag ska banta och är för
tjock.
- Äsch, det gör väl ingenting. Men varför undrade du om
jag hade snattat?
- De tror nämligen att jag snott pengar ur hotellets kassa.
Bibi tittar storögt på mig. Förstår inte vad jag pratar om. Jag
berättar att jag varit inne på kontoret och sett deras olåsta

kassaskrin på bordet.

- Sorella upptäckte mig därinne och hennes pappa tror att det är jag som är den skyldige.

- Det var det värsta jag har hört! Det är ju vansinnigt att tro att du har snott pengarna.

- Visst, men har i alla fall inget att vara orolig för. Jag har nämligen en liten hållhake på Sorella om rökningen. Hon ordnar säkert upp saken åt mig.

- Vet du? Jag tror att det är hon som är den skyldige, säger Bibi som en annan Sherlock Holmes.

Inne i damrummet slår discomusiken genom väggarna. Jag känner mig berusad där jag står och köar till toaletten. Bakom mig hör jag fnitter. Jag vänder mig om och ser två unga kvinnor bättra på sin makeup. De hjälper varandra att måla läpparna med ett knallrött läppstift. Jag blir totalt överraskad då jag känner igen Sorella. Hon har satt upp håret i en lös knut och målat sina långa ögonfransar. Hennes korta röda klänning smiter följsamt åt runt kroppen. Hon ser bra mycket äldre ut än sina sexton år.

- Men vad gör du här? utbrister jag.

Jag försöker låta stadig på rösten. Vill inte avslöja att jag är onykter. Först verkar det som om hon inte vill känna igen mig. Tittar på sin väninna och rycker på axlarna.

- Åh hej, svarar hon sen på sin knaggliga engelska.

- Vet din pappa om att du är ute?

- Nej! Han skulle döda mig om han visste, viskar hon förskräckt i mitt öra.

- Så nu ska jag hålla tyst om det här också lilla vän?

- Jaa, snälla...

- Vet du vad klockan är? Du borda ligga hemma och sova.

- Jag ska bara in på toaletten och sen ska jag hem.

- Måste man bättra på läpparna om man ska sova?

- Våra pojkvänner sitter i bilen och väntar. Jag vill se snygg ut, skrattar hon generad.

- Åk direkt hem till din pappa innan han saknar dig.

- Jag lovar.

Toalettkön verkar stå helt stilla. Den som befinner sig inne på muggen har tagit god tid på sig. En kvinna som står först i kön bultar på dörren med foten. Hon skriker något på spanska.

Sen går allt fort. Två ur personalstyrkan dyker upp och knackar på dörren. När ingen öppnar, tar de en nyckel och låser upp dörrvredet. På sitsen sitter en man runt trettio och sover med gapande mun. Byxorna är nerdragna och det är fullt med sörja nedanför hans skor. Det stinker avföring och jag får kväljningar av den vidriga lukten. Kvinnorna skriker högljutt och personalen motar ut oss. Sorella försvinner snabbt från platsen tillsammans med väninnan. Jag är så kissnödig att jag tror jag ska spricka.

Bredvid ligger herrmuggen - och skyndsamt smiter jag in. Därinne är det tomt och det går undan att uträtta mina behov. Jag tvättar mig snabbt och sprutar på mig min underbara Boucheronparfym. En hastig blick in den ovala spegeln förvandlar mig till en häftig kvinna i tuff frisyr.

När jag kommer tillbaka sitter fyra blonda unga tjejer vid vårt bord. De är kopior av Viktoria Silvstedt. Halva härligheten tittar fram ur deras djupa urringningar. De är brunbrända med blekvita tänder. På en gång försvinner mitt självförtroende och jag känner mig urlöjlig. För några sekunder sen trodde jag att min förvandling närmat mig tjugofemårsstrecket. Nu känns det som en helkväll tillsammans med mina tonårsdöttrar - om jag haft några.

Jag noterar att en hel del män spanar in läckerheterna. Utan att avslöja min besvikelse att de sitter vid vårt bord ler jag vänligt mot dem. Typiskt nog har jag hamnat längst in i hörnet. Det är trångt och min kropp är inte alls beredd att göra sig mindre. I detta trånga utrymme råkar jag dra med mig duken. Rödvinskaraffen faller ner på bordet och innehållet rinner ner på en av tjejernas brunbrända lår. Klänningen är så kort att den knappt räcker över nederdelens troskant, det är endast bar hud som färgas rött.

- Men vad fan se dig för din korkade jävel.

Tjejen blir vansinnig och flyger upp från soffan. Jag blir livrädd. Tänk om hon rökt på och nu tänker ta strupgrepp på mig. Jag torkar nervöst av henne med min kjolfåll.

- Du är ju ett psykfall jävla klimakteriekärring!

Hon slår bort mina händer och rusar ut mot dansgolvet. Hennes fasansfulla ord skjuter som ett pistolskott rakt in i mitt sårbara hjärta. Det känns som hon skurit upp hela min person och styckat sönder vartenda organ i små, små bitar. De förintar sig själva i pyttemolekyler. Varje del har hon löst upp och de virvlar upp som ett tjockt moln.

Mitt självförtroende, bantningen och min nya look krackelerar. Sakta förvandlas jag återigen till den gamla sjöhäxan som jag innerst inne känner mig som.

Utan att blinka sveper jag det sista av vinet. Jag är så upprörd att händerna skakar.

Vad som sen händer har jag ingen aning om. Men på något konstigt vis är jag mitt uppe i ett vilt slagsmål med en blond plastdocka som tror att silikon och ungdom är det enda som gäller.

Kapitel 14

BIBI SITTER BREDVID mig på sängkanten i vårt hotellrum
följande morgon. Hon har en turkosfärgad kimono på sig.
Hon är fortfarande blöt i håret efter duschen. Själv har jag
inte ens ork att ta mig till handfatet. Jag lägger kudden över
ögonen för att slippa se dagsljuset. Bibis upprörda röst känns
som sylvassa nålar på mina tinningar.

- Men vad tänkte du på?

- Ingen aning. Förmodligen "döda".

Jag är trött och har en minneslucka. Det här är ingen
semester jag vill föra in i dagboken. Allt har gått åt skogen
ända sen jag kom hit. Bibi säger ett tröstande ord.

- Vilken tur att Fernando kom och särade på er i alla fall.

- Jaa, annars hade hon fått åka hem i en plåtlåda till Sverige!

Jag dunkar kudden i väggen och mår skit. Det är ytterst
pinsamt att ha kravlat omkring på golvet som en koltunge.

- Mita, hur är det med dina nerver egentligen?

- Jag vet inte. Kanske beror på rökningen eller bantningen.

- Du hade tur att hon inte anmälde dig.

- Då hade jag gjort en motanmälan för kränkning.

- Jag förstår att du blev upprörd, men det finns gränser för
hur man beter sig när man snart är femtio.

- Jaa! Jag vet! Jag har ånger! Kanske borde jag slänga mig
framför ett tåg! fräser jag.

- Här!

Innan jag hunnit blinka har hon kastat till mig mina
badkläder och badlakan. Motvilligt sätter jag mig upp i
sängen och plockar ihop prylarna.

Bibi reser sig upp och knyter upp kimonon för att klä sig.
Därefter tar hon upp en kasse som står på bordet.

- Jag har packat ner baguetter med skinka och

mineralvatten som vi ska ha med till stranden.

Min huvudsmärta känner inte alls för att bada. I tumultet på Bodybar råkade jag halka och slå pannan i golvet. Det var då som jag kände ett par starka armar hjälpa mig upp. Fernando hade kommit till undsättning och räddat mig från fyra skrikande tonårsbrudar. De var så arga att de kunnat skära mig i bitar.

Fernando var alltså mannen från yachten. Han hade lugnt suttit i närheten av vårt bord och ätit, då Bibi hysteriskt slitit tag i honom och bett om hjälp. Efter att jag kommit ut i friska luften och promenerat ner till piren hade jag lugnat ned mig. Han hade sett till att Bibi och jag kommit ordentligt till hotellet. Tack och lov var det husfrun som tog emot oss i receptionen.

Jag kliar mig i hårbotten och möter Bibis irriterade blick.

- Vad sitter du och såsar för? Jag har inte betalat en semester till Mallis för att sitta på ett hotellrum.

Med knappt ledsyn tar jag mig fram till handfatet. I spegeln ser jag en zombie. Jag är alldeles sotig runt ögonen och det knallröda läppstiftet har halkat ner på hakan. Frisyren är tovig efter blondinens behandling. Jag vill hem. Varför åkte jag hit? Varningsklockorna ringde redan på Arlanda då Bibi varslade med sin flygrädsla.

Jag vaskar ansiktet och snart känns det lite bättre. Nu vill jag inte förstöra flera dagar för Bibi. Det är bara att bita ihop och se glad ut.

- Vad gör du?

Bibi studerar mig och ser undrande ut. Hon lutar sig mot dörren i en sval sommarklänning.

- Byter om. Tycker du att jag ska gå ut naken?

- Jamen, de där neongröna tajtsen och den där chockrosa glanstoppen är väl ändå att ta i? Rena rama Ullared.

Redan när jag sätter foten i byxbenet är jag andfådd. Det är

ansträngande att åla sig i ett par åtsittande kläder när man är
dagen efter.

- Det ska se ut som jag tränar.

- Okej! Jag förstår! … Eller inte.

Hon skakar på huvudet och går före mig ner för trappan.
Jag lommar motvilligt efter, har ingen lust att möta det starka
dagsljuset.

Ute på den trafikerade gatan kör bilar och motorcyklar.
Medan jag väntar på att Bibi ska lämna nycklarna i
receptionen småjoggar jag på plats utanför hotellfoajén.
Det är som vanligt Butter som vaktar hotellet. Jag varken
vågar eller orkar möta hans kritiska ögon. Även om jag
faktiskt är oskyldig är det en aning besvärande att se honom.

- Du får ursäkta, men du ser inte klok ut, väser Bibi när
hon dyker upp.

Utan att svara småspringer jag bredvid henne där hon går
med raska steg. Hon ser så fräsch ut i sin svala strandklänning
som fladdrar i vinden. De stora solglasögonen döljer hennes
bruna ögon. Själv känner jag mig som en färgglad badboll när
jag studsar bredvid henne.

När vi kommer fram till beachen är det redan fullt med
badande människor. Solen är het. Klockan har hunnit bli 11.
Barn tjuter av glädje när de leker vid strandkanten. Bibi blir
plötsligt surmulen och känner ingen lust att bada när det
kryllar av folk. Hon brer ut sitt stora badlakan bredvid en
barnfamilj och muttrar tyst.

- Varenda stol tycks vara upptagen idag. Vi skulle ha åkt
tidigare. Men det gick ju inte när man som vanligt ska vänta
på att du ska nyktra till. Det blir att ligga på badlakanet och få
sand innanför trosorna.

Jag svarar inte. Istället dyker jag ner i kassen för att fiska
upp baddräkten. Jag är sjöblöt av svett. Vilket tilltag att sätta
på mig kläder som istället skulle passa för en ungdom.

Värmen stiger och vi bestämmer oss att ta semesterns
första dopp tillsammans. Jag får gå ut en bra bit för att kunna
simma. Vågorna är inte lika höga som de var den första
dagen. Havet är salt och jag flyter som en kork när jag vänder
mig på ryggen. Den heta solen bränner mitt ansikte och det
känns skönt när vattnet stänker på mig. Längre bort hör jag
motorbåtarnas ljud.

Jag rullar över på magen och tar ytterligare några simtag
innan jag vänder tillbaka mot stranden.

- Jag mår illa...

- Lägg en våt handduk över huvudet då.

Bibi ger mig en kritisk blick medan hon smörjer in sig med
sololja på benen. Kanske mår jag bättre om jag får något att
dricka. Jag skruvar upp korken på mineralflaskan och tömmer
den nästan helt.

- Kul om du sparar lite till mig också.

Bibi verkar retlig idag och inte alls på humör. Mitt dåliga
samvete ligger och svävar över mig som ett litet grått moln.
Jag ger henne flaskan.

- Det finns lite kvar om du vill ha?

- Äh, behåll du resten.

Hennes röst är frostig och det känns som hon impregnerat
atmosfären mellan oss. Jag känner mig helt avvisad. Stackars
Bibi som är så utsvulten på karlar och vatten. Jag irriterar mig
mer och mer på henne där jag ligger och kisar ut över det
öppna vita skummande havet.

Hennes mobil ringer och hon blir genast gladare. Hon
skrattar kärleksfullt och himlar med ögonen. Det låter som
hon pratar engelska, men jag förstår inte alls så mycket av
samtalet.

- Det var Ashim, säger hon när hon knäpper av mobilen.

- Är han turk?

- Nej! Indier. Och han kan sämre svenska än kroaten.

Därför pratar vi engelska.

- Indier? Var träffar du alla?

Jag skakar på huvudet och gör en avfärdande gest med handen då jag kommer på att frågan är onödig. Klart hon träffar alla på nätet. Hon kan ju chatta över hela världen. Inte alls så underligt att hon har ett helt nätverk av kontakter.

- Indiern har jag träffat redan.

- Och det i sängen förstås?

- Nu går du händelserna i förväg Mita. Han är kock på kvarterskrogen där jag brukar luncha.

- Så det har inte hunnit bli något mellan er än?

Hon drar en djup suck, knäpper av mobilen och slänger ner den i sin kasse.

- Nää! Allt handlar väl inte bara om sex.

KLOCKAN NÄRMAR SIG tre på eftermiddagen. Jag har ingen ro att ligga stilla. Rastlösheten kryper i kroppen. Det är dags att ta itu med mitt träningspass på badlakanet.

Jag reser mig upp och ställer mig bredbent. De yviga armrörelserna föreställer grenar som blåser i vinden. Jag sänker ner armarna och hoppar ihop med fötterna. Tar ett jätteskutt upp i luften. Det här upprepar jag några gånger. Jag särar på benen för att nå fötterna med mina händer utan att böja knäna. Efter den övningen är jag totalt slut. Jag dimper ner som en blöt deg på badlakanet och kippar efter andan.

- Men för guds skull Mita! Vad håller du nu på med?

Jag kikar på Bibi där jag ligger och flåsar, utslagen som ett jagat vilddjur. Hon skjuter upp sina solbrillor i håret. Skakar på huvudet och skrattar åt mig.

- Tränar! svarar jag torrt.

- I den här värmen?

- När ska jag göra det då?

- Får du ett hjärtstillestånd här på stranden, så lita inte på mig. Jag kan ingenting om sjukvård.

Hon lägger sig på magen för att sola ryggen. Utan att kommentera hennes utsaga skruvar jag upp korken på mineralvattnet. Jag märker att Bibi studerar mig i smyg. Hon låtsas blunda när hon ser det sista av innehållet i flaskan försvinna i min törstiga strupe.

Min blick vandrar över solbadarna runt oss. En välsvarvad brunett kastar sitt yviga hår tillbaka och skrattar. Hon böjer sig ner och gräver fram en plånbok ur en korg. Tätt intill henne står en brunbränd kille och ler. Jag är inte alls säker men visst ser det väl ut som den unga melonförsäljaren? Som om Bibi läser mina tankar vänder hon ansiktet mot honom. Hon tar på sig solbrillorna och reser sig upp.

- Man kanske skulle läska sig med meloner när det är brist på vatten. Kommer inte berget till Muhammed så får det bli tvärtom.

Jag måste få henne på andra tankar. Hon kan inte mena allvar. Tror hon att hon skulle ha någon chans på den som är hälften så ung som henne.

- Vore inte den där Fernando ett lämpligare kap?

- Äh! Han är säkert minst femtiofem, fnyser hon.

- Jamen det är ju bara åtta års skillnad mot tjugofem, Bibi.

- Vet du inte att en kvinna bör vara minst tio år äldre eftersom att vi lever längre.

- Fem år! Och knappt det. Kvinnor både dricker och röker värre än männen.

- Tala för dig själv du...

- Jag röker inte längre. Dricker gör jag väldigt måttligt.

Bibi ruskar på huvudet åt mitt svar och travar iväg mot ynglingen. Hon får mig att framstå som ett misslyckat dumhuvud. Jag tycker hon är bra orättvis som inte ser hur jag ändå försöker förändra mig. Hon kunde väl ha uppmuntrat mig när jag joggade hit till stranden, till exempel. Det är faktiskt en större bedrift än vad hon har åstadkommit. Men istället förlöjligar hon mig genom att skratta. *"Jag har inga laster"*, säger hon. Men när hon nätdejtar då? Må vara att den sortens beroende inte tar kål på några inre organ eller halverar livslängden. Men vem vet vad hennes nätdejtingsträffar leder till? Kanske hamnar hon på sjöbotten för att en sadistisk våldtäktsman inte fattat var gränsen går.

Snart är hon tillbaka. Hon sätter sig på badlakanet och räcker mig en melonskiva. Snål är hon i alla fall inte. Jag biter av en bit, så glupskt att saften rinner längs hakan. Bibi tar plötsligt tag i min arm, så hårt att jag tappar melonskivan i sanden.

- Vet du vilka som är här?
- Kungen och Silvia?

Jag försöker göra mig lustig över hennes fråga. Irriterad borstar jag bort sandkornen från frukten och tar en ny tugga.

- Dummer! Tjejerna från "Bodybar" såklart.

Jag spottar ut melonbiten. Det är som en hel armé av stackmyror kryper på kroppen. Jag har definitivt ingen lust att möta mina fiender här. Absolut inte utan bodyguarden Fernando. Vad ska jag göra? Antingen får jag kapitulera och visa vit flagg, eller så drar jag i väg fort som ett jetplan för att inte riskera halshuggning. Vågar jag invänta striden eller ska jag ta till flykten?

Självklart väljer jag det sista alternativet. Jag vågar inte utmana ödet. Rivmärken på armen påminner om att dessa rovdjur har vassa klor.

Som getingstungen flyger jag upp och krafsar ihop mina utspridda saker. Jag ropar att Bibi ska göra detsamma. Det måste gå undan.

Jag har fortfarande hjärtrus när vi äntligen sitter på en uteservering med varsin kall öl; cerveza. Jag har ännu inte kommit över chocken. Vet inte om jag kan hantera detta. Har ingen lust längre att vara kvar på ön.

Bibi blir vansinnig på mig och vill inte alls höra talas om saken.

– Vi kan väl inte åka hem tidigare fattar du väl?

– Jag kommer att gå omkring här som jagad av Gestapo.

– Palma är stort. Det finns ju mängder av badstränder. Och diskotek.

Till en början är jag oresonabel. Tycker att jag skämt ut mig tillräckligt, det går säkert redan ett rykte om "fyllkärringen på Bodybar". Jag har ju kommit hit för att börja ett hälsosammare liv. Nu är det nära en kollaps.

Jag viftar till mig servitören och ber om ett paket Marlboro.

– Mita! Ska du verkligen börja röka igen?

Hennes bruna ögon ser lika sorgsna ut som på en cockerspaniel. Hennes haka hamnar i axelhöjd av förvåning. Det gör mig ännu mera provokativ. Självklart ska jag röka ihjäl mig. Lika bra att få det överstökat. Hjärtinfarkt och lungcancer på samma gång. För att trotsa ännu mera tar jag upp två cigaretter. Jag tänder dem tillsammans.

Men redan efter första halsblosset hostar jag. Det kan inte vara möjligt. Nu har jag fått KOL också. Jag kommer inte få uppleva min femtioårsdag. Mitt liv är slut.

– Fy fan, säger jag.

Jag håller mina två nytända djävulspinnar mellan fingrarna. De tittar mot mig med små sadistiska glödande ögon. Raskt krossar jag båda i närliggande askkopp. Skyndsamt ger jag Bibi paketet.

– Ta de här! Vad tusan tänkte jag på egentligen?

Hon stoppar ner cigarettpaketet i sin badkasse och beställer in ytterligare en flasköl. Jag kikar oförstående på henne.

– Ska du inte kasta paketet?

– Nää!

Jag förstår inte varför hon vill jäklas. Tänker hon fresta mig genom att visa ciggen för mig, varje gång mina nerver kommer i dallring?

- Du ska lära dig att *se* dom. Nästa gång du trånar ska jag tvinga dig att röka upp hela rubbet. Och det på en gång!

Jag tror inte mina öron. Ska hon bestämma över mitt liv? Har hon inte själv en massa problem att ta itu med? Ska jag lita på Bibi och se henne som min personliga coach?

Till slut går jag med på att inte slänga mina plågoandar. Hon tar en klunk av ölet och ler pillemariskt.

- När jag kommer hem har jag tre dejter på G.

- Okej, suckar jag.

"Karltokiga Bibi och *misslyckade bantar-Mita. Två klimakteriekärringar i Palma".* Låter som en simpel kalkonfilm. Är det så våra liv ter sig? Jag är så desperat på en förändring att allting blir fel. Är det det här som kallas motståndet i "The Secret"? När förändringarna sker blir allt ännu värre. Dubbelt upp med motgångar och missöden. När man sen släpper kontrollen och bara är i flödet, då kommer framgången.

Men Bibi verkar nöjd med sitt nya liv. Hon tänker inte ge upp sina nätkontakter. *Det är först nu som jag lever*, säger hon. Ja, det är klart. Med en sådan terminator till exman som hon har haft. Hon vill leva nu. Det verkar som hon tar igen allt hon missat under sitt tidigare liv.

Bibi berättar att idioten krävde alla äktenskapets rättigheter, för egen del. Men allting var slentrianmässigt och över på fem minuter. Otillfredsställd kunde hon få ligga sömnlös och i timmar. Hon har aldrig fått oralsex. Vet inte vad en tunga kan göra mellan hennes ben.

Vi har tryckt i oss några öl under ett antal timmar och Bibi börjar bli full. Orden hänger inte riktigt med. Hon sluddrar.

- Vet du vad jag gjorde en morgon, innan jag ställde in hans frukost på sängen?

Jag kisar med ögonen för att få bra skärpa på Bibis ansikte. Ser hur hon snörper på munnen. Hon viftar med solbrillorna och håller ölglaset i ett fast grepp med den andra handen. Vi sitter i skuggan under ett stort parasoll för att slippa bli mer brännskadad än vad jag redan är. Det stänker öl mellan Bibis mungipor när hon berättar.

- När idioten glufsade i sig gröten, ja jag säger glufsa, för fy faan vad han smaskade - lät det som nyfångade kräftor.

- Som kräftor?

Jag har ingen aning om hur kräftor ska låta. De enda ljud jag har hört är när jag själv sörplar i mig saften och suger på klorna.

- Jo, förstår du, kräftorna har ett speciellt ljud ska du veta. Blåsvarta kryper de på varandra och låter som man... *Steker fläsk.*

Hon skriker ut orden, tycker att hon kommit på en utmärkt förklaringsmodell. Men vad har det med hennes ex att göra? Var han som en kräfta i sängen kanske? Som stjärntecknet i astrologin? Känslig och sårbar? Han kanske grät varje gång det gick för honom och glömde bort att också Bibi hade ett liv?

- Jag tappade gröten i kattlådan.

- Vad sa du att du gjorde?

- Jag balanserade tallriken samtidigt som jag skulle plocka bort kattskiten. Det var ju alltid jag som fick göra det också.

- Och?

- Vi hade sådan där "*Everclean*" som är som små gruskorn för att kisset ska klumpa ihop sig. Lättare att plocka bort då, förklarar hon.

- Menar du, att du plockade upp gröten därifrån och la den tillbaka på tallriken?

Hon nickar och ser överlycklig ut. Är detta verkligen den

blida Bibi? Hon har ju medvetet försökt ta livet av gubben sin
med kattskit och sand. Inte alls samma sak som mitt missöde
då Billy höll på att brinna inne.

- Han älskar korngröt och han kände knappast någon
skillnad.

Bibi är nu rejält berusad, berättar vidare om sitt vidriga
äktenskap. Hon har känt sig så värdelös och liten alla de
gånger hon tvingats be om pengar för att kunna handla.
Hans mat! Hon hade aldrig varit tillsammans med en man
innan hon träffade idioten. Inget hångel och inga kyssar har
hon fått uppleva. Förrän nu, när hon började nätdejta.
Det som gjort att hon inte tappat fotfästet helt här i livet är
hennes arbete. Hon driver en hårsalong där de flesta
kunderna är pensionärer. *"Jag trivs ganska bra. Lugnt och skönt.
Tacksamma satar"* som hon uttrycker det.

Jo, om man är åttiofem år och får en permanent fixad till
fredagskvällen är det nog lika upplyftande som att spela
bingolotto. Hon har två vuxna döttrar. Båda står på pappans
sida. De tycker att Bibi betett sig oerhört omoget och
egoistiskt. Tycker hon svikit. Det är ju hon som har flyttat.

- Hade jag inte stuckit hade jag tagit en köttyxa och klyvt
honom mitt itu, säger hon och slår ölglaset i bordet.

DET ÄR SEN eftermiddag då vi rumlar hemåt mot hotellet.
Sorella dammsuger framför entrén. Hon skiner upp och
vinkar mot oss. *Butter* står som vanligt och hänger över disken
med näsan i tidningen. En rundlagd kvinna i gråsprängt hår
som jag inte sett tidigare putsar insidan på panoramafönstret.
Framför fönstret står två höga, tropiska växter som är
hotellets stolthet.

- Det kommer en hel busslass med gäster ikväll, upplyser
Sorella exalterat.

Jag stålsätter mig och försöker låta stadig på rösten. Vill

inte visa att jag är onykter. Bibi smiter uppför trappan men själv blir jag stående vid disken för att vänta på nyckeln. Jag ler ansträngt mot Sorella och frågar artigt.

- Varifrån?

- Madrid.

- Så ni är klara med renoveringarna nu då?

- Om ett par dagar. Och kan du gissa? Alla rum får eget bad.

Hon skrattar. Kastar med sitt långa hår och virar upp det till en lös knut som hon fäster med en penna.

Bibi och jag kommer minsann inte att få njuta av att ha badrum på rummet. Då är vi nog redan hemma i Sverige igen. Nåja, det verkar iallafall som det kommer att bli lite liv i luckan på det här sömniga hotellet. Kanske blir familjefadern gladare om han får in lite pengar. Nu behöver han inte anklaga en oskyldig gäst att ha nallat i kakburken.

Hotellägaren ger mig nyckeln, nickar kort åt mig och jag fortsätter mot trappan.

- Jag har slutat röka också, kvittrar Sorella.

Jag tar ett stadigt tag om ledstången och vänder mig leende om. Hon ser så oskuldsfull ut där hon står i en vit kortärmad blus, svart vippkjol och ballerinaskor.

- Så bra!

Hon tar dammsugarslangen, använder den som ett mikrofonstativ, gör några danssteg och börjar sjunga. Jag skrattar åt hennes spontana utspel.

- Du är rolig du.

- Tack för att du inte skvallrade, säger hon allvarligt.

- Menar du mötet på krogen?

- Nej! Pappa märkte inget av att jag var ute. Jag menade rökningen.

- Det är lätt att bli fast. Titta på mig som rökt i så många år.

- Jag har aldrig rökt på riktigt. Det var bara i smyg.

- Då så!

Plötsligt släpper hon slangen på golvet. Den ringlar iväg som en orm. Med tre kvicka steg är hon framme vid trappan. Hon ger mig en kram. Jag kikar på hennes pappa som stirrar i tidningen och undrar om han överhuvudtaget märker av sin vackra dotter. Jag gör mig fri från hennes omfamning och säger käckt:

- Roligt för dig att få hit lite folk från Madrid.

- Men de är jättegamla! Mellan femtiofem och sjuttio, utbrister hon.

Det känns som en kraftig käftsmäll. Man behöver inte vara duktig i huvudräkning för att förstå att det inte är många år kvar tills jag själv är där. Gammal nog att köa till en seniorbostad. Jag är snart pensionär och ungdomstiden har flytt sin kos.

Utan Billy känner jag mig inte längre ung. Han var den enda som lät mig tro att jag fortfarande brann av liv.

- Du... Vi har rett ut det där om pengarna. Och pappa ber om ursäkt.

- Jaha, svarar jag frånvarande.

Det betyder egentligen ingenting att ha blivit anklagad för snatteri jämfört med att livet springer ifrån mig.

- Är du inte glad? ropar hon efter mig där jag med tunga steg går uppför trappan.

- Jo. Det är som jag vunnit högsta vinsten, säger jag.

Bibi står lutad mot väggen i korridoren. Jag tar henne om axlarna och vi går in i rummet. Vi måste vila lite inför kvällens utgång.

Kapitel 15

EN TIMME SENARE ligger jag klarvaken ovanpå sängen och tankarna far åt alla håll. Jag måste rycka upp mig. Det här går inte. Ska jag åldras på ett hotellrum resten av veckan?

Jag studerar min rumskamrat. Hon sover djupt. Dagen har tagit hårt på henne efter bikten om "idioten". Att väcka henne ur Morfei armar lär blir svårare än att hitta en miljon i en papperskorg. Antingen sover vi oss igenom kvällen eller så häller jag ishinken som står på nattduksbordet över henne. Jag sneglar på högen där mina självlysande träningskläder ligger. Över dörrkarmen vilar min svarta klänning.

Bilder som *"komma-igång-Mita"* och *"klimakteriekärringen Mita"* delar mig i två läger. Vem vill jag vara? En öldrickande före detta raggarbrud som är livrädd att åldras eller vill jag utvecklas till en livsbejakande kvinna som är trygg mitt i livet? Hur svårt kan det vara? Det är inte många dagar kvar tills jag sitter hemma vid köksbordet igen. Jag måste få en spark i röven så jag vaknar till liv.

Dags att leva nu. Jag tänker inte låta ett gäng unga blondiner trycka ner mig. Nej aldrig någonsin! Jag *ska* ut! Även om jag tvingas släpa en sovande Bibi på ryggen runt hela Palma.

Klockan är runt midnatt när vi anländer till en av strandpromenadens uteserveringar. Trots den sena timmen är det fullt med matgäster runt de flesta borden. Restaurangen gränsar till ett av Palmas innediskotek. Dit ska vi gå när vi har ätit. Pulserande housemusik vibrerar på hög volym genom olika högtalare. Bibi störs av ljudet och klagar. Hon stoppar pekfingret i örat för att visa.

- Man får ju tinnitus.

- Skål! Försök koppla av nu.

Jag ler och slår mitt glas mot hennes. Kärring! Tänker jag innerst inne. Tråkmåns, surpuppa och glädjedödare. Tre nedsättande ord som jag skulle kunna trycka ner i halsen på henne. Uppenbarligen längtar hon hem till sin dator. Det är jobbigt att smygsms:a till alla Cupidos.

Den rejäla klunken av ölet sätter sig i vrångstrupen och jag hostar våldsamt. Förstås en liten jävel som tar strupgrepp på mig. En som inte vill att jag ska ha onda tankar om Bibi. Naturligtvis har hon en hord av änglalika guider vid sin sida. Själv får jag fightas ensam mot alla demoner som kommer i min närhet. Känner mig mätt på Bibis prudentliga och ytliga stil.

Jag kikar på henne i smyg. Den bestämda munnen visar allt annat än ett positivt leende. Hon kunde ha sovit kvar på hotellrummet. För att göra den dystra stämningen ännu sämre gnäller hon och säger:

- Jag fattar inte varför du envisas med att gå på ungdomsställen?

- Du kanske hittar din melonförsäljare därinne?

Jag orkar inte gå en meter till, inte med fötter som är uppsvullna och värker. Om hon påminns om denna bronsfärgade yngling kanske hon blir på bättre humör. Men jag gillar inte tanken att hon ska vara så tänd på någon som är mer än hälften så ung som hon. Att ens fundera på hur det skulle vara att ha honom mellan lakanen, triggar igång en pedofilvarning hos mig. Det är äckligt. Han är en ung pojke som hon kan vara morsa till. Fast jag är antagligen gammalmodig och har inte hängt med i utvecklingen.

Varför kan inte en kvinna vilja ha något ungt och fräscht? Männen verkar inte ha några problem att välja lammkött. De är inte ett dugg hämmade utan tar för sig. Bibi har nog kommit längre i sin sexualitet än jag. Hon skäms inte att visa att en kvinna också har behov.

- Tror du på fullaste allvar att den där snygga gröngölingen går ut på sådana här ställen? säger hon och petar i sin sallad.

Jag rycker på axlarna och ger fan i vilket. Vi borde kanske pallra oss hem till hotellet istället. Förmodligen blir det inte roligare än så här.

Min blick fastnar vid bordet intill oss. Där sitter en tonårskille tillsammans med ett medelålders par. De kommunicerar minst sagt livligt på spanska med varandra. Kanske är det deras sista gemensamma måltid? Föräldrarna ska skiljas för att pappan hittat en yngre och mer tilldragande kvinna. Mamman är försmådd. Det blir en kamp om sonen. Hennes enda vapen! Eller så fortsätter de att vara gifta med varandra tills någon dör. Fadern får ha sin älskarinna. Modern kommer bli bitter och gammal.

Men jag kan ha fel. Det är en illusion för historien är en annan. Det kanske är i själva verket *modern* som hittat en yngre och bättre älskare än den trötta och surmulne karl hon varit gift med i över tjugo år.

- Nåå?

Bibi sparkar till mig på smalbenet och ger mig ett brett leende.

- Vad tänker du på?

Förvirrat tittar jag på henne. Vad pratade vi om? Jo, visst ja.

- Jag tyckte att jag såg din melonpojke – han som du skulle kunna vara mormor till.

Jag skrattar. Det känns så skönt att få driva lite med henne.

- Hehe! Lustig du är nu då.

- Varför skulle han inte kunna vara ute och röja? säger jag påstridigt.

- Jag tror han är ett naturbarn, lever med sin farfar nånstans uppe i bergen, säger hon drömmande.

- Nu har du läst för mycket kärleksromaner. Självklart att han finns i den här tidsåldern, bland oss andra fattar du väl.

- Hur menar du?

- Han borde ha samma behov som vanliga killar; supa, dansa och jaga brudar. Han kanske till och med drar i sig en och annan lina också.

- Nu förstår jag inte.

- Jag menar att det finns knappast några keruber längre. Ingen äkta kärlek heller, för den delen.

- Mita? Vad är det som har gjort dig så hård och bitter?

- Så hård behöver man väl inte vara för att våga se verkligheten som den är. Och kom nu inte dragande med det där om bitterfittan igen.

- Bara för att du är vild och galen och försöker supa skallen i bitar så är alla inte likadana.

Jag suckar. Det går inte att diskutera med henne. Vi har olika syn på allting. Bibi och jag har vuxit upp i två olika världar, där kontrasterna ligger ljusår ifrån varandra.

- Vi glömmer den här diskussionen och tänker på nåt annat.

Jag ler syrligt och tittar förbi henne. Vi sitter tysta och är försjunkna i våra egna tankar.

Cypressen och olivträden vajar i vinden. Jag känner av havsbrisens doft som kittlar i näsborrarna. Ett barn gråter. Några skrattande japaner passerar på strandpromenaden. Glada turister från olika nationer skriver vykort och fotograferar. Världen fortsätter medan klockan tickar.
Jag sköljer ner några snacks med lite öl. Tänker lite på Billy och undrar bittert om han hittat en ny flamma.

Helt oväntat stelnar Bibi till och stirrar på mig. Nu har hon sett honom tänker jag ovilligt avundsjukt. Jag kommer att bli femte hjulet och få skittråkigt.

- Vad skulle du säga om du möter tjejerna här?

Först fattar jag inte vad hon syftar på. Vill hon att jag ska sluta fred med mina angripare? De ska bli en slags barnvakt åt mig? Så hon med gott samvete kan rumla runt med melonynglingen.

- Tänk om de dyker upp?
- Men Bibi, tror du på fullaste allvar att jag är rädd för några små konfirmander va?
- Ha ha! Oj, så lät det inte på stranden.
- Jag är gammal nog att gå precis vart jag vill.
- Du! *"Talar man om trollen...och så vidare,"* sjunger hon.
- Vad?

Jag vänder mig diskret om. Ler svävande. Försöker hon driva med mig? Har hon så jävla tråkigt att hon finner ett rent nöje i att gäckas med mig? Jäkla Bibi! Hon blinkar mot strandpromenaden. Med kalla kårar förnimmer jag fyra blonda tjejer flyga förbi oss på väg in på diskoteket.

- Ville du dansa, Mita lilla?

Jag reser mig sakta upp. Benen viker sig. Jag måste ta tag i bordskanten. Försiktigt, som om jag placerar fötterna på halt glas snurrar jag runt ett halvt varv. Ungefär som när en samuraj förbereder en attack.

Hela kroppen skakar och mina rödmålade läppar förvrids i skräck. Jag kniper ihop ögonen.

Det är så här som jag blir osynlig. Spegeltricket funkar ju hemma. Det man inte ser det syns inte. Jag är inte alls beredd att ta tag i mitt liv och möta min rädsla. Inte nu. Det är alldeles för sent på natten. Jag mäktar inte med att stå ansikte mot ansikte med fyra blondiner som är ute efter en vendetta.

Tyst ställer jag mig på tåspetsarna. Trippar med vacklande steg iväg från restaurangen. Tätt bakom mig tycker jag mig höra: *"Titta, där är den hysteriska fyllkäringen!"* Jag törs inte vända mig om.

- Spring Bibi! Spring! ropar jag.

Om jag tänkt tanken någon gång att springa hundra meter häck är denna löpning den snabbaste jag någonsin har gjort.

KLOCKAN ÄR STRAX efter två på natten. Vi ligger redan i våra sängar. Bibi fattar inte hur jag kunnat missuppfatta situationen och trott att tjejerna var efter mig.

- Du hade inte behövt springa.

- Hur kunde jag hört så fel då?

Jag tittar nedslagen på henne. Hon är upptagen med att smörja in ansiktet med aloeverakräm inför natten. Hon klappar in det sista av krämen och skruvar på locket. Ställer burken varsamt på det lilla nattduksbordet och släcker lampan.

- Dom skrek inte till dig. Dessutom hade dom redan gått in.

- Men vad hörde jag då?

- Det var väl dina inre röster.

Bibi suckar djupt och förklarar. När jag trodde att jag hörde ord riktade till mig, flydde jag hellre än att illa fäkta. Och den bästa tillflyktsorten var hotellet. Jag sprang som om det gällde livet. Bibis bönande nödrop tätt bakom mig: *"Stanna Mita! Dom är inte efter dig"*, hade omvandlats till *"Stanna INTE Mita! Dom är efter DIG!"*

- Mita, säger Bibi med tunn röst.

- Jaa?

Vill du ha en cigarett?

Jag sätter mig spikrak upp i sängen. Vad? Vill hon på fullaste allvar att jag ska börja röka igen? Jag som varit så duktig den senaste månaden. Om jag inte klarat av bantningen så kan jag i alla fall få känna mig stolt över att jag slutat med ciggen.

- Jag menar inte att du ska börja igen. Men du kanske behöver lite nikotin för att återställa sinnesbalansen.

Sänglampan tänds och Bibi bullar upp kudden mot huvudgaveln för att luta sig mot den. Forskande tittar hon mot mig. Hon lägger armarna i kors för att se ordentligt psykologiskförstående ut. Jag undrar hur djupt hon tänker gå in i analysen denna gång?

- Sinnesbalansen?

Nu är jag riktigt upprörd. Hon är väl ingen jävla expert heller, hon som aldrig har rökt. Vad faan vet hon om den saken? Bibi fortsätter lugnt sin utvärdering.

- Jag har hört att man kommer in i olika faser när man slutat röka. Det kanske är likadant som när man slutar med depressionsmedicin. Man måste trappa ner.

Full av ilska slänger jag mig runt i sängen. Jäkla besserwisser. Vilken helgkurs i personlig utveckling har hon gått för att ha skaffat sig den här informationen?

- Vad menar du? Trappa ner att röka! Har aldrig hört något så vansinnigt.

- Nu får du lugna dig. Du behöver hjälp.

- Du får för fan tåla lite. Det är ju du som provocerar mig.

- Jag tycker du är otacksam.

Men nu har hon väl slagit sig i huvudet. Vad har jag gjort? Bibi flyger upp ur sängen och river åt sig kassen där hennes tunika fortfarande ligger kvar. Helt hysteriskt sliter hon upp klädesplagget och slänger det rakt i ansiktet på mig.

- Här! Här är presenten du skulle få av mig.
Oförstående fingrar jag tafatt på tyget och undrar vad som händer. Hon skakar av harm.

- Jag... Jag... har verkligen velat... ditt bästa. Du skulle få både klänningen och...och den här tunikan av mig. Jag tycker så synd om dig som har så taskigt ställt. Men... men... det känns inte... som du uppskattar *nånting*. Vad du än får, fortsätter du att vara förbittrad. Det är ett under att klänningen höll i sömmarna när du kravlade på golvet. Bara för att du blev skogstokig av att några simpla tonårstjejer sa klimakteriekärring åt dig. Hade några ungdomar skrikit till mig hade jag bara skrattat åt dem. Du är så jäkla barnslig. Jag tycker den här semestern bara har handlat om dig.

Jag sitter i sängen och gapar av förvåning. Vilken urladdning. Jag trodde aldrig att hon hade ett sånt humör. Hon måste verkligen vara sårad. Det får mig att skämmas på något konstigt vis. Det är väl antagligen mig det är fel på. Jag måste verkligen fortsätta gå i terapi när jag kommer hem.

- Förlåt mig Bibi. Det har inte varit min mening att förstöra för dig.

En lång tystnad breder ut sig i rummet. Hennes vredesutbrott lägger sig. Dämpad reser jag mig från sängen och hänger tunikan över fåtöljskarmen. Jag ger henne en lätt kram innan jag smyger tillbaka till min säng. Bibi försöker sig på ett leende när hon tittar på mig. Hon kommer fram till mig och sätter sig på min sängkant. Stryker mig lätt över håret. Hennes röst är åter normal.

- Förlåt mig också Mita. Klart jag fattar. Det är inte så lätt för dig med alla förändringar i ditt liv.

Mina spänningar släpper något och jag börjar gråta. Jag tycker hemskt synd om mig själv.

- Det är inte bara det, snyftar jag och drar täcket över mitt huvud.

Skyddad i min koja mumlar jag något om min barndom. Det är sällan som jag vill berätta om min bakgrund. Men nu flödar orden.

- Mita! Kan du vara snäll och ta bort täcket? Jag hör dig inte.

Långsamt drar jag undan en liten bit av täcket från mitt ansikte. Vill inte visa mig helt för det gör mig sårbar.

- Visserligen var jag ett ensamt barn trots min syster. Hon är nästan tio år äldre. Det sägs att ens liv påverkas av vilken plats man har i syskonskaran. Eftersom det skiljer ganska många år mellan mig och syrran blir det i praktiken som att vara enda barnet. Jag kan knappast säga att jag inte fick någon kärlek från mina föräldrar. Men pappa var för gammal. Jag var ett snällt barn, som mest lekte ensam med mina

Barbiedockor. Sen gjorde han ett snedsprång. Jag gjorde revolt må du tro. Han orkade inte ta tag i mig under tonårsperioden. Det var antagligen där det gick snett. Jag hamnade i ett dåligt gäng. Gjorde allting tvärtom vad morsan och farsan sa. Syrran var det ordning på. Gick ut med höga betyg och fick en akademisk utbildning.

- Det finns alltid en orsak från barndomen som man tar med sig när man blir äldre. Du bär antagligen på alldeles för många undanträngda känslor. Men du går ju också igenom karman från tidigare liv, som du naturligtvis får jobba med i ditt nuvarande liv.

- Jag har väl inte blivit sedd i mina relationer utan offrat mig istället.

- Vad menar du med offra?

Bibi lägger sig bredvid mig och håller om mig. Det känns tryggt, men också lite olustigt. Jag känner henne inte tillräckligt bra för att helt slappna av. Att ha en kvinna så tätt intill är ovant för mig. Men efter en stund blir jag mindre spänd och kan till och med njuta av hennes varma och systerliga närhet.

- Som jag sa, har jag offrat mig genom att förminska mig. Inte känt vad jag själv mår bra av i mina förhållanden. Så även med Billy.

Bibi smeker mig lätt över håret. Ligger tyst och låter mig tala. Det är en lång bikt som väller ur mig. Jag tar ett djupt andetag.

- Faan, vad jag känner mig misslyckad. Inget jobb har jag heller. Ljuger gör jag också.

- Jaha?

- Till mina bekanta säger jag att jag studerar på distans. Det är ju inte sant...

Det svider i ögonen och jag kan inte göra nåt åt tårarna som trillar utefter kinderna. På sätt och vis känns det skönt att ändå anförtro mig åt henne. Diskret försöker jag torka bort allt det våta.

- Varför pluggar du inte på riktigt då?

- Om du visste hur många gånger jag sökt in på lärarhögskolan. Jag har gjort det i år igen men jag kommer aldrig in.

- Ge inte upp vännen.

- Nu är jag för gammal och får antagligen inte ens studielån.

- Finansieringen ordnar sig nog.

- Tror du?

- Javisst! Lita på *tankens kraft*. Du ska tro som om du redan har allt.

Hon ler och reser sig upp för att gå tillbaka till sin säng så vi kan sova. Jag klappar om magen och nyper tag i en av mina böljande valkar.

- Titta vad tankens kraft ställt till med. Här ryms chips, öl och chokladkakor. Det är vad jag har tänkt på den sista tiden.

- Jag kom på en sak vännen. Det kanske är det som är problemet.

- Som vad?

- Du ska skita i att tänka och bara vara.

- Du har rätt Bibi.

Vi ler i samförstånd och jag kan inte låta bli att ge henne en megakram. Jag skjuter henne en bit ifrån mig och tittar allvarsamt på henne.

- Bibi? Menar du att jag fått klänningen och tunikan?

- Jag kan väl inte ha dom heller och pengar har du inga. Klart du får dom av mig. Tar du inte emot är du dum.

Kapitel 16

RESTEN AV DAGARNA blir rätt hyfsade. Jag joggar ner till badstranden. Gör lite situps, simmar i havet, äter min sallad och dricker mycket mineralvatten. På kvällarna har vi bara suttit på en servering vid strandpromenaden och kollat in folk. Vi har varit ute men inte festat om. Och blondinerna har inte synts till.

Nu ligger vi i solstolarna för sista gången och i morgon bär det iväg till Sverige. Bibi är brun som en pepparkaka men jag är bara röd. Vi har inte nämnt vare sig Billy eller Bibis melonförsäljare. Så där har det varit lugnt. Jag har trott att hon helt lagt sina nätdejter åt sidan, men icke.

- Jag har tre stycken som jag ska träffa när jag kommer hem, avslöjar hon.

- Jag som trott vi skulle lämna karlfronten åt sidan ett tag.

Jag känner den svalkande havsbrisen fläkta min halvnakna kropp. Doften från havet påminner om min barndom och pappas bror Anton. Han bodde ensam i en stuga utanför Smögen. Jag var bara två år då min faster dog, kort efter en förlossning. Min lilla kusin fick inte heller leva då hon somnade in några dagar senare. Jag har alltid tyckt så synd om min farbror som förlorade både fru och barn.

Nu har jag hamnat i en liknande situation som farbror Anton. Min Billy är också "död" för mig. Och inga barn har det blivit. Nu har min biologiska klocka tickat färdigt. Tanken får mig plötsligt att rysa till. Är jag verkligen *så* gammal att jag kunde vara både farmor och mormor? Hur sjutton blir man egentligen vän med sin ålder? När stelhet i leder och synfel är bevis på att ålderdomen hunnit ikapp en.

Jag sneglar ner på mina ben. Ser åderbråcken lysa som

blåfärgade stålkablar. På vissa ställen är huden rynkig och
liknar mosaikfält. Pigmentfläckarna packar ihop sig som
bläckplumparna på ett papper. Jojo, det är till att känna sig
lycklig när hela världskartan sitter inpräntad i huden.
Snabbt sveper jag badlakanet om mig. Jag vill inte längre
synas. Det är inte bara min vikt som jag lider av. Jag har
drabbats av en påtaglig åldersnoja. Bibi tar av sig solbrillorna
för att syna mig från topp till tå.

   - Hur är det fatt?

   - Fryser.

   - Men det kan du väl inte mena i den här värmen?

   - Solfrossa!

   Oväntat rycker hon av mig badlakanet i panik. Hon har sett
sitt naturbarn och han är på väg mot oss. Han ler mot henne
med bländvita tänder. Med målmedvetna steg går han fram
till henne och sätter sig på huk. Jag håller andan när han
viskar i hennes öra. Hon nickar och skriver namnet på vårt
hotell i sanden. Skrattande ger han henne en melon och
rufsar till henne i håret. Sen går han därifrån.

   - Men Bibi! Vad gör du?

   Jag reser mig upprörd från solstolen. Griper tag i
badlakanet för att skyla mig. Jag tappar ord och mina ögon
vandrar från henne och till honom.

   - *Jag lever!* ropar hon och skrattar.

Jag sitter på sängkanten och målar tånaglarna. Bibi och jag
ska för första gången gå ut på var sitt håll. Ja, hon ska inte
vara utan sällskap förstås. Hon har en dejt med sin toyboy.
Jag däremot kommer att sitta på en gatuservering och titta på
folk. På de människor som vågar njuta av livet. Egentligen
kan jag lika gärna ligga hemma på hotellrummet och läsa en
bra bok. Men eftersom Bibi tjatar att jag måste etablera mitt
sociala liv har jag till slut motvilligt gått med på hennes

155

idiotiska förslag. Att gå ut alldeles ensam.

Jag kliver i mina beigefärgade byxor och ålar mig i tunikan som Bibi köpte åt mig. Mitt hår ser värre ut än vanligt. Det är kärvt och fnissigt efter sol och havssalt. Och alldeles för kort för att sno ihop till en tofs. Kan inte ens använda ett hårband. Jag suckar tungt och avundas Bibis självlysande aura.

Hon kommer inseglande från duschen, fräsch som en nyponros.

- Du behöver en karl, säger hon medan hon trär på sig en vit ärmlös klänning som framhäver hennes solbränna.

- Sakta i backarna. Tror du en karl är lösningen på alla problem?

- Inte alla! Men det kanske får dig att tänka på något annat.

Hon speglar sig omsorgsfullt medan hon drar en eyeliner intill ögonfransarna.

- Jag vill inte ha en främmande mans händer på min kropp. Kan du inte fatta det?

Lättretad sliter jag i hårtestarna för att tupera håret. Ångrar mig att jag överhuvudtaget lät mig övertalas av Bibis envisa tjat, både om hårklippning och färgning.

- Inte blev det bättre för att du förstörde resten av mitt självförtroende heller! Titta hur jag ser ut!

- Är det mitt fel att du inte kan hantera din frisyr? Ska jag hjälpa dig?

Hon ler nedlåtande och rycker av mig kammen. Jag sätter mig tjurig på sängen. Hör på med ett halvt öra vad det gäller hårvård. Hon kammar mig. Nyper med fingrarna om mina hårstrån och sprejar. Allt för att hålla frisyren på plats.

Efter en stunds slit har hon äntligen lyckas tråckla ihop min peruk. Jag erkänner med viss tvekan att hon skapat ett mästerverk av de torra testarna.

- Titta vad *fiin* du blev, säger hon som jag vore ett barn där mamma fixat mina råttsvansar.

- Jo, om man vore brun som du så. Mina hamsterkinder
syns ännu mer nu när jag blivit röd av solen. Jag har börjat
flagna också. Ser ut som ett lapptäcke. Pudret ligger som
drivor. Egentligen skulle jag föredra att sitta inne och...

- Var inte så negativ, avbryter hon.

- Negativ?

- Jaa, du bryr dig för mycket om det yttre. Du är livrädd att
hela du ska falla ihop. Vad sjutton gör ett par kilos övervikt
och några små rynkor? Du är väl inte den enda på jorden
som börjat åldras vid femtio?

Jag ryser! Femtio! Hon kunde lika gärna säga hundra.

- Ska du sitta på ett hem när du är nittiotvå och ångra att du
inte levde ut när du var ung för att du hela tiden bekymrade
dig om att bli gammal? Är alternativet bättre då att dö i
förtid?

- Men förstår du inte att man tappar självförtroendet av att
vara sjuk också... Att inte ha ett jobb. Inte känna sig värdefull.

- Kan så vara. Men du måste tycka om dig själv precis som
du är. Du kommer aldrig att bli frisk annars. Inte klokt
egentligen att du ska skämmas för att du är sjuk.

- Det är ju för sjutton så samhället ser på en.

- Och det tillåter du tydligen?

- Jaa! Dessutom har jag aldrig pengar. Tror du jag lever som
en prinsessa genom att vara hemma?

- Mita! Läs "The Secret". Jag säger bara det!

Hon slänger boken i mitt knä. Därefter övergår hon till att
fixa sitt bruna lockiga hår med hjälp av en plattång. Hon
sprutar på sig eau de toilette så det står som ett moln
omkring henne. Därefter för hon in sina fötter i ett par
eleganta svarta pumps.

- Om du kommer hem före mig så sitt inte uppe och vänta,
hojtar hon innan hon försvinner genom dörren.

Jag trummar på mirakelboken och lägger den sen åt sidan. Känner mig inte alls på humör. Någon gå-ut-glädje vill inte infinna sig. Det är lika bra att droppa av sig kläderna och sova. Bibi behöver ingenting få veta. Allt känns ändå så meningslöst. Så det här var "livet på Mallorca"? Ensam sista kvällen, på ett sunkigt hotellrum.

Ute har det redan börjat skymma. Genom det öppna fönstret hörs skratt från festglada människor. Jag tassar fram till fönstret och kikar ner mot gatan som är upplyst av lampor. I den breda korsningen står trafiken stilla. Avgaserna väller ut som ett tjockt täcke. Jag lägger märke till ett svart lyxåk med cabriolet som står som tredje bil i kön.

När jag tittar närmare ser jag att det är Fernando som sitter bakom ratten. Bredvid honom sitter en ung kvinna. Jag gissar att det kan vara den ena kvinnan från båten. Hon har en vit keps och hennes svarta hår är hopdraget i en hästsvans. Fernando ser verkligen snygg ut i en vit tennisskjorta. Den framhäver solbrännan. Kvinnan säger något till honom. Han vänder sig emot henne och hon skrattar. Är hans dotter gladare nu?

Jag önskar att jag hade varit tjugo kilo lättare. Då hade jag flugit ner för trapporna och fångat in honom.

I nästa stund böjer han sig mot kvinnan och kysser henne på kinden. Jaså ditt äckel, du var gubbsjuk i alla fall. Besviken stänger jag igen fönstret med en smäll. Jag tittar på min armbandsklocka. Den visar 21.05. Ska jag verkligen tillbringa sista kvällen på egen hand i det här lilla krypinet? Självklart inte. Jag har betalat för varenda sekund på den här resan.

PÅ EN UTESERVERING på Place Major sitter jag och suger i mig barens superdrink *"El Niño"*: Cointreau och Monin med färska jordgubbar. Det smakar himmelskt gott. Raskt beställer jag in en till. Man lever bara en gång. Självklart gäller det att passa på. Jag behöver heller inte oroas av Bibis kritiska blickar. Dessutom har hon ju själv skickat ut mig på egen hand och då gör jag som jag vill.

Butiker och restauranger ligger tätt runt det stora torget. Människor flanerar och ett kärlekspar håller varandra i handen. Hon tindrar med ögonen och han pussar henne på kinden. Kan de inte hålla sig i sängkammaren. Dessa jävla romantiska nördar som ska tvinga på omgivningen sin sliskiga kärlek. *"Titta på oss"* säger deras blickar. *"Stick hem och lägg er!"* vill jag ropa. Klart jag håller käften - men jag knäpper iväg en isbit åt deras håll och hoppas att de ska halka.

Jag känner mig obekväm där jag sitter med min drink i handen. *"Hallå! Nån som vill bjuda upp mig?"*
Det är som jag sitter på bio och ser människorna i vimlet på film. De stannar till vid kvällsöppna butiker, utanför vilka det står ställningar med solglasögon, digitalkameror, vykort och T-shirts. Genomträngande musik hörs från de olika barerna. Atmosfären känns kryddad. Det är först framåt midnatt som nattlivet drar igång ordentligt här. Turister och ortsbefolkning tar plats på de tygbeklädda rottingstolarna. Jag gnolar *"Palma de Mallorca, kanske vi ses igen"*. På sätt och vis kommer jag att sakna denna internationella trendmetropol.

En barnfamilj sätter sig nära mitt bord. Efter en stund märker jag överraskad att det är flickan från planet. Tänk att den där ungen ska dyka upp just nu när jag sitter här i min ensamhet och sörplar på en drink. Diskret vrider jag mig åt sidan. Jag försöker att gömma mig bakom menystället på bordet. Det är samma ljushåriga man som jag träffade på tidigare som sitter bredvid flickan. Han är ännu brunare nu än den dagen jag såg honom nedgrävd i sanden. Nog måste han väl färga håret? Han är för brun för att vara naturligt blond. Mitt emot honom sitter kvinnan som jag såg på planet. Hon är lika blond och brunbränd som han är.

Verkligen äktenskapstycke noterar jag avundsjukt. Man måste naturligtvis vara vacker för att fånga en sådan karl.

- Hej! Sitter *du* här, säger en klar röst i mitt öra.

Obekväm kikar jag fram från mitt gömställe. Möter två allvarsamma ögon. Naturligtvis är det *flickan*.

- He he! Ja du! Här sitter jag. Tjoho!

Jag skrattar överdrivet. Hon besvarar inte mitt skämtförsök utan drar istället i min arm.

- Kom och hälsa på min mamma.

- Men lilla vän, jag ska inte störa.

- Jo kom! Hon har redan sett dig.

Hennes späda hand vägrar att släppa taget om min handled. Med viss tveksamhet följer jag med henne till det angränsande bordet. Jag känner mig som ett sjöodjur som flickan släpat hem från lagunen. Både mannen och kvinnan tittar frågande på mig, men till slut sträcker båda fram sina händer för att hälsa.

- Hej igen!

Mannen ler och drar handen genom sin blonda kalufs. Kvinnan som sitter mitt emot tittar osäkert på honom.

- Ja, vi träffades på stranden då Klara begravde mig, förklarar han.

- Aha, säger hon leende och nickar mot mig.

- Ja, det här är Maria. Själv heter jag Hans-Åke. Och du?

Jag knixar med huvudet och skrattar lite tillgjort. Petar bort en insekt som envist kryper på kinden.

- Mita!

Det blir en stunds tystnad. Precis samma pinsamma känsla som på stranden. Vad sjutton gör jag här? Jag har tunghäfta och vet inte vad jag ska prata om. Förbaskade unge som ska trassla till det för mig. Plötsligt, som om Hans-Åke blir medveten om min situation visar han med en gest att jag ska sätta mig ner.

- Men bänka dig hos oss.

Klara klänger på honom. Jag märker hur förtjust hon är i sin pappa. Flera gånger ger hon upp ett glädjetjut och rufsar honom i håret. Han skrattar. Verkar vare sig bli irriterad eller besvärad.

- Är du ensam?

Maria tittar bortåt, över min axel. Först vet jag inte vad jag ska säga. Jag skäms att säga att jag sitter ensam och inte vet hur jag ska få de sista timmarna att gå.

- Nja, nej, jo, jag... har folk omkring mig.

Jag ler och försöker slinka undan hennes fråga. Klara studerar mig noggrant. Hon lägger sitt huvud på sned. Klunkar i sig lite av läskedrycken och säger:

- När jag blir stor ska jag bli delfinskötare.

Klara rynkar näsan och skrattar. Tar några klunkar till. Jag ler och petar henne på nästippen.

- Det låter ju roligt.

- Visste du att delfiner har räddat skeppsbrutna sjömän och skyddar människor från hajar? En delfin kan döda en *sån här stor haj* med bara ett slag med nosen.

Hon visar storleken på hajen genom att slå ut med armarna och är nära att välta ut vinglaset som Hans-Åke fångar upp.

- Delfiner är jättesnälla, fortsätter hon. I alla fall mot människor.

- Var har du lärt dig allt detta? frågar jag nyfiket.

- Av pappa. Han kan allt.

Hon tittar kärleksfullt på Hans-Åke och kramar om honom. Jag ler och förstår att hon är mallig att ha en sådan fantastisk pappa. Plötsligt släpper Klara taget om halsen på honom och tittar ingående på mig, uppifrån och ner.

- Jag tycker du verkar vara en sådan som en delfin skulle vilja rädda.

- Vad? Tycker du?

Trots allt kan jag inte låta bli att gilla denna spontana och frispråkiga lilla flicka. Det verkar som hon är mogen för sin ålder.

- Japp!

- Tror du att de vill rädda ett gammalt sjöodjur som jag? Skrattet bubblar ut så all kolsyra från drycken kommer upp i hennes näsa.

- Du är väl inget sjöodjur heller.

Jag tittar på Hans-Åkes leende ögon som i sin tur ser stolt på Klara. Maria tar snabbt fram en servett och böjer sig över bordet för att snyta ut sörjan som fastnat i dotterns näsa.

- Oj, nu kom det ut en massa skratt också från lilla kranen, skrattar Hans-Åke.

- Hur länge blir du här på Mallis? undrar Maria.

- Min väninna och jag åker hem i morgon.

- Åh, vi ska vara här en vecka till, jublar Klara och klappar händerna.

- Ja, det blir inte så mycket dyrare, förklarar Hans-Åke och ler.

Maria häller upp ett glas vitt vin ur karaffen och serverar mig. Hans-Åke höjer leende till en skål och tittar roat på mig med sina gröna magiska ögon. Vilken man, tänker jag och skälver med handen när jag ska föra glaset till munnen.

Klara sätter sig spontant i mitt knä och kramar om mig.

- Jag fyller år i morgon och då ska vi ha kalas.

- Vad kul! Då får jag säga grattis i förskott, säger jag och nyper henne milt i kinden.

- Hur gammal är du?

Jag är totalt oförberedd inför hennes fråga. Jag tänker verkligen inte berätta att jag fyller femtio till vintern. Åh, denna förbannade onödiga fråga. Hon tittar rakt in i mina ögon och jag känner mig en aning beväradd. Maria rycker tag i Klaras arm och säger med en förebrående ton.

- Klara! Sånt frågar man *inte*.

- Du är nog äldre än mamma i alla fall. Hon är tjugoåtta.

- Hehe. Jo, några år äldre är jag nog allt.

- Var är den fulla tanten? undrar hon plötsligt.

- Klara! Vad har jag sagt, säger Maria och spänner ögonen i dottern.

- Du är rolig du.

Jag småskrattar. Spontant rufsar jag om Klaras blonda hår. Hon slår genast bort min hand säger näsvist.

- Men. Är hon full i dag också då?

- Titta Klara.

Hans-Åke pekar på en clown med ett litet dragspel. Han går runt borden och sjunger. Räddad av gonggongen. Jag sneglar också åt det hållet som Hans-Åke pekar.

Clownen som föreställer Pierrot bär en lös blus med stora knappar och breda svartvita pantalonger. Hans ansikte är målat i vitt med en svart tår på kinden. Klara glider ur Hans-Åkes famn och rusar fram till Maria.

- Åh, honom vill jag träffa. Kom!

Hon drar ivrigt i Marias hand. Hon reser sig motvilligt upp. En skara människor står samlade runt clownen. Han plockar upp några röda bollar ur en av sina stora fickor och börjar jonglera. Klara skuttar framför Maria och tränger sig förbi den lilla folkmassan för att se bättre.

- Barn gillar egentligen inte clowner, säger Hans-Åke till mig.

- Jaså? Det trodde jag, eftersom de finns på barnsjukhus.

Jag är verkligen förvånad av hans påstående, då jag vet att skratt sätter igång en massa positiva processer i kroppen och är läkande för både kropp och själ.

- Det har gjorts undersökningar, och de visar att barn finner dom skrämmande. Speciellt när de är målade i ansiktet.

- Men Klara verkar inte rädd.

Jag vänder mig mot honom och ler. Våra blickar möts för ett par sekunder och jag upplever en magisk hetta mellan oss. Han avbryter det hela genom att skratta och skåla med mig. Jag känner mig lite skamsen. För ett ögonblick hade jag verkligen åtrått Marias make.

- Nej, hon är nog ett undantag. Hon är så spontan och nyfiken.

- Jaa, det stämmer, svarar jag och nickar.

- Det är inte alltid som en pappa uppskattar det.

Han får plötsligt sorg i blicken. Vad menar han? Känner han sig dålig som pappa? Nog har han väl känslor. Jag kan knappast tagit miste på att det skulle vara ömsesidigt.

- Men du verkar ju ha så bra hand med Klara.

- Jag är hennes morbror.

Han ler generat. Förstår att jag missuppfattat situationen. Jag känner mig genast på bättre humör. Det kan innebära att denna läckra man kanske är ungkarl.

- Aha på det viset. Men vad menar du med att Klaras pappa … ?

- Åh. De är skilda och ses inte så ofta.

- Tar inte sitt ansvar menar du?

- Nåt i den stilen ja.

Han viftar till sig servitören för att få in matsedeln och beställer samtidigt en flaska rosévin. Clownjonglören fortsätter sitt uppträdande och bugar varje gång han får applåder. Klara vänder sig om mot oss, vinkar och Hans-Åke skrattar vinkande tillbaka. Tänk att denna snygga karl är Marias bror. Kanske blir det en underbar avslutning på Mallorcasemestern även för mig i alla fall.

Hans-Åke och jag pratar om livet. Skrattar samstämmigt när många av våra åsikter är gemensamma. Vi diskuterar samhällsproblem och barnuppfostran. Vilken mysig karl han är. Jag glömmer helt bort tiden.

- Älskling, förlåt att jag är sen.
Jag studsar till när jag hör en mansröst. Först fattar jag inte
att den är riktad till oss. Men när jag ser mannen kyssa Hans-
Åke på kinden, anar jag att en resa till himmelriket med
denna blonda viking bara är en orealistisk önskedröm.
- Sätt dig Peter! Det här är Mita som Klara har pratat om
hela veckan. Hon hittade ju Mita på planet.
Hans-Åke tittar uppskattande på sin partner. Jag känner
mig tagen på sängen. *"Klara hittade på planet..."*
Så det är så han ser mig. En lekkamrat till Klara. En som är
på hennes nivå. Hur kunde jag nånsin tro att jag skulle kunna
fånga en sådan karl. Jag skäms! Känner inte längre lust att
sitta här som ett fån. Jag reser mig upp.
- Nej, nu måste jag tillbaka. Till... mitt sällskap. Ska träffa
min väninna.
- Men ska du redan gå?
Hans-Åke ser uppriktigt ledsen ut, försöker övertala mig att
stanna kvar en liten stund till. Men jag tycker att tiden känns
mogen för ett uppbrott från denna lilla familjeföreställning.
- Hälsa Klara och Maria.
Vilken sabla otur då att Hans-Åke är bög. Så groteskt snygg
som han är också.
Moloken slår jag mig ner vid ett bord en liten bit ifrån. Jag
känner mig som en övergiven panelhöna. En drink får bli
mitt räddande sällskap. Just som jag ska påkalla
serveringspersonalens uppmärksamhet blåser någon i nacken
på mig. Det känns som blodet fryser till is.
- Hej du, säger en ljus kvinnoröst.
Jag håller andan. Osäker vänder jag mig om, möts av två
välmålade ögon och ett blonderat hårsvall. Det är den
blonda, spacklade modeapan jag fightades med på Bodybar.
Kommer hon förnedra mig på nytt? Eller ännu värre, fimpa
den glödheta cigaretten hon håller i handen rakt i mitt

vettskrämda gap?
- Jag vill be om ursäkt.
Leendet är mjukt när hon sträcker fram handen.
- Va?...Vad?
Jag blir alldeles torr i munnen och behöver genast en styrketår.
- Förresten. Jag heter Isabella.
- Äuhm... Och jag heter Mita... Det var ju lika mycket mitt fel, hasplar jag ur mig och fortsätter... Jag tycker vi glömmer alltihop.
- Kom över till vårt bord vet jag, ber hon vänligt.
Hon lägger huvudet på sned och famlar lätt efter min hand. Jag kan inte låta bli att skratta och skämta.
- Vågar man det? Tänk om jag spiller igen.
Jag besvarar hennes utsträckta hand. Reser mig och följer obeslutsam efter henne.
Det övriga tjejgänget befinner sig på uteserveringen bredvid. Längst in, närmast husväggen hör jag högljudda skratt. Nåja! Huvudsaken är ju att de är på gott humör. Men hur kommer de att reagera när jag uppenbarar mig här som ett gammalt spöke? Jag stannar till för en sekund innan jag pressar mig mellan borden för att komma fram till dem.
- Titta vem jag har med mig. Nu får ni maka på er så vi får plats.
Isabella vänder sig om och drar mig i armen. De övriga tre blonda bimborna kommer helt av sig i sin diskussion.
Jag ser i ögonvrån hur en av dem sparkar lätt mot en av de andras smalben. De möter varandras blickar och himlar med ögonen. Usch vad obehagligt. Jag vill rusa därifrån. Nu genast. Men Isabella som verkar vara den mognaste av dem, ler. och trycker resolut ner mig på en tom stol.
- Nu glömmer vi allt groll. Vi var fulla allihopa. Så enkelt är det. Jag tycker vi dricker en försoningsskål.

Det blir tyst. Runt om oss hör jag folk prata på olika språk. Glas som klirrar. Kassaapparater som rasslar. Musiken spelas i periferin. Mitt i allt detta sitter jag tillsammans med dessa tjejer i en iskall tystnad. Jag känner mig obekväm och tänker resa mig upp.

- Nu får ni väl för faan skärpa er tjejer! säger då Isabella. Sträck ut era händer. Det var ju i alla fall jag och Mita som slogs. Kan vi förlåta varandra måste väl ni kunna det också. Eller...?

Den ena blondinen tittar på mig och sen på Isabella. Därefter ler hon och höjer glaset till en skål. De andra följer, lite motvilligt efter. Men efter en stund är isen bruten och det känns som jag är accepterad. Det visar sig att de är jättetrevliga. Isabella, Anna, Mikaela och Rebecka.

Tjejerna berättar att de är här på en tre veckors språkresa. Här lär de sig spanska i det dagliga livet som inkluderar både inköp och diskobesök. De säger att de lärt sig allt de behöver. Till och med att beställa drinkar. Vi skrattar åt dåliga skämt. Det mesta handlar om allt nedanför bältet. Alltså på en oerhört låg nivå. Men jag bryr mig inte om att vara moraliserande utan hänger glatt med i deras vitsande.

- Är du gift?

Storögt tittar Isabella på mig och kastar sitt blonda hår över axlarna. Jag skakar på huvudet. Berättar att jag nyligen avslutat ett långt särboförhållande.

- Jag skulle också kunna tänka mig vara särbo, säger Anna som ser yngst ut av de fyra.

- Jaa, gud vad skönt att slippa plocka skitiga kallingar och strumpor. Bara träffas när man har lust.

Isabella delar hennes åsikt. Tar några klunkar av den läskande drinken och tittar uppskattande på mig.

- Mita, du är verkligen före din tid. Om man väljer bort barn som du har gjort, varför ska man då bo ihop?

Isabella tycker att mitt så kallade fria liv är 2000-talets modell. Bort med kärnfamiljen. Man avgör själv om man vill gifta eller skilja sig.

- Det kanske stämmer att kärleken är evig men föremålen växlar, skrattar Anna.

Rebecka håller ivrigt med. Säger med övertygelse i rösten:

- Ja, man lever i olika faser. Först upplever man tonårsförälskelse. Efter det träffar man den man skaffar barn med. I den tredje delar man resor och medelåldern tillsammans. Den sista åldras och dör man ihop i.

- Jaa vad underbart! Jag ska verkligen bli som de där "*Pantertanterna*". Ha en karl när det passar mig men bo med kvinnor som fattar hur man städar.

Isabella skrattar och de andra instämmer. Så kloka de är trots att de är så unga. Vad har jag haft för föreställning egentligen? Deras underbara resonemang måste jag försöka ta till mig.

Jag berättar att det här är sista kvällen och att min väninna är ute på vift.

- Det gör hon *banne* mig rätt i, säger Mikaela som mest suttit helt tyst och lyssnat på de andra tjejernas livliga resonemang.

- Men du då Mita? Vill inte du träffa en eldig spanjor?

Isabella är den av de fyra som pratar mest. Jag skakar på huvudet åt hennes raka fråga. Berättar att jag precis dumpat Billy och väntar med att komma i kostymen igen.
Vill liksom se mig omkring, som jag uttrycker mig.

- Se dig omkring kan du göra på hemmet. Lev i nuet, säger Isabella bestämt. Hon är den i tjejgänget som vet vad hon vill. Vi skrattar och jag känner mig genast på bättre humör. Det känns lustfyllt att sitta med fyra unga tjejer som jag skulle kunna vara mamma till, men för deras del verkar inte åldersskillnaden spela någon roll.

Rebecka sneglar i mobilen och säger:

- Nä, nu är det dags att lätta. Du hänger väl med och släpper loss till världens drag på Palmas inneställe?

- Jaa! skriker alla tjejer unisont.

De drar upp mig ur stolen. Isabella ger mig en kram och pussar mig på kinden.

- Klart du ska med Mita.

- Njae, jag vet inte jag. Borde ju hem och sova. Ska ju upp tidigt till flyget i morrn...

- Äsch! Försök inte smita. Det är väl inte du som är pilot heller. Du kan ju sova på planet. Det kanske är din sista chans att träffa Mr Right.

Jag bestämmer mig för att följa med. Strax innan vi lämnar serveringen är det någon som drar i min tunika. Jag vänder mig om och upptäcker Klaras fräkniga lilla näsa. Bredvid står hennes mamma.

- Säg det nu då, säger Maria.

- Nej, gör det du.

Bakom Marias vida, blommiga kjol gömmer sig Klara. Hon kikar fram försiktig men vänder genast bort ansiktet. Mina ögon pendlar nyfiket mellan henne och Maria. De andra tjejerna drar sig diskret bortåt lite och väntar. Klara studsar fram och sätter sig på huk. Jag böjer mig mot henne och ler.

- Du som är så modig. Berätta nu.

- Här! säger hon och reser sig upp. Hon överlämnar en liten docka som föreställer en clown.

- Men... Men, ska jag ha den?

Jag blir förstummad och djupt rörd av den fina gesten. Varför vill hon ge mig en sådan fin present?

- Jo, hon vill att du ska ha den som ett minne.

Maria stryker lätt över Klaras kind och ser stolt på henne. Jag ler uppskattande och tittar på clownen.

- Tack snälla goa du.

Jag kramar om Klara. Hon pussar mig snabbt på kinden

och blir ögonblickligen förlägen. I nästa sekund söker hon skydd bakom Maria.

- Hon är generad, viskar Maria till mig.
Jag nickar instämmande.

- Du! Det var en sak till. Vi bor i Kalmar men har ett sommarställe på Öland. Har du vägarna förbi är du hjärtligt välkommen.
Innan vi skiljs åt trycker Maria ett visitkort i min hand. Jag står en stund kvar och ser dem försvinna bakom hörnet.

Kapitel 17

Inne på Bodybar är det fullt av nattklubbsgäster. Djärv musik pumpas ut från ljudanläggningen. Jag vickar lätt på höfterna och rycks med av den progressiva electrohouse-musiken.

Det är trångt på de två dansgolven. Den hårda dansmusiken spelas i snabbt tempo. I en tiondels sekund gör trummorna ett break och dansarna fryser sina moves, för att sen åter dansa till vanvett. Dansen är rytmisk och man är i konstant rörelse. Basen vibrerar.

Det känns som ljudet slår in i kroppen och skakar av sig själv fastän jag inte tagit ett enda danssteg ännu. Jag sneglar på personalen och hoppas innerligt att de inte känner igen mig efter mitt fylleslag. När mina ögon vant sig vid mörkret ser jag att de inte verkar ta notis om mig. De har fullt upp med att servera gästerna.

Tjejerna beställer direkt sina fria drinkar medan jag väljer att avstå. Jag vet inte vad som flyger in i mitt annars så vrickade huvud. Men någon ängel verkar ha tagit sin plats inuti mig. Jag bestämmer mig för att ta det lugnt med alkoholen sista kvällen på Mallorca.

Jag står intill baren, suger på en apelsinjuice och tittar mig runt i lokalen. Många är berusade och en del svenskar beter sig som om hjärnan lämnats kvar vid incheckningsdisken på Arlanda. Herregud! Är det så där jag beter mig i vanliga fall?

Flera besökare kommenterar min lilla docka. Alla vill klämma och känna på den. Till slut stoppar jag den innanför behån. Låter den titta ut från min djupa urringning.
Efter lite tjat följer jag med tjejerna upp på dansgolvet och släpper loss. Där glömmer jag alla mina fobier. Vi dansar och spexar med varandra. Det var länge sen jag hade så roligt sist.

Isabella skriker i mitt öra för att överrösta musiken när vi
dansar.

- Du är skitsnygg.
Först missuppfattar jag henne och tror att hon driver med
mig. Men därefter går det upp för mig att hon faktiskt tycker
att jag ser läcker ut.

- Vaa? Tycker du?

- Jaa, herre gud! Så levande och... så naturlig...
Hennes upplyftande ord ger mig självförtroende trots att jag
på något konstlat vis håller ihop mig med säkerhetsnålar.
Skrattande följer jag musikens rytmiska puls på dansgolvet i
mina högklackade skor.

Efter en stund när jag mött neonljusens virvlande framfart är
det dags att utmattad vingla tillbaka till baren. På vägen
känner jag ett ryck i min arm.

- Buenas tardes.

- No dancing!
Utan att titta på mannen slänger jag av mig hans hand.
Fortsätter mot baren och tittar efter en stol för att sätta mig.
Men alla verkar upptagna. Jag söker bartenderns kontakt och
beställer en juice. Tätt bakom mig hör jag rösten som bjudit
upp mig viska något i mitt öra. Fan vad jag blir trött på
efterhängsna karlar. Jag höjer rösten så han ska förstå.

- No dancing! Comprende...
Jag snurrar runt och stirrar in i en vit tennisskjorta. Ett par
brunbrända starka armar möter min blick. En doft av
underbar eau de cologne får mina hormoner att väckas till liv.
Mannen är lång. Jag lyfter långsamt upp mitt huvud mot
honom och stelnar till.

- Fernando, presenterar han sig.
Så förskräckligt pinsamt att se honom. Jag har ett svagt
minne från kvällen då jag kröp på dansgolv.et. Då någon med
starka armar lyfte upp mig. Jag har gjort bort mig inför denna

karl. Hans närvaro här får min dubbelhaka att dallra.

- Jag räddade dig från "Ukju Pacha".

- Ukju Pacha?

- Från underjorden. Där de döda bor.

Han ler. Små skrattrynkor sprider sig i hans ansikte. Det får honom att se oerhört charmig ut. Varför känner inte jag mig lika charmig i mina rynkor? Jag förstår att han jämför slagsmålet här på *Bodybar* med mytologin från inkaindianerna. Jag rycker på axlarna för att tona ner det hela.

- Hm, ja så farligt var det väl inte.

- Du störs väl inte av att jag pratar med dig?

Hur kan denna snygga karl frivilligt prata med mig? Aha, tänker jag när jag ser Isabella och flickorna komma tillbaka från dansgolvet. Han är en ful gubbe som söker lammkött och försöker använda mig som inträdesbiljett till himlen. Isabella låter andfådd efter dansen och viskar i mitt öra.

- Vi ska vidare.

- Ska vi gå redan?

Jag uppfattar det som vi alla ska festa vidare, fast på ett annat ställe. Hon blinkar menande mot mig när hon tittar på Fernando.

- Nej! Stanna du vännen. Jag tror att han här gör dig sällskap.

- Vill gärna att du stannar hos mig, hör jag Fernando säga. Han lägger handen på min axel och ler vänligt. Han ser ut att mena det han säger. Först protesterar jag och funderar starkt på att ta mig till hotellet. Ingen dum idé att komma hem i tid. Dessutom har jag inte hunnit packa och bussen till flygplatsen går tidigt.

Isabella tar mitt juiceglas för att släcka törsten. Torkar munnen med handflatan och säger:

- Fånga lyckan nu Mita. Ta vara på tillfället. Kommer du tillbaka nästa år samma tid kanske vi kan börja där vi slutar ikväll. Med vänskap utan åldersgräns.

Det tycker jag låter som ett utomordentligt löfte. Mina före detta fiender kramar om mig. Jag tycker plötsligt det ska bli väldigt trist att åka hem. Avskedet känns sorgligt. Jag hade tveklöst velat lära känna dem bättre.

Fernando erbjuder sig att ta med mig på en sväng och visa traktens vindistrikt, denna sista kväll.

- Jag ska bara uppsöka damernas, säger jag hurtigt.

Kakpudret har spruckit i ansiktet. Jag ser ut som torr asfalt. Jag har fullt sjå att plocka bort några hudflagor från pannan. Försiktigt klappar jag in lite vaselin för att dämpa den skadade huden. Jag bättrar på med Guerlains solpuder över pannan och kinder med ponnyborsten. Egentligen förstår jag mig inte på karlar. Här inne finns massor av söta damer. Och så väljer han att tillbringa kvällen tillsammans med mig.

När jag kommer ut från Bodybar sitter han redan i bilen. Dörren på passagerarsidan har han öppnat. Det är bara att kliva in. Vilken bil! Det glänser om den svarta lacken och kärran ser verkligen tuff ut med sina blanksvarta fälgar.

- Wow! Vad kostar en sån här goding?

Jag slår ut med armarna och vickar på höfterna. Är väl medveten om att förbipasserande människor tittar uppskattande på vrålåket. Jag hinner knappt sätta på mig säkerhetsbältet förrän han startar cabrioleten.

- Tja du! Det är en Jaguar XKR-S Cabriolet. Den är jävligt snabb. Gör upp mot trehundra kilometer i timmen. Priset tar vi en annan gång, baby.

Känner mig nästan åksjuk när han accelererar. Jag fäster blicken på instrumentbrädan för att se hur fort vi kör. Måtte jag inte kräkas. Var ska jag lägga spyan i sådana fall? Fernando kommer antagligen att få en skur på sig. Jag ångrar redan att jag tackade ja till denna vansinnesfärd.

Diskret trycker jag med tummen mot den andra handens

tumveck. En huskur som lär lindra åksjuka. Lugnt och metodiskt försöker jag att djupandas. Men det är omöjligt. Jag vågar inte säga till honom att sakta ner farten. Vill inte vara till besvär.

Vi är på väg till ett ställe som heter Binissalem, två och en halvkilometer inåt ön. Vägen är slingrig och tar oss uppåt. Fernando berättar att Binissalem är känt för sin vinproduktion. Jag biter ihop käkarna och nickar. Säger jag ett enda ord kommer jag att kasta upp. Jag måste svälja flera gånger och tittar envist framåt på körbanan

- Namnet Binissalem kommer från araberna då de ockuperade Mallorca, förklarar han.

Återigen nickar jag. Halsen känns torr och sträv. Jag måste andas lugnt och inte flippa ur. Snabbt sneglar jag åt sidan. Våra ögon möts för en sekund medan han tänder en cigarett med hjälp av tändaren på instrumentbrädan. Röken blir mer än jag tål. Om jag inte ska förstöra inredningen måste han stanna bilen **nu**.

- Stanna!

Jag ryter till och boxar till honom på armen så han tvärnitar. Vi får en ordentlig sladd. Ett tag tror jag att vi ska köra av vägen. Men han verkar vara en van bilförare och får bilen på rätt köl igen. Han slår av motorn. Jag öppnar bildörren och där kommer lunchen, drinkarna och apelsinjuicen. Allting lägger sig som en färgpalett på vägrenen.

- Åh, stönar jag ynkligt.

Jag känner mig eländig, kikar upp med förskräckta ögon. Det kunde inte bli värre. Skamsen gömmer jag ansiktet bakom mina händer och börjar gråta.

- Förlåt, förlåt, hulkar jag.

- Men hjärtat. Är du sjuk? Mår du inte bra?

Han ger mig en servett som han grävt fram i handskfacket så att jag kan torka mig. Omtumlad tar jag emot servetten.

Här sitter jag i stans tuffaste bil med en attraktiv man - och kräks. Jag kanske får fotvandra till Palma nu?

- Jag... är inte sjuk. Tror det beror på bilåkningen.

Medan jag återhämtar mig röker han upp ciggen i tystnad. Jag promenerar fram och tillbaka vid bilen och masserar mina tinningar. Fordon åker förbi oss. Efter en stund har det värsta illamående lagt sig.

- Jag känner mig bättre nu. Nu kan vi åka igen.

Jag försöker mig på ett leende när vi sätter oss i bilen. Han startar motorn och ljudet är dovt. Diskret gräver jag i handväskan efter en halstablett. Det måste lukta urk i munnen.

- Du kanske behöver frisk luft från havet? Binissalem får stå över för den här gången. Klarar du att äta nåt?

Han tittar forskande på mig och jag vet inte var jag ska göra av mig. Vi sitter tätt bredvid varandra. Det är bara växelspaken som skiljer oss åt. Jag harklar mig och säger knappt hörbart:

- Jag kanske behöver nåt i magen, i alla fall.

- Det finns en underbar fiskrestaurang nere vid havet. Bara två och en halv mil sydväst om Palma. Känner du till Cala de Deia?

Jag skakar på huvudet.

- Tror du kommer att gilla det. Lovar att köra sakta, så du kan njuta av färden.

Han skrattar och rattar bilen så vi kommer över på motsatt sida. Jag sneglar på hans seniga underarmar. Jisses, vilken snygging. Men genast blir jag på min vakt. Här ska inte lockas. Bara för att han är snygg är han väl inte så märkvärdig. Å andra sidan Mita. Borde du inte ta vara på den här stunden ändå? I morgon så här dags ligger du hemma i sängen och stirrar upp i taket. Jag ler och tittar upp mot stjärnorna.

Fastän det är sen kväll är luften ljummen och det fläktar skönt i den öppna bilen. Jag känner mig som en filmstjärna där jag sitter med håret fladdrande i den lätta nattvinden.

Det är nästan himmelskt. Är det verkligen jag som får uppleva något så underbart denna sista kväll på Mallis? Fernando lägger sin hand över min.

- Varför har jag sådan otur att träffa på dig sista kvällen? Jag tar genast bort hans hand, alltför medveten om den nära fysiska kontakten. Han har säkert ett koppel av älskarinnor. Och jag tänker inte bli en av dem.

- Kanske det är tur istället, säger jag med väl hård röst.

- Jaså?

- Dels slipper du släpa på en övervikt...

Stopp nu! Vad tänker jag på? Ska jag göra mig löjlig och förminska mig själv? *"Måste älska dig själv så som du är"*. Orden som Bibi sagt till mig tidigare i kväll ringer i öronen.

- Du måste komma tillbaka i september. Då har vi vinfesten. Hela Binissalem är uppdukat som ett enda långbord med mat och vin från de mest utsökta vindruvor. Han berättar historier om alla platser som finns att besöka på Mallorca. Sådana jag verkligen måste komma tillbaka och uppleva.

- Kanske kommer jag till Sverige och hämtar upp dig. Jag brukar ha körningar dit en gång om året.

- Vi får väl se, säger jag och tittar på hans bestämda profil. Han talar nästan klanderfri engelska. Jag som läst sex år i grundskola och två på gymnasiet talar sämre.

- Hur kommer det sig att du pratar så bra engelska?

- Jag har gått på internatskola i England.

- Jaså?

- Mina farföräldrar var ifrån Yorkshire och min far kom till Spanien 1947. Då träffade han min mamma och jag föddes. När jag sen växte upp ville mina föräldrar att jag skulle få en bra utbildning i pappas hemland.

- Men du ville aldrig stanna där?

- Jag tyckte att åren i skolan räckte.

- Du har inte ärvt din pappas ljusa pigment i alla fall.

- Nej! Till och med det spanska temperamentet ligger långt in i blodådrorna från mamma.

Han skrattar och tittar gäckande på mig. Vi passerar väldiga stränder. Lyxiga yachter ligger förtöjda vid piren. Vi kör igenom pittoreska byar pyntade av mandelträd och olivlundar. Det var dessa idylliska trädgårdar jag läste om i broschyren och ville se.

- Vad arbetar du med?

Frågan kommer plötsligt och jag vet inte vad jag ska svara. Ska jag säga som det är? Jag kan ju lura i honom vad som helst - och få känna mig värdefull för ett par timmar. Han kommer inte att spåra upp mig och kontrollera mina uppgifter. Jag blundar och väljer slutligen att svara ärligt.

- Sjukskriven.

- Det syns inte.

- Jag försöker att inte visa mina smärtor utåt.

- Du är duktig på att dölja menar du?

- Ja, jag sätter väl på mig en mask.

- Det är inte bra.

- Förmodligen inte, suckar jag.

- Vad är då ditt egentliga bekymmer?

Han tittar åt sidan. Studerar mig i några sekunder och jag blir orolig att han ska tappa kontrollen över körbanan.

- Om jag det visste. Kanske beror det på usel ekonomi och låg självkänsla. Rädd för att inte duga helt enkelt.

- Pengar kan jag förstå. Men varför tycker du så illa om dig?

Hans ord känns som ett piskrapp över ansiktet. Han har knäppt precis på den rätta strängen. Avslöjat mina innersta känslor.

- En gång i tiden var jag faktiskt riktigt söt. Många tog fel på mig och Lena Nyman.

- Leeni?

- L e n a ! En svensk skådespelare. Säkert okänd här.

- Okej! Men du ser ju bra ut, nu också.

- Sluta!

- Inget fel på ditt utseende.

- Men jag är ju *tjock* för fan!

- Jag gillar mulliga kvinnor. Överdrivet tjock är du *inte*.

- Är du blind? Jag väger alldeles för mycket ser du väl.

- Jaså, men gör nåt åt saken då.

- Va?

- Det är bara du som kan ta ansvar för dina egna handlingar. Om du ser dig som ett offer, så ser kanske andra det också.

- Se mig som ett *offer*?

Jag suckar. Vilka uttjatade ord. Så patetiskt. När man är sjuk, fattig och arbetslös är det våra egna val i livet. Säger de som vet.

- Det är lätt att vräka ur sig ordet offer, för den som aldrig behövt kämpa.

- Se dig som vacker och värdefull. Som den ärliga personen du är.

- Vem är ärlig då? undrar jag.

Jo, det finns en enda ärlig människa som jag träffat. Det är Klara. Denna spontana och känslosamma lilla blomma.

Jag halar upp min lilla clown och pussar på dess röda viskoshår.

- Klart vi spelar våra roller, men med ärlighet menar jag alltså hur du ser dig själv.

Vilken amatörpsykolog han kan vara då. Han förstår väl ingenting hur jag kämpat med övervikt och krämpor. Visst fan vill jag bli frisk och börja jobba.

VI BEFINNER OSS på den spanska restaurangen i Cala de Deia. Inredningen är enkel men hemtrevlig, med interiörer på temat marint. Blårutiga dukar täcker de träbetsade borden, som lyses upp av små värmekrus med fladdrande ljusvekar i mörkret. Jag känner mig en aning obekväm i den flätade korgstolen. Hittar ingen skön ställning trots att jag sitter på en mjuk stolsdyna. Det går bara inte att koppla av. Inte med en så attraktiv man vid bordet.

Till min förvåning avböjer Fernando vin till maten, men beställer in ett glas rött till mig. Vi har en fantastisk utsikt och ett brusande ljud hörs när dyningarna slår mot stranden. Långt borta vid horisonten lyser lanternorna från förbipasserande fartyg och fiskebåtar.

Fernandos intensiva blickar gör mig nervös. Jag darrar på handen när jag ska ta en klunk av vinet. Jag ställer ner glaset på bordsduken. Vet inte var jag ska göra av mina händer. Rutinmässigt halar Fernando fram en cigarett ur sitt metallfärgade etui. Frågar om jag vill ha. En cigg skulle vara min räddning just nu. Men istället ruskar jag på huvudet.

- Jag... e... uhm... har varit... storrökare. Men slutat.
Jag stammar och famlar efter orden. Engelskan måste låta bedrövlig i hans öron.

- Jag skulle också behöva sluta. Men... Det är svårt.
Vant tänder han ciggen och blåser ut röken genom ena mungipan. Han läser högt från menyn.

- Gillar du *gambas y los berberechos?*

- Pratar jag så usel engelska att du frågar mig på spanska? Men som svar på din fråga. Nej, jag vet inte om jag gillar ga... gam... jas... eller vad du sa.
Jag skrattar och pekar finger åt honom.

- Okej! Då får det bli en överraskning.

Fernando ler och tar min hand och tittar djupt i mina blå ögon. Jag vet inte var jag ska fästa blicken. Känner hur jag

skelar så fort jag tittar på honom. Kanske är det vinet som
gör att jag ser i kors. Jag rycker bort handen och famlar efter
dockan jag fick av Klara.
   - Har du en maskot med dig? Du kanske behöver skyddas
från mig. Den stora stygga vargen, skrattar han.
   - Det är en present som jag har fått av en vän. En mycket
liten sådan. En söt flicka som knappt börjat skolan än.
   - Aha! Ja, då förstår jag att du gillar den.
   - Den får mig att tro på livet.
   - Ja, det är bra. Hoppas du tänker på det när vardagen
kommer. När du är tillbaka i Sverige igen.
   - Såklart!
   - Barn ser rakt igenom en, säger han sorgset.
   - Ja! Har du barn?
Han nickar och tittar på serveringspersonalen, som ställer
våra tallrikar på bordet. Det ryker om maten.
   - Det här är en Paella Marinera, gjord på havets läckerheter.
Det jag frågade dig om tidigare, var om du gillar räkor och
hjärtmusslor.
   Jag tar en tugga och det smakar ljuvligt gott av saffran och
vitlök. Jag ler och skålar mot hans vattenglas.
   - Dricker du inte?
   - Inte när jag kör bil. För många otäcka olyckor som kan
hända när man har alkohol i kroppen.
   - Ja, det är sant! Men trodde inte man var så noga här i
Spanien.
   - Nej, det kan så vara. Men man får använda hjärnan och
förstå konsekvensen. Jag hade tre döttrar. Men den äldsta dog
när hon var sexton år. Blev påkörd av ett rattfyllo. Jag har två
döttrar till. De är tjugo och tjugotvå nu. Mina prinsessor. Det
var dom två du såg på båten. Den yngsta skjutsade jag till
flygplatsen tidigare ikväll. Hon skulle till sin mamma som bor
i Berlin.

- Oj! Det hade jag förstås ingen aning om. Att du förlorat en dotter.

Jag tittar ner. Måste vara jobbigt att ha barn att oroa sig över. Och att förlora ett i en tragisk olycka. Lika gammal som Sorella. Hon med hela livet framför sig. Och här sitter jag och gnäller över ålder. Det är ju barn och unga som ska prioriteras till ett långt liv. Undrar vad lilla Klara gör nu? Hoppas de tar väl hand om henne.

Fernando höjer sitt vattenglas och bryter tystnaden.

- Skål! Skål för din sista kväll här- och skål för att du återvänder.

Vi tittar varandra djupt i ögonen. Vilken man. Finns sådana i verkligheten. Jag måste nypa mig i armen för att inse att jag inte drömmer. Är det det här som kallas dejting? Fernando och Mita säger jag inom mig. Inte alls dumt. *"Tager du Fernando, denna Mita till din äkta..."*
Han väcker mig ur min dagdröm.

- Vad tänker du på?

- Öh? Vad? Nää, ingenting speciellt. Bara att det är så fint här.

Hans tallrik är nästan orörd och han har skjutit den åt sidan. Han tänder en ny cigarett. Ska han röka igen?
Vid närmare eftertanke tycker jag att det är lite oförskämt. Ska han verkligen röka nu innan jag hunnit äta upp?

Billy var inte sån. Han väntade minsann. Har inget minne alls av att han rökte i tid och otid. Dock var han snål den jäveln. Fernando är generös. Han kommer antagligen betala maten så jag håller tyst. Som om han kommer på sig själv med att störa mig med rökningen släcker han cigaretten.

- Du måste äta innan maten kallnar, säger han och tittar road på mig.

Jag tar upp gaffeln. Självklart spiller jag på mig. I smyg försöker jag skrapa av kladdet med tummen. Men han har redan upptäckt missödet. Leende tar han vattenkaraffen och väter en servett. Med ett litet spefullt leende räcker han över den så jag kan torka bort fläcken.

Den romantiska stämningen bryts. Jag känner mig som hans överviktiga dotter som han tagit med på utflykt och som glömt haklappen. Under lugg sneglar jag på honom. Visst anar jag en road min. Ett sånt där leende som man ger till en stackare som inte fattar bättre. En som man vill göra narr av. Jag visste väl det. Han har bara drivit med mig. Den feta svenskan ska få ett trevligt minne med sig hem till Sverige, som Fernando och hans vänner kan skratta åt när hösten kommer.

Men han ska iallafall inte få se mina tårar. Abrupt reser jag mig upp och rusar ut därifrån. Utanför restaurangen knäpper jag upp remmarna på mina sandaletter. Jag tar av mig dem och känner den fuktiga sanden under mina fotsulor.

Himlen är blåsvart. Klara blanka stjärnor lyser som gnistrande glaspärlor i natten. Jag hör bränningarna slå upp mot piren. Doften av havssalt sprids genom luften där jag går. En bit längre bort från restaurangen ligger några fiskebåtar förtöjda. Det är sista natten på Mallorca och allt är som hugget i sten. Med ett tvärt slut på den resa där jag skulle hitta mig själv. Där istället det ena klavertrampet har avlöst det andra. För en stund trodde jag att jag var vacker. För en stund trodde jag att mitt självförtroende hade vänt. För en stund trodde jag att någon såg innanför mina ögon, in i denna självtörstande själ.

Jag sätter mig på stranden och låter vågskvalpet slå mot mina fötter. Den inre frihet som jag så länge sökt hittar jag tydligen inte på Mallorca heller. Fy fan, för alltsammans... Bibi! Du kan slänga dig i väggen med "The Secret", tankens kraft och alla affirmationer.

Förbi av besvikelser på livet kurar jag ihop mig och gråter.

Lilla Klara, kom och rädda mig och berätta hur ärlig man ska vara.

- Are you mad?

Oförberedd vänder jag mig hastigt om. Jag ser Fernando stå bakom mig med sammanpressade läppar. Hans ansiktsdrag ser hårda och markerade ut. Det gråsprängda håret fladdrar i vinden. Herre gud, ska den idioten se att jag sitter här och tjuter också.

- Varför sprang du? Jag undrade vart du tog vägen?

Jag svarar inte, gömmer ansiktet i mina händer. Ingen säger något. Det enda ljud som hörs är vågornas brus mot stranden, som i en romantisk film. Han rycker ilsket tag i min arm för att resa mig upp.

- Du kan ju inte bara försvinna så där fattar du väl? Även om du nu inte tror det så finns det faktiskt en hel del idioter här.

Jag svarar honom inte och vänder demonstrativt ryggen till. Han kan dra åt helvete. Denna playboy som bara vill göra narr av mig.

- Stick härifrån är du snäll. Du behöver inte vara min livvakt. Jag klarar mig.

Irriterat gnider jag bort mina tårar och vägrar titta på honom.

- Gråter du?

- Nää, det är saltvattnet. Det svider så förbaskat. Försvinn säger jag. Hör du det!

- Nu växer du upp! Sluta att tycka så förbannat synd om dig.

- Va? Vad fan säger du? Tack så hemskt mycket. Vem tror du att *du* är då som ska fostra mig?

Så där ja. Nu får jag höra hur självömkande jag är från honom också. Kanske Bibi och han är i maskopi med varandra?

Jag möter hans ilskna blick som säger att jag borde skärpa mig. Vi tittar på varandra och ingen säger nånting. Efter en stund börjar hans ansikte mjukna. Det är lika bra att jag ber honom om ursäkt så han skjutsar hem mig. Han har ju bjudit mig på mat också.

- Förlåt, men är trött på folk som ska fostra mig, säger jag.
- Du tror alla skrattar bakom din rygg. Är det därför som du vänder taggarna utåt?
- Så är det inte alls.

Men jag vet innerst inne att han har rätt. Denna man som jag känt i några timmar verkar läsa varenda kod hos mig.

Han tar ett steg framåt och ger mig den lilla clownen som jag tanklöst sprang ifrån. Förlägen tar jag emot den och pussar dockan på huvudet. Stoppar tillbaka den innanför min behå.

Fernando lägger sina armar omkring mig i en beskyddande gest. Den ljumma vinden sveper in oss som en bomullskokong. Tårar rinner åter ner på mina kinder. Den mask som jag länge hållit ligger som en pöl nedanför mina fötter.

Jag vänder mitt ansikte mot honom och plötsligt möts vi i en lång och intensiv kyss. Hans varsamma händer smeker min hud. Inombords skriker jag efter denna beröring. Jag har törstat så länge efter detta. Hettan och åtrån som väller upp hos mig banar väg för en frihet.

Helt oväntat löser jag upp knuten av hämningar som hindrat mig från att bejaka min kropp. De undanträngda känslor jag tidigare ha vägrat ta fram får i denna stund fritt utlopp. På den mjuka och våta sanden vältrar vi oss i våra lustar. Jag hör ingenting. Är helt avskärmad från omgivningen. Är inte längre medveten om årsringarna under ögonen eller celluliterna på lår och skinkor när jag i denna kyliga och stjärnklara natt låter mig förföras.

- BIBI! ÄR DU redan hemma? Jag trodde du skulle komma hem först lagom till bussen går, säger jag förvånat när jag kliver in på hotellrummet och tänder min sänglampa.

- Jaa, kan du släcka lyset, är du snäll.

Hon väser mot mig och viftar avvärjande med handen.

Jag sätter mig på sängen och droppar av mig kläderna. De doftar blandat av Fernandos parfym, sand och havssalt.

Bibi tittar på mig med sömndruckna ögon och verkar ha sovit en bra stund. Hennes resväska står vid dörren, redan färdigpackad. Det är bara Bibis resekläder som ligger framme. Planet går 11.25 så visst är det hög tid att packa. Men varför ligger hon redan?

- Jag kommer aldrig äta en melon till i hela mitt liv, stönar hon.

- Jaså?

- Jag har packat och ätit meloner i fyra timmar.

- Vad har du gjort, sa du?

- Enrique hämtade upp mig på en vespa och körde mig till utkanten av stan. Först trodde jag att han skulle överraska mig. Åka till en mysig intim restaurang. Istället hamnade vi ute på vischan där det sprang höns överallt var jag än satte ner fötterna.

- Hoppsan! säger jag och hon fortsätter:

- Ja, Jag har till och med fjädrarna kvar i munnen. Det var ett evigt gestikulerande när vi skulle prata med hans farsa. Så jag har ont i båda handlederna också.

Det visades sig att Enrique bodde med sin pappa och gamla farmor. Ingen av dem kunde ett ord engelska.

- Men det var väl roligt att träffa någon i din egen ålder Bibi?

- Pappan var sextioåtta år.

- Bättre än tjugotvå i alla fall.

- Enrique är bara sjutton, säger Bibi med tunn röst.

- Det är inte sant! Det är pedofilvarning! flämtar jag.

- Lugn Mita! Ingen fara. När jag fick veta hans ålder så kände jag mig genast som hans mor.

- Men varför släpade han hem dig till sig då?

- Han trodde på fullaste allvar att jag skulle passa åt hans far som varit änkling i tio år.

- Var de melonodlare?

- Bland annat, ja!

Jag kan inte låta bli att skratta. Hela situationen förefaller så komisk och helt otrolig. Bibi har alltså tillbringat sin sista kväll med att klämma på meloner - istället för att få sina klämda.

- De bjöd mig på rödvin och ungtupp, efter att vi staplat färdigt melonerna på lastbilsflaket. Dom som ska säljas i morgon på torget.

- Okej, du blev åtminstone mätt. Var det god Coq au Vin?

- Jovisst, var det. Och jag blev skjutsad tillbaka. Ända fram till hotellentrén. Då var klockan strax före midnatt.

- Det var som i Askungesagan då? Hem innan den magiska klockan slog tolv. Annars förvandlades guldvagnen till en pumpa. Nej, melon var det ju.

Jag skrattar så jag viker mig dubbelt.

- He he. Inte det minsta kul, svarar hon stött.

- Deppa inte Bibi! Du fick ju se lite annat än barer och beachen.

- Det första jag ska göra när jag kommer hem är att gå in på webbens vildaste dejtingställe, gäspar Bibi innan hon somnar.

Inne i duschen tvålar jag in mig länge och väl. Låter den behagliga vattenstrålen glida över min kropp. Jag synar varenda ojämnhet. Varenda cellulit. Och allt detta är faktiskt *jag*. Det är mitt hus. Mitt skal. Min boning som jag bär omkring på. Kanske ändå värd att älska. Både av andra och mig själv. Jag tänker ta hand om mig.

Fernando verkar åtminstone inte bry sig om unga trådsmala flickor alls. Han ser bortom smink och botox. Bortom valkar och fläsklager. Jag studerar mina runda former. Känner mig för första gången vacker på länge.

Om han utnyttjat mig för ren sex så har jag banne mig gjort detsamma med honom.

Kapitel 18

DET SPÖREGNAR HEMMA i Stockholm. Vi är redan inne i
augusti och dagarna löper på som vanligt. På något underligt
vis känns livet tryggt och stabilt. Sjukskrivningen fortsätter
men jag har börjat arbetsträna. Det är dags att jag möter mina
demoner säger psykdoktorn. Han tror på allvar att jag är rädd
för människor och lider av socialfobi.

Det kan ju omöjligt stämma. Då hade jag väl för sjutton
inte trängt ihop mig i ett flygplan på väg till Mallorca.
Möjligtvis att jag ibland kan få en lätt form av panikångest.
För när jag tänker på marulkar och gäddor som med håglös
blick stirrar på mig i fiskdisken, går det kalla kårar längs
ryggraden.

Jag har bett att få komma till en sjukgymnast med min
dåliga rygg. Eller åtminstone få göra en röntgen. Nej!
Läkaren har inga avsikter att skriva en sådan remiss. *"Det är
inte ryggen det handlar om"*, säger han kallt.

Fisk-Nisse har redan kontaktat mig. Det gjorde han veckan
efter att jag hade landat på svensk mark. Han säger att jag
inte behöver betjäna kunderna utan endast stå bredvid Hafid
och se glad ut. Hafid är från Marocko. Han är fisk-
avdelningens bästa säljare. Flera gånger har han fått diplom,
vilka han omsorgsfullt tejpar upp i fikarummet.

Jag önskar att jag hade hans energi och arbetsmoral. Om
jag överhuvudtaget ska orka stå där hela dagarna måste jag få
upp min kondition. Jag har faktiskt börjat småjogga om
kvällarna. Nja, gångträna då. Alla rapporter i vetenskapliga
magasin skriver att det räcker att gå tjugo minuter i rask takt
för att hålla sig vid liv. Det tycker jag låter alldeles utmärkt.
Jag har till och med köpt mig en aktivitetsmätare som jag
jämt och ständigt bär med mig. Till skillnad mot en

stegräknare räknar man varenda aktivitet man gör. Inte endast de steg man tar. Denna mätare passar mig perfekt.

Jag bränner säkert mängder av kalorier bara genom att bära min laptop fram och tillbaka. Minst 11000 steg ska jag ha avverkat innan John Blund klubbar ner mig för natten. Och snart fyller jag femtio. Då är det 10000 som gäller. Inte för att jag förstår varför man ska gå tusen steg mindre efter femtiostrecket. Hur sjutton kan kroppen veta om jag är fyrtionio eller femtioett?

- Får man räkna in alla steg man tar under en dag? undrar Bibi när jag som vanligt ringer för att höra hur hennes senaste träff med "Big Man" varit.

Jag står i köket och skalar ett halvt kilo morötter. Den trådlösa har jag placerat på diskbänken och jag pratar i mitt headset. Så praktiskt att slippa vara bunden till telefonen så man har händerna fria att göra något annat. Jag ansar en blomkål och häller alltsammans i en kastrull. Slänger i en grönsaksbuljongtärning. Därefter på med locket och sen vrider jag på plattan. Bibi ropar:

- Hallå! Vad gör du? Är du där?

- Jag förbereder lunchen. Du räknar till och med dom steg du går från datorn och in till köket för att sätta på kaffebryggaren.

- Jag tycker det låter stressigt att hålla koll på varenda aktivitet man gör, svarar hon.

Jag hör hur hon biter i ett äpple.

- Det blir en vana. Man tänker inte på att man har mätaren på sig.

- Usch! Det är som att operera in ett grishjärta. Lika skräckinjagande.

- Men det är ju för sjutton två olika saker.

- Inte för mig!

Surkärring säger jag tyst inom mig.

Rotfrukterna kokar upp och jag skruvar ner till hälften. Jag plockar upp telefonen och går ut till vardagsrummet.

- Att ha ett grishjärta och en aktivitetsmätare är väl för fan inte samma sak.

- Har du hört något från Fernando, säger hon och byter samtalsämne.

- Inte ett dugg.

Jag lägger mig i soffan och knäpper på teven med fjärrkontrollen.

- Han mejlar nog. Eller varför kan inte du göra det?

Jag vill inte bli påmind om honom. Det var bara en grej som hände sista kvällen. Hur fint det nu än var. Förresten är det han som borde höra av sig. Och att blanda in känslor som är omöjliga att hålla vid liv tänker jag inte göra. Hennes fråga känns enbart irriterande.

- Det var bara för en kväll eller natt. Varken han eller jag ville ha någon fortsättning slår jag fast.

Förstrött bläddrar jag mellan kanalerna för att se när resultatet för V75 börjar på kanal 4 sport. Berra och jag har gått över från tipset till att lägga in en Harry Boy en gång i veckan. Jävlar att man aldrig kan vinna. Hitintills har det inte gett någon utdelning. En ynka lax borde väl inte vara mycket begärt. *"Hör ni där på andra sidan! Jag önskar mig en vinst!"* Är det inte så man säger i "The Secret"? Jag blir så satans arg. Hur svårt kan det vara att vinna?

- Faan, faan, faan! Jävlars piss!

- Varför är du så sur? Du låter helt galen. Är det cigaretterna som spökar igen?

- Jag har inte ett dugg sug efter dom och jag mår skitbra.

- Men vad svär du för då? Jag tror bestämt att du längtar efter Fernando i alla fall... Eller en karl helt enkelt...

- Du, det ringer på andra linjen vi får höras senare, säger jag för att kunna avsluta samtalet.

Jag knäpper av teven. Slänger kontrollen på bordet. Egentligen är det hög tid att hoppa in duschen så jag hinner till jobbet. Jag ska infinna mig på fiskavdelningen senast kl 15. Hafid jobbar kväll, ända till kl 23:00. Stackars sate. Och jag som har svårt att ta mig dit för bara ett tvåtimmarspass. Kunde jag inte fått vara på en annan avdelning under min arbetsträning? Det är ju inte Fisk-Nisse som betalar ut min lön. Men han vet vad han gör den där jäveln. Han utnyttjar mig. Vem fan vill lukta fisk?

Lissen som också har haft problem med sin rygg fick minsann vara på kontoret hon. Därinne sitter högfärdsblåsan och fikar eller spelar "Rumble" på sin iPhone. Det har jag minsann sett. Så fort vi kommer in låtsas hon skriva någon intressant rapport.

Men jag tänker inte vara bitter. Borde ju egentligen vara glad att det går framåt för mig. Bara jag slipper lyssna på Bibis eviga tjat om alla dessa män. Ibland blir jag uppriktigt sagt trött på att höra hennes sexprat. Det verkar som det gått henne på hjärnan att dejta och hitta en man. Nej! Det finns viktigare saker i mitt liv just nu.

För varje dag som går har jag försökt nå lite längre mot mina mål. Förutom två timmars arbetspass tar jag mig ut minst tre gånger om dagen. Fyra gånger faktiskt om man räknar in Harry Boy-besöken hos Berra. Det känns befriande att vara ute i den friska luften. Nja, friska luften är väl synd att säga, när man bor i innerstan.

Därför har jag köpt "Power of oxygen". Luft på burk. Informationen säger att vanlig luft innehåller ungefär tjugoen procent syre. Ganska lite, med tanke på hur viktigt syre är för både välbefinnande och prestation. Nu finns istället smaksatt, syresatt luft på burk - med en oxygennivå på nästan nittio procent. Inte så dyrt heller. Burken kostar bara 69.90. Ibland gör man riktiga fynd.

Jag börjar faktiskt att tycka riktigt bra om mig själv. Varje dag lär jag mig nåt nytt. Även om det finns mycket kvar att jobba med. Men min kondition har blivit bättre. Det gör mig gladare. Det har bidragit till att jag känner mig mindre otymplig. Elefanten har krympt lite. Men jag borde linda en kätting runt kylskåpet för att inte frestas av en eller annan godbit.

Veckotidningarna bläddrar jag sällan i. Vill inte bli påmind om tjugofemåriga fotomodeller. Min kost har också blivit annorlunda och jag är väldigt stolt.

Jag väcks ur mina tankar när jag känner rökos från köket. Snabbt rusar jag ut och drar av kastrullen från spisen. Öppnar locket. Precis som jag misstänker ligger morötter och blomkål fastbrända i botten. Satans jävlar! Helvete! Det var den sunda lunchen det. Då får det bli en frukt idag då.

JAG HAR TAGIT mig till jobbet. Lutad mot disken knaprar jag på mitt gröna äpple. Märker att jag gått ner lite i vikt. Min vita rock sitter inte längre lika trångt över byst och höfter. Har på mig ett blått förkläde och blå mössa. Det är så gänget ser ut bakom fiskdisken.

Chefen har stansat ut en skylt med mitt namn som jag ska ha synlig på bröstfickan. "Prao-elev" står det. Vad fan! Så diskriminerande. Jag har ju jobbat bra mycket längre än Hafid. För att inte tala om den där Lissen. Hon får minsann ha sitt eget namn. Och varför ska hon ha en namnskylt? Hon som inte ens är synlig i affären.

Men Hafid tröstar mig och säger att det är väl skönt att ingen vet vad jag heter. Han torkar av skärbrädan med hett vatten efter att han skurit upp en slemmig ål i flera delar. Det luktar fan så illa att jag nästan kan kräkas. I smyg nyper jag mig om näsan medan han effektivt torkar.

- Finns golningar som soker opp en på ratsit vet do! Har

man inte filéerna po rätt holl i det inslagna paketet kan
konden tappa helt beharskningen nar de komer hem.

- Vad säger du?

Vilka idioter det finns. Kan det verkligen vara möjligt att
folk blivit så galna? Jag tittar på Hafid som ser så snäll ut.
Fina gyllenbruna ögon och alltid ett varmt leende. Inte kan
väl någon bli arg på honom?

- Jo fi fan! Ett gong non stod och vänta po mig! Fattar do!
Jak skolle precis opna dåren hema och non javul skrek i mitt
ora! " Do ska faan inte stoppa fisken fel i paketet!" Sen
sprang han sin veg.

Hafid rycker på axlarna och tvättar händerna i diskhon och
tar på sig plasthandskarna. Det plingar till i den elektriska
nummerpresentatören på väggen. Idag är det onsdag och då
ska varenda sate äta fisk.

- Ett kilo räkor tack!

Ett parant par i min ålder pekar på jätteräkorna som ligger i
ett tråg. De ska ha fest. Jag tjuvlyssnar när de diskuterar med
Hafid. " Vad är kilopriset? Vad är skillnaden på blå musslor i
nät och de på burk? Kan man äta ostron ihop med de övriga
skaldjuren?"

Hafid svarar tålmodigt på parets alla frågor. Det är folk
som väntar. De ser otåliga ut och sneglar med mordisk blick
på mig. Det är bara Hafid och jag som jobbar. Eftersom Fisk-
Nisse har sagt att jag ingenting behöver göra så expedierar jag
dem inte.

- Men ska du bara stå där och glo?

En yngre kvinna i tuffa solbrillor och vit top viftar med
nummerlappen. Tittar uppfordrande på mig. Genast ser jag
upp i taket och vänder mig om. Vad ska jag göra? Kanske kan
jag räkna plastburkarna som står på hyllan? Jag river fumligt
omkring där burkarna står.

- Jobbar du inte här? ropar en mansröst argt.

Rösten låter som en myndighetspersons. Tänker genast på min handläggare på försäkringskassan. Eller han kanske är parkeringsvakt? Har jag ställt bilen framför varuintaget och fått böter? Men fan! Jag har ju ingen bil. Inte ens körkort.

Tveksam vänder jag mig sakta om. Mannen är propert klädd och gråhårig. Ett typiskt utseende för en kommunalpolitiker. Jag blir så nervös att jag tappar plastburkarna jag håller i handen. Hafid torkar svetten från pannan och tittar hastigt på mig. Han snor som en iller fram och tillbaka mellan vågen och skaldjursbyttorna. Nu har det samlats minst tio gapande hyenor. Jag står inte ut. Jag vill hem. Snabbt sliter jag av mig förklädet, mössan och rocken.

- Förlåt mig Hafid! Men jag fixar inte det här. Du får hälsa Fisk-Nisse att jag fått en black out. Sorry!

I panik slänger jag den vita rocken över huvudet på den gråhåriga kommunalpolitikern. Trycker den blå mössan över den stroppiga kvinnans huvud. Sen springer jag min väg.

JAG SITTER I köket och går igenom räkningarna när telefonen ringer. Lucky är med mig. Står stolt på bordet.
"Det bästa man har sätter man på bordet", brukade mamma alltid säga. Hon placerade aldrig mig där men däremot vår hund. Eller rättare sagt min mors. En liten råtta på två kilo.

- Hej, säger en glad Bibi.

- Förlåt att jag var så taggig igår, säger jag snabbt.

Jag knappar in kontrollnumret på säkerhetsdosan till Icabanken. Så många siffror att hålla reda på. Detta kodsamhälle kollapsar en vacker dag när alla nummerkombinationer tar slut.

Bibi godtar min ursäkt angående gårdagen.

- Det är redan glömt.

- Vad hade du på hjärtat då mer än att säga att jag ska regga mig på en sajt och skaffa ett manligt fotbollslag?

Jag svettas och reser mig upp för att öppna fönstret. En
skön svalka sveper in mellan gardinerna. Fyller snabbt ett glas
med vatten och sätter mig igen.

- Jag får snart besök, säger Bibi och skrattar.

- Är det Benny-Lasse från Umeå eller Kinky Micky från
Borås?

Snart kanske jag får höra namnet "Fisk-Nisse 60 år" också.
När jag tänker på honom börjar jag genast att må illa.
Magkatarren är inte att leka med. Skyndsamt stoppar jag i
mig medicinen jag fick av läkaren. Jag vågar banne mig inte
svara i telefonen mer idag ifall det skulle vara försäkrings-
kassan - eller chefen. Sen gårdagen har jag verkligen gjort
bort mig. Bibi säger upphetsat:

- Håll i dig! Du tror inte det här är sant.

- Har ingen aning.

Jag lutar huvudet bakåt och sträcker på mig. Äntligen har
jag betalat räkningarna för denna gång. Kommer antagligen
överskrida krediten igen. Var finns mina pengar? Har inte ens
en rik liten faster jag kan nöta på. Ge mig en vinst för fan.

- Vem ska du nu träffa? undrar jag utan större intresse.

- Enriques far!

- Vad! Sextioåttaåringen?

Jag studsar upp och snurrar runt ett helt varv på golvet.
Stöter höften i bordet medan stolen far omkull med en smäll.
Bibi drar efter andan och svarar stolt:

- Jaadå!

Jag gapskrattar. Tror inte mina öron. Fumligt ställer jag upp
stolen och sätter mig igen. Hur i all sin dar har de kunnat
hålla kontakt med hans bristfälliga språkkunskap? Men
ingenting verkar förstås omöjligt. I alla fall inte för Bibi.

- Men du... Blev det nåt mellan er i alla fall, din filur?

- Kommer du ihåg vad du sa om att sätta i korsdrag? säger
hon kryptiskt.

Det tar en stund innan jag fattar. Hon har tagit till sig vårt skämt om att hitta två miljonärer som är gamla nog att dö i ett korsdrag på allvar. På så sätt blir man av med dem ganska snabbt och sen lever man på arvet.

Har Bibi verkligen tänkt till här? Hur skulle det vara att prata med någon som inte kan ett ord engelska? Det kan vara nog svårt mellan en man och kvinna som talar samma språk.

- Kroppsspråket berättar mer än du tror, förklarar hon.

- Ja, i sängen behöver man ju inte prata förstås.

- Men Mita! Nu har du helt missuppfattat situationen.

- Jaså?

- Han kommer hit till "Melonmässan". Och jag ska vara hans tolk. Jag känner ju honom, på sätt och vis i alla fall. Det skulle göra det lättare för honom tror jag.

- Men hur har ni...?

Hon avbryter mig då hon förstår vad jag ska fråga.

- Det är Enrique och jag. Vi har mejlat till varandra.

- Men det är väl inget mellan Enrique och dig får jag hoppas?

Hon skrattar. Jag hör samtidigt i bakgrunden hennes knappande på tangentbordet.

- Vänta Mita! Måste bara svara på fyra inlägg på en kontaktsajt.

Under tiden passar jag på att skrapa av resterna från tallriken i soppåsen. Jag hämtar en papperskasse för att äntligen slänga den vissna azalean. Den representerar mitt gamla liv och nu är det dags att ställa dit någon ny.
En mer livskraftig blomma.

Med Bibi kan allting hända. Hon är snygg och jag önskar ibland att jag hade hennes kropp. Ingenting behöver hon göra för att hålla den i trim heller. Orättvist kan man tycka. Men hur mycket roligare liv har hon då? Lycka sitter inte utanpå hör jag min inre röst säga.

Bibi är ju som besatt att hitta kärleken, beredd att möta
vem som helst.. Hon har träffat minst tio män sen vi kom
tillbaka från Palma. Men ingen har lett till någon fördjupad
kontakt. Är det verkligen fel på alla karlar som hon vill
påskina eller är hon för kräsen? Innerst inne är hon
antagligen lika rädd för kärleken som jag.

Kärleken är inte enbart ljuvlig. För att gå in i den fullt ut så
måste man vara beredd att också såras. Är det därför som
hon sitter och chattar hela dagarna för att slippa möta
verkligheten?

Vi har olika problem, men ändå så förhåller de sig lika.
Naturligtvis speglar vi oss i varandra. På så sätt kan vi lära oss
något om oss själva. Det är väl därför som vi möts här i livet.

- Tillbaka, hojtar hon i luren.

- Okej.

- Jo, du förstår, Enrique har lärt mig en massa spanska
genom chatten på Facebook.

- Så du kan språket flytande nu då?

- Sakta ner lite nu, säger hon och skrattar.

- Jamen, om du ska tolka på en melonmässa bör du väl
förstå ett och annat. Det handlar troligtvis om odling och
andra termer. Inte hur man beställer en öl eller mat nu, Bibi.

- Nejdå! Melonmässan är en fest. Precis som deras vin-
skörd i september. Den som Fernando ville att du skulle
komma till.

- Jag har aldrig hört att vi har en Melonmässa här i Sverige.

- Nej. Men han har tydligen egentillverkad melonlikör som
han ska sälja.

- Det där om att sätta Enriques far i korsdrag. Menade du
verkligen det? Ska du se till att hans monter placeras vid en
ytterdörr?

Bibi skrattar.

- Där skämtade jag ju bara. Självklart att jag inte ens haft

tanken att gifta mig med en gammal gubbe. Då väntar jag
hellre tills att sonen växer upp.

- Ånej! Jag hoppas verkligen du hittar din karl någon gång
för jag vill inte höra talas om något sånt här i fortsättningen.

Efter att jag lagt på öppnar jag mina mejl. Jag klickar på
inkorgen och blir påmind om Lottas möhippa. Den är redan
ikväll.

Temat ska vara antikens kvinnor. Vilket innebär att vi ska
vara klädda i toga. Allt detta planerades då jag befann mig på
Palma och gjorde bort mig. Nå. Ett lakan ska väl inte vara
svårt att hitta men jag är rädd att jag med säkerhet kommer
att förväxlas med lilla spöket Labans mormor. Vi ska stå nere
i tunnelbanan på Medborgarplatsen. Lotta ska sjunga. Folk
ska få skänka en slant och stoppa innanför hennes låtsasbröst
som är inhandlade på Butterick´s.

- Jag kommer att skämma ut mig, utbrister jag högt
samtidigt som jag stänger av min älskade Lucky.
Hur tusan har jag förresten kunnat ge min dator ett sånt
idiotiskt namn?

DET ÄR FULL fart nere på Ragnars motortvätt. Högtrycks-
spolningen hörs ända upp till mig genom det öppna
köksfönstret.

På diskbänken ligger salladsbladen tillsammans med ett
knippe morötter och hånflinar mot mig. Hur i helsike ska jag
klara mig på kaninmat tills i kväll?

Segt reser jag mig från stolen och stoppar i mig ett
nikotintuggummi. Jag dras mot den friska luften. Ålar mig
upp på fönsterkarmen.

Efter att ograciöst ha satt mig till rätta ser jag solen skymta
bakom husgaveln. Kanske blir det en fin dag trots allt.
Det vore ju skönt att slippa stå under ett paraply och dela ut
shottarna till Lotta. Ute på gatan tutar en Ford Thunderbird.

Den stannar intill trottoarkanten. Jag känner genast igen
Ragnars tjocka gråa kalufs där han kliver ur bilen. Rakryggad
med ett snett leende.

Det är alltid samma ritual. Han låser bilen. Tar i dörr-
handtaget för att försäkra sig att det är låst.
Tar i handtaget igen. Vill dubbelkolla. Som om han anar två
iakttagande ögon kikar han över axeln. Så jäkla stöddig han
ser ut. Pompös går han runt bilen och sträcker på sig. Jag ser
nu att även han har några kilos övervikt att tampas med.
Antagligen för mycket av livets goda. Kanske lite för många
öl som fastnat runt midjan?

Världen är bra liten som låtit Ragnar hamna på min gata.
Han har gått i samma klass som Billy sen småskolan.
De var bästa kompisar ända upp till sexan då Billy låg hemma
i influensan i tre veckor. Under tiden hade Ragnar umgåtts
med en kille i sjuan. Ingenting hade varit sig likt när Billy
hade kommit tillbaka till skolan. Ragnar hade undvikit
honom och istället börjat hänga med de äldre grabbarna.

En kväll när Billy varit ute med familjens boxer hade han
hört fönstersplitter och larmet från Närlivs. Strax därefter
hade han sett Ragnar och fyra andra killar cykla iväg med
dinglande plastkassar på styrstängerna.

Det visade sig att det försvunnit en massa mellanöl den
kvällen. Billy vågade inte tjalla men ville tala sin forna bästis
till rätta. Istället hade de råkat i slagsmål på skolgården. Alla
sjundeklassarna hade hejat på Ragnar. Efter det hade de inte
pratat med varandra.

Veckorna gick tills rektorn en dag kom in i klassrummet
och hämtade Ragnar. Han kom aldrig tillbaka efter den
dagen. Det sas att han placerats på fosterhem i en annan stad.

Men så för några år sen sprang de alltså på varandra här
utanför när Billy var på väg för att köpa cigg nere hos Berra.
Ragnar ville försonas. Men Billy ville inte ha något med

honom att göra. Han har svårt att tro att Ragnar ändrat sig
och blivit ärlig i sina affärer.

Precis när jag ska lämna min fönsterplats tittar Ragnar upp.
När han ser att jag stirrar fånigt på honom ler han malligt och
stryker sig nonchalant över håret. Jag knycker på nacken och
är på väg att lämna min plats vid fönstret.

- Hej! Hur är läget? ropar han högt för att överösta oljudet
därinne från biltvätten.

- Bra!

- Hur mår Billy...Billy Boy då?

Han studsar ut namnet och flinar. Sen gör han en gest, som
om han greppar tag om ett par låtsastömmar, och smackar
med läpparna. Skrattande gungar han med höfterna och
blinkar. Så jävla barnslig han är. Jag skriker tillbaka, lika högt.

- Han lever, skulle jag tro!

- Om han vill få bilen omlackerad så kan han bara titta över
nån kväll...

Just som han avslutar sin mening gör han en busvissling,
riktad åt två mörkhåriga tonårstjejer. De kommer cyklande
förbi, i shorts och linnen. Verkar ha packning för en baddag
på Vanadisbadet med sig?

- Gubbsjuk! ropar jag högt innan jag smäller igen fönstret.

Jag står en stund bakom gardinerna för att se om han
tänker lämna sin älskade, välpolerade Thunderbird obevakad
ute på gatan.

Han går ett extra varv runt bilen, backar några steg och
ställer sig bakom kofångaren. Efter det tar han ärmen på den
tunna poplinjackan och gnider på en fläck.

Ragnar är så rädd om sin jävla bil. Han borde vara lika
försiktig med annat. Det sägs att han gjort en nigerianska
med barn när han var i Lagos för två år sen. Hans samvete
sträcker sig tydligen i alla fall så långt att han skickar lite
pengar till henne varje månad.

DEN ÖVERFULLA SOPPÅSEN signalerar att den ska slängas.
Jag tar samtidigt med mig papperskassen med den vissna
krukväxten ut till hallen. Ovanpå byrån ligger nycklarna som
jag behöver för att komma in i soprummet. Sen det
renoverades på gården byttes också soprummet ut.
Nu krävs det ett lås för att inte uteliggare ska komma in.
"Att ha en massa knarkare springandes ut och in", som
hyresgubben uttryckte det, kan skada hans goda rykte.

Jag sticker fötterna i ett par birkenstock och öppnar
ytterdörren för att bära ut påsarna.

Nere på gården ligger den fejkat unga fyrtiofemtaggaren på
en filt. Solen lyser som en strålkastare på hennes välsvarvade
kropp. De trendiga solglasögonen har halkat ner på näsan.
Det ser ut som hon sover. Bikinin är leopardmönstrad och
förmodligen inköpt på en exklusiv butik.
På ren impuls tar jag en näve av den torra jorden från
azalean. Jag slänger iväg lite jord och några klumpar dimper
ner på hennes brunbrända mage. Som getingstungen kastar
hon sig skrikande upp. Hon viftar med händerna och
sprattlar med benen. Jag låtsas som ingenting och fortsätter
mina steg mot soputrymmet.

- Var det du?

Hennes gälla rop träffar mig som ett pistolskott i ryggen.
Jag har ett par sekunder på mig att välja: ska jag erkänna min
barnsliga handling eller svara henne helt oförstående.
Naturligtvis borde jag vara ärlig och sann i mitt hjärta, som
jag har lärt från alla nyandliga forum genom åren.
Vägen till mitt inre är att våga stå för den mörka sidan också.
Den som varje människa har inom sig.

- Ja, och...? säger jag och vänder mig om med en trotsig
blick.

- Men... är du... du inte riktigt klok? stammar hon upprörd
och viftar med solglasögonen i handen.

- Vem vet? Kanske inte!

Jag håller mina påsar så hårt mot bröstet att jag känner att
de snart kommer att pressas sönder. Denna nippertippa till
granne har irriterat mig länge nog. Bara för att hon sitter som
suppleant i den blivande bostadsrättsföreningen så ska hon
inte bete sig som hon ägde hyreshuset. Hon pratar skit om
dem som inte skrivit på ifall vi ska ombilda eller inte.
Självklart hör jag till den procenten som inte har råd. Jag
lever ju på sjukersättning, baserad på en fiskbiträdesinkomst.

Hon däremot är mäklare och springer på visningar. Lurar
folk att tro att det enda som existerar är att äga sin lägenhet.
Tacka fan att hon har råd och vill köpa loss sin bostad.
Sen vi blev osams då hon förde ett jäkla liv i våras så kan jag
inte med människan. Hennes röst ekar i gårdshuset då hon
gastar med öronbedövande röst:

- Du, du skulle sitta på hispan ditt psykfall!

Jag tappar upprörd båda påsarna på den asfalterade gången.
Krukan går i tusen bitar och blomjorden sprider sig som
efter en granatexplosion framför mina fötter. Ur den slarvigt
knutna soppåsen väller det ut bananskal, kaffesump och
tomma filförpackningar.

Mordlysten stirrar jag på denna fula och märkvärdiga apa.
Ser chansen att demolera hennes botoxpreparerade ansikte.
Jag blir åter den tolvåriga Mita. Hon som skulle försvara sin
utvecklingsstörda kusin när gårdens alla ungar retade henne.
Hämndlysten förvandlas jag till den argbigga som många
anser att jag så duktigt representerat genom åren. Jag känner
hur adrenalinet pumpar och beter mig som ett rovdjur. Är
beredd att ta strid till sista blodsdroppen. *"Din jävla uppblåsta
skata! Vidriga hoppa!"*

Jag tar kaffesumpen i mina händer. Rusar fram mot min
motståndare - och mosar spillet i ansiktet på henne.
Hon tar ett kraftfullt tag om mitt hår som jag så omsorgsfullt

gjort ordning inför kvällen. Jag slår vilt ifrån mig, får omkull henne så vi rullar runt på marken.

Hon är seg och smidig, lyckas på något underligt sätt få bort min tunga kropp. Som en liten vessla kilar hon raskt iväg på alla fyra och dyker ner i sin knallrosa sportbag.
Innan jag hunnit reagera sprutar hon något i mitt ansikte. Av smärtan förstår jag att det måste vara tårgas, pepparspray eller något liknande. Det svider som eld och jag kippar efter andan. Jag finner knappt ord över hur ont det gör i mina ögon.

- Jag har blivit blind! skriker jag hejdlöst och rusar mot hennes badlakan för att gnida bort vätskan.

Jag gråter och snörvlar. Tystnad råder runt omkring oss. Till och med ljudet från Ragnars motortvätt har upphört. Efter en stunds återhämtning klarar jag att kisa mot henne genom igenmurade och suddigt seende ögon.

Hennes röda hår står som eldsflammor omkring henne. Hon har två rödaktiga fläckar av harm på kinderna.

Med is i rösten väser hon:

- Egentligen borde jag stämma dig din jävel, men jag tycker ändå att vi drar ett streck över alltsammans. Vi ser det som att ingenting har hänt. Men... Det bästa är att du håller dig så långt borta från mig som möjligt.

Hon andas stötvis och vänder mig ryggen. Därefter lyfter hon upp sportbagen och stoppar undan den gula spray-flaskan.

Tacka fan att hon inte vill anmäla mig. Tårgas är ju olagligt. Utan att svara går jag fram till de utspridda soporna och plockar tillbaka alltsammans i den trasiga påsen.
Jag famlar upprörd efter nyckeln i fickan och öppnar sop-rummet. Där slänger jag mitt medhavda avfall i den stora tunnan. När jag stiger ut genom dörren och tittar bort mot den lilla gröna gräsfläcken är hon borta. Som den häxa hon

är har hon väl flugit hem på sin kvast.

Jag skyndar mig upp och sköljer ansiktet så gott jag kan för att rödögd bege mig till möhippan.

Kapitel 19

- HUR VAR DET igår då? undrar Bibi följande morgon i telefonen.

Jag har blivit väckt av en ilsken telefonsignal och tror att det fortfarande är gryning. Var är jag? Vad är klockan? Har jag försovit mig?

Efter en stund har jag vant mig vid det stickande ljuset. Solstrålarna försöker hitta in mellan springorna i persiennen. Jag sätter mig tillrätta i sovrumsfåtöljen, inhandlad från Ellos. På grund av ljuden från gatan, förstår jag att det är långt fram på dagen.

- Väckte jag dig?

- Hm, nä inte alls. Har varit ute och joggat tidigt i morse. Jag låg och vilade en stund bara.

- Nå, träffade du nån karl?

- Men Bibi! Tänker du inte på något annat?

- Du kommer att torka ihop, säger hon och låter som en expertpanel från Sex-och-Råd.

- Om du menar att ett månadsligg är för sällan så kommer jag antagligen att göra det ja.

- Ta det inte så hårt. Jag menade bara att du inte får gå och tro att det bara finns en Billy och en Fernando, på hela världskartan.

- Vänta lite... Jag... jag är bakfull.

Jag erkänner ofrågad mitt nederlag, innan jag i nästa stund formligen flyger in på toaletten. Jag ska aldrig mera dricka och tänker aldrig mera komma hem så sent. Full av skam ligger jag på alla fyra framför toalettstolen. Jag borde ha tagit det lugnt. Allt det jag byggt upp sen jag kom hem från Mallis känns nu bortkastat.

På vägen tillbaka hugger jag tag i en flaska Ramlösa som

står på diskbänken. Jag greppar tag i luren och slänger mig
ner i fåtöljen igen.

- Åh, vad jag mår dåligt.

- Det hade varit bättre om du träffat nån av mina
dejtingkontakter.

- Ja kanske det, säger jag kort med en huvudvärk som får
ryggsmärtan att blekna.

- Okej, vad hände då?

- Inget märkvärdigare än att jag fick vara Lotta.

- Vad sa du?

- Hon fick maginfluensa och Agneta hade redan beställt
från cateringfirman med en manlig strippa inräknad. Eller
heter det "strippe"?

- Ja, inte vet jag? Fast... Vad hade det med dig och Lotta att
göra?

- Vi stod som planerat vid Medborgarplatsen. Du vet ju
ändå inte var det ligger, men där stod vi i alla fall. Alla som
ville betala för sångnumret, stoppade pengar innanför
lösbrösten. Som alltså jag fick ha på mig. Och då skulle även
en *shot* ingå. Det var ju såna vi skulle fylla Lotta med.

- Kunde ni inte ha ställt in alltihopa då, när huvudpersonen
inte kunde vara med?
Jag rapar hårt. Känner hur magsaften kommer upp i halsen.

- Det tänkte vi men allting var ju redan betalt.

- Men var höll ni till med strippan då? Inte vid tunnelbanan
väl?

- Självklart inte! Som vi hade bestämt innan, hemma hos
Agneta.

- Var han snygg och välrustad?

- Tja, ordinär skulle jag nog säga. Men charmig...

- Så det blev inget mer då? Synd för dig. Och inte blir det
väl någon riktig möhippa för Lottas del heller då?

- Inte annat än att vi ska ut och käka på vanlig restaurang

dagen innan hon gifter sig. Och det kommer att gå mycket städat till. Precis som hemma hos Agneta, det försäkrar jag.

- Så bra. Jag menar för Lotta, att du blev hennes, ja, vad ska vi kalla det, "stuntwoman".

Bibi skrattar så skärande att jag får hålla telefonluren en bit från örat. Vi bestämmer att höras av på måndag innan vi lägger på.

Jag mår så dåligt att jag får stödja mig mot köksväggarna. Det tjuter från kranarna när jag fyller ett glas med iskallt vatten. Utan att blinka klunkar jag i mig allt innehåll. Jag känner hur vätskan går upp och ner i magtrakten. Ivrigt skyndar jag mig att skruva upp korken på colaflaskan och halsar direkt ur. Jag har en rejäl baksmälla och varken vattnet eller läskedrycken hjälper. Dubbelvikt står jag över slasken och hulkar. Colan, blandad med vad som finns kvar av nattens alla shots landar nere i hon.

Jag väter handduken, torkar mig i ansiktet och sätter mig utmattad på en stol. Det kanske är alla dessa grönsaker jag levt på de senaste veckorna som är orsaken? Jag rusar upp och smäller upp kylskåpet. Nere i svalen hittar jag en kant av ett vitkålshuvud. Jag river av en bit och trycker in den i munnen. Och genast börjar illamåendet ta fart igen.

Den förbaskade vitkålen jag läst om på någon hemsida, *fungerar* inte. Tidigare har jag googlat på "häxkurer", läst att man ska käka vitkål om man är bakis. Vilket jäkla påhitt. De där huskurerna hjälper inte ett dugg. Det iskalla vattnet får min tomma magsäck att vrida sig. Jag skulle naturligtvis inte ha blandat i går. Den sista konjaken jag svepte ligger kvar ovanför struplocket och skvalpar.

Naturligtvis har jag gjort bort mig som vanligt. Jag har betett mig precis som förr innan jag blev folkskygg och oförmögen att arbeta. Borde jag ta fram adressboken, ringa runt och be om ursäkt? Jäkla Lotta som skulle bli sjuk.

Hon slapp minsann shotfyllas och skämma ut sig. Jag känner mig svajig på vägen till sovrummet. Försiktigt sätter jag mig på sängen. Den våta handduken ligger som ett isflak och svalkar över pannan. På golvet framför mina fötter står skurhinken, ifall jag måste kräkas. Jag befinner mig på en helvetesresa, där allting snurrar. Tapeterna på väggen stirrar retsamt mot mig. Jag är fylld av lika delar alkohol och skam. Egentligen finns det ingen annan att skylla på än mig själv. Men att ha en minneslucka där allt är svart, från att jag sjöng tills jag kom hem, det kan jag bara inte begripa. Det är nog dags att se min blackout som en varningsklocka.

Det är eftermiddagstid och mitt liv börjar sakta återkomma. I hallspegeln skymtar en fågelskrämma förbi. Du milde himmel, hur du ser ut! Håret är kärvt och ögonen är uppsvullna. Den smärta jag känner kan ju bero på slagsmålet jag hamnade i igår också. Borde jag inte kunna anmäla henne? Eller ta kontakt med Aschberg och ”Grannsämjan”. Men å andra sidan *vill* jag inte försonas med den silikonhäxan.

Sömndrucket tar jag fram filmjölken och dricker direkt ur paketet. När jag står där i Maud-Adams-morgonrocken med håret på ända och en filmustasch på överläppen ringer det på dörren. Vem kan det vara? Väntar jag någon?

Tyst smyger jag mig mot ytterdörren för att kika genom titthålet. Utanför står en kortvuxen man. Inte mycket längre än jag. Han är något fetlagd och alldeles kal på huvudet. Långa svarta strån täcker överläpp och haka. Han har ett speciellt utseende. Ser lite asiatisk ut.

Jag har ingen aning om vem denna okända man kan vara. Mitt hjärta dunkar. Det är endast den tunna dörren som skiljer oss åt. Vad vill denna Djingis Khan? Har jag träffat honom förut? Jag måste få min trötta hjärna att fungera så jag kan tänka. Det är tyst i några minuter. Sen hör jag steg som avlägsnar sig ner för trappan.

Snabbt rusar jag mot köksfönstret och ställer mig bakom gardinerna. Jag ser hans breda ryggtavla när han går mot en skåpbil med texten "Kurts service". Det skymtar något under armen. Han fumlar lite med bilnycklarna och det han bär på faller ner på trottoaren. Nu ser jag precis vad det är. Impulsivt öppnar jag köksfönstret och skriker:

- Det där är ju *mina lösbröst!*

För en kort stund blir allting stilla. Fåglarna tystnar. Bilmotorerna står på tomgång i väntan på grönt ljus. Två skejtare i tolvårsåldern tittar på mig där de åker slalom utanför Ragnars motortvätt. Samtidigt öppnas porten - och ut kliver den person jag helst av allt *inte* vill möta idag. Silikonhäxan!

Som vanligt är hon hårt sminkad och hennes hår är stramt knutet i en hästsvans. Av hennes kläder att döma är hon på väg till arbetet. En marinblå pennkjol och vit skjortblus gör henne representativ. Det syns inte att hon varit i vilt slagsmål dagen innan. Hon vänder upp huvudet mot mitt fönster, ger mig en kall blick innan hon trippar vidare på höga klackar.

- Jävla apa!

Genast ångrar jag mitt vredesutbrott. Varför väcka den björn som sover bara för att jag lider av fyllångest idag?

Ja, visst har jag dåligt samvete över mitt temperamentsfulla uppträde. Det var inte så genomtänkt att rulla runt med henne på gården.

Jag släpper in Kurt, som kommit för att ge mig fejkbysten. Den som kostat oss sju tjejer tio kronor var på Butterick´s.

- Ja, det blev lite för mycket igår.

Jag känner mig generad där vi sitter i varsin fåtölj i mitt röriga vardagsrum och dricker te. En hög av tidningar och kläder belamrar alla tänkbara sittplatser. En rest ifrån gårdagens klädval. Ingenting passade som vanligt, men nu på ett positivt sätt. Kan inte förstå hur jag kunnat gå ner två storlekar. En minskning på tio kilo. Det var tur att lakanet/togadräkten skulle på...

- Jag såg till att du kom hem ordentligt i natt... Eller i morse om du så vill.

Mina små grå placeras om. Jag försöker centrifugera de celler som jag har kvar för att minnas något. Har jag frivilligt klivit in i hans skåpbil? Utan att ens tänka på om han hade för avsikt att tippa mig i Riddarfjärden? Om jag hade varit nykter igår hade han inte suttit härinne i min lägenhet. Men det gör han. Flinande sitter han framför mig. I Billys favoritfåtölj dessutom. Hur vet jag om det han säger är sant?

- Jag plockade upp dig på Viksjöleden. I ett ganska uselt skick, måste jag nog säga.

- Hur uselt? undrar jag oroligt.

Har jag blivit drogad, utslängd från en bil och hamnat som ett bylte på vägen?

- Njae, inte värre packad än att du klarade av att raggla omkring på ett par skyhöga klackar.

- Ja, hm! Du menar att jag i alla fall stod på benen?

Han börjar skratta. Det bullrar som ur en stor resonanslåda. Jag gör honom glad i alla fall. Ändå vill jag bara krypa ner i min trygga säng och dra täcket över mig, ensam, och aldrig mer vakna. Jag som varit så duktig. Slutat röka och gått ner i vikt. Och inte druckit någon alkohol sen jag landade på Arlanda. *Förbannade* Lotta och *förbannade* Agneta.

- Du har tydligen drabbats av en rejäl minneslucka. Jag skjutsade hem dig och så glömde du... Ja alltså dom där.

Han pekar på löstuttarna som jag sitter och tummar på. Jag sneglar på honom i ögonvrån, han tittar gäckande på mig och flinar.

- Jaa, du är en jävel på att dansa. Trodde du aldrig skulle sluta.

- Vad? Dansa? Var?

Utan att svara på min fråga säger han:

- I bilen svamlade du om att du skulle gifta dig. Antingen med Fernando eller Billy.

- Jaså! Har jag sagt att jag skulle vara den blivande bruden då, eftersom jag nämnde dessa två?

- Jamen, se inte så förskräckt ut. Shit happens!

Han skrattar åt mig. Varför, varför? De där eländiga nubbarna skulle jag ha spottat ut. Krävt alkoholfria alternativ. Men alla ville ju supa Lotta under bordet och i går kväll var det jag som utsågs att spela hennes roll som blivande brud. Jag hade också tyckt det varit en utmärkt idé när vi bestämde kvällen från början. Lottas sista tid som ogift. Och så var det hos mig alla småsuparna och pengarna hade hamnat.

För en stund håller vi mun båda två. Jag har inte så mycket mera att säga. Jag vill att han ska ge sig av så jag får sortera mina tankar. Men istället för att göra en ansats att resa sig, frågar han om han kan få mer te. Jag suckar och reser mig upp.

I köket sätter jag irriterat på vattenkokaren. Jag spänner käken och väser:

- *Lämna mig ifred!*

- Sa du något?

Hastigt tittar jag upp och ser Kurt, nonchalant stödd mot köksdörren. Jag biter ihop tänderna och slänger ner en ny tepåse i hans mugg. Kunde han inte haft vett att sitta kvar i fåtöljen åtminstone istället för att vandra omkring som om han bodde här. Jag svarar avmätt:

- Hur så?

- Tyckte du surrade om nåt.

Han ler och griper tag i ett äpple som ligger i min fruktskål. Jag blänger på honom och funderar om jag borde använda storsläggan för att få ut idioten. Vilken brist på uppfostran. Han tror att det bara är att trava in och ta för sig. Säkert

adopterad och bitter för att hans mamma lämnade bort
honom. Komma till Sverige och få det bra, utan att fatta att
vi faktisk har lagar här som man måste följa. Om både vett
och etikett. Denna bushmänniska borde packa sin koffert
och dra iväg dit han hör hemma. Troligen i en kannibalby.

När vattnet har kokat upp häller jag det i muggen och
räcker den mot honom. Jag kikar på den tickande
köksklockan och ser minutvisare sega sig fram med snigelfart.
Hans ögon vandrar över min Elloshylla som sitter
fastmonterad på väggen. På den står mina kopparkärl och
clowndockan som jag fått av Klara.

- Åh! Vilken schysst docka, säger han och nickar mellan
klunkarna.

- Den kommer från Mallorca. Jag har fått den av en
underbar liten flicka.

Hans asiatiska ansikte slätas ut till en rund julost när han
skrattar. Ögonen försvinner, blir till två svarta penselstreck.

- Okej, så det är där du har varit.

- Japp!

Det iskalla vattnet rinner ur kranen. Jag blöter disktrasan
för att torka av spillet från tepåsen. Med bestämda och
noggranna rörelser gnor jag över den blanka diskbänken.
Vill inte svara på hans töntiga frågor.

- Hade du lite rajtantajtan då? Full och tokig där med, antar
jag?

Han skrattar så axlarna skakar. Jag slänger ifrån mig
disktrasan som hamnar i diskhon och sätter händerna i
sidorna.

- Du. Jag har faktiskt lite att göra så om du...

Han visar med en gest att han fattat vinken och ställer
koppen på diskbänken. Han backar ut mot hallen och jag
följer efter. Jag tränger mig förbi. Öppnar dörren på vid gavel
medan han stoppar in sina skitiga fötter i ett par sandaler.

- Om du känner för att ringa när Fernando eller Billy har
tröttnat, så slå bara en plingeling till "Kurts servicefirma".
   Skrattande räcker han mig ett färdigtryckt visitkort med ett
mobilnummer. Med en axelryckning tar jag emot kortet.
Snabbt vänder jag bort ansiktet när han gör ett försök att
pussa mig på kinden. Han flinar avväpnande medan han kilar
ner för trappan. Innan han försvinner ut genom porten
måste jag ändå fråga.
   - Är du svensk?
   - Så jävla svensk som ett midsommarbord.
  Jag låser polislåset och drar ner persiennen på kökssidan.
Vill inte synas. Hur ska jag kunna visa mig för grannarna?
Vad hände mellan Agnetas bostad och promenaden på
Viksjöleden?

Kapitel 20

- MEN DET BEHÖVER inte alls vara så farligt.

Bibi ger mig några tröstande ord när hon ringer på måndag morgon. Alltsedan Service-Kurt dök upp, har jag inte kunnat släppa tanken på minnesluckan.

- Jag har inte fått tag på Agneta och i dag sticker hon och Lotta till Berlin. Tänker absolut inte ringa de andra olyckskorparna som var med.

- Hur kan du dricka så mycket så du inte minns vad du har gjort? Jag menar inte att moralisera, men det är otäckt när du inte kommer ihåg...

Jag suckar och tittar på fötterna som jag slängt upp på nattduksbordet. Det var fasligt vilka förhårdnader jag har fått. Det måste jag göra nånting åt om jag ska vara barbent och ha mina sandaletter på bröllopet.

- Ja ja, jag vet. Jag är en simpel och usel människa, fräser jag.

- Det har jag väl inte sagt.

Bibi låter som jag anklagat henne. Jag tar med mig min trådlösa och går in till badrummet. Där roffar jag åt mig fotfilen och lavendelkräm.

- Nej, förlåt, men jag känner mig som en sån.

Det blir tyst i telefonluren. Antagligen tycker Bibi att jag är ett hopplöst fall och känner mig ännu mera skuldmedveten.

Tillbaka i sovrummet knäpper jag på telefonens högtalare, lägger den på nattduksbordet.

- Vad gör du? Det ekar i mitt öra.

- Jag har satt på högtalarfunktionen. Tänkte fila fötterna. De ser för jävliga ut..

- Men det kan du väl göra när du lagt på. Hemskt otrevligt att höra raspen från en fotfil. Det är ju så man kan må illa.

Utan att bry mig fortsätter jag att raspa hälarna och frågar:
- Kan jag blivit drogad?
- Visst! Det är möjligt. Så många shots drack du väl inte för att få en blackout?
Fundersamt skruvar jag upp korken på fotkrämstuben och trycker ut en ringlande krämig orm i handen. Det doftar ljuvlig lavendel.
- Å andra sidan, fortsätter hon, så var ni hos Agneta. Vem där skulle ha lagt ner något i ditt glas?
- Vet att det var nån kille, nån vi mötte på Medborgarplatsen, som följde med. Tror han bar mig uppför trapporna. Minns inte så noga.
- Men Mita!
- Ja... Minns svagt att jag dansade med någon karl där hemma också.
Omsorgsfullt gnider jag in den feta krämen på fötterna. Klappar in resten av smörjan på vaderna och synar benen. Usch, vad åderbråck jag har. Trots att jag motionerar och bantar.
- Jag borde beställa tid hos en plastikkirurg, säger jag och suckar.
- Tänker du göra om ansiktet nu? Folk kommer i alla fall känna igen dig. Tror du inte?
- Nu menar jag inte någon retuschering. Det gäller mina åderbråck.
- Hur ska jag veta det när du alldeles nyss pratar om att du gjort bort dig. Klart att jag kopplar ihop operationen med att du vill gömma dig.
- Nää, så mycket skäms jag inte.
- Okej! Om vi nu ska återgå till den du dansade med, så minns du väl inte vem det var heller, antar jag.
- Nää...
- Åh herregud! Det här blir bara värre och värre.

- Visserligen nyktrade jag till lite, men inte tillräckligt för att
förstå vem som tillhörde vem.

- Var ni så många?

- Ja, det var ju party...

- Jag tycker i alla fall att du ska kontakta de andra tjejerna.

- Det känns så jävla pinsamt, fattar du väl. Jag vill helst
glömma alltsammans.

- Okej... Du gör naturligtvis som du vill. Det gör du ju
ändå...

Jag försöker leda in samtalet på något annat. Det är bäst att
låta Bibi berätta om sina bravader hon planerar med sin
spanske åldring. Jag lägger mig ner på sängen, trycker av
högtalarfunktionen och pratar i normalläge.

- Hur går det med Melonmässan?

- Bara fint! Den är på lördag - och du är också inbjuden.

MOT KVÄLLEN KÄNNER jag mig något gladare. Jag har ryckt
upp mig så pass mycket att jag orkar räkna pengarna jag
lyckats sjunga in. Jag har samlat ihop 424 kronor i lösbrösten.
Agneta ska ha hela summan, det är ju hon som ordnat
spektaklet med möhippan. Nåja. Jag har gjort en bragd i alla
fall. Borde vara värd en medalj.

Jag halvligger i soffan, lyssnar på rapport och äter en
viktväktarglass då telefonen ringer. Jag antar att det är Bibi.

- Tjena! Hur mår "skyhöga klackar" då?

Det är Kurts röst i andra änden. Han skrattar och vill göra
sig lustig. Ska den där Djingis Khan börja ringa nu också?

Jag suckar trött.

- Mina skor vilar ut i tamburen.

- Okej, de behöver lite finputsning kanske? Ömma skor
behöver smekas så skinnet mjukas upp. Det vet du väl?

- Jaså?

- Ska vi gå rakt på sak? Skulle du vilja tjäna en hacka?

- Tror inte det.

- Vi ska ha svensexa och undrar om du ville uppträda?

- Va?

- Ja, med tanke på att du gillar att använda lösbröst, så tänkte jag...

- Lägg av din förbannade Service-Kurt! Tack för skjutsen! Jag är oerhört tacksam för den men här slutar vårt samarbete.

Med en smäll knäpper jag av den trådlösa. Vilken vidrig äckelmunk. Jag är så upprörd att jag kokar av ilska. Händerna skakar när jag häller upp ett glas äppeljuice, för att lugna ner mig.

Hur har han fått tag på mitt telefonnummer? Nåja, inte så konstigt kanske. Han har ju varit här hemma, och antagligen sett på displayen.

Åh, Billy suckar jag tungt. Allt har gått åt helsefyr sen det blev slut mellan oss.

Det enda jag kan känna av värde är att jag gått ner några kilo. Men för övrigt verkar det inte blivit någon större förändring. Om det förut inte hände något i min utveckling så har det nu istället börjat gå baklänges. Är det motståndet som har börjat verka? När kommer processen att ge frukt? När kommer min självkänsla tillbaka för att stanna?

Klart att det inte går att göra om min personlighet över en natt. Men nånting radikalt måste göras.

Kapitel 21

- HALLUUU VÄNNEN, SKRATTAR BIBI när jag ringer nästa dag.
Jag är inte alls på humör. Jag har hamnat i en formsvacka.
Baksmällan från möhippan sitter fortfarande kvar innanför
pannbenet som en poststämpel. Jag berättar, fortfarande
riktigt förbannad, om Service-Kurts vidriga förslag.

- Ta inte åt dig! Han chansade väl bara, tänkte på dina
lösbröst...

- Men jag känner mig så jävla billig.

- Håller med om att du råkat ut för en del missöden på
sistone.

- Jag har fått åldersnoja också. Börjar få panik. Vill inte
sluta mitt liv som en ensam bitter gammal nucka.

- Du behöver släppa lite på dina egna "skjortknappar" nu.

Bibi kommer med råd och låter som mig när jag försökte få
henne att släppa på *sina* hämningar, då när hon precis hade
skiljt sig.

- Ja, du har säkert rätt, men jag kommer inte att gå en meter
utanför dörren förrän jag vet vad som hände på möhippan.

- Ring Billy och be om lite kroppslig värme. Nu måste jag
sluta. Vi hörs vännen.

Hon verkar vara helt inne i planeringen inför
Melonmässan. För henne låter mina bekymmer oväsentliga.
Hon är nervös, och har fullt upp med sitt att tänka på. Jag
sitter en stund med telefonen i handen och vet inte vad jag
ska ta mig för. Det saknas nåt i mitt liv, erkänner jag.

Utan större entusiasm plockar jag fram ett par pösiga
bomullsbyxor, som jag hade förra sommaren, från
garderoben. De har underbart nog blivit för stora, så jag
beslutar mig för att packa ner dem i en av kassarna där mina
andra kläder ligger. Ska skänka dem till Myrorna.

Varför ska jag behålla prylar jag inte längre har någon
användning för? Jag ska *banne* mig inte tillbaka till mitt gamla
liv. Har jag sagt att jag ska börja ett nytt så tänker jag se till att
jag hamnar där också. Men, det gör ont att åldras... Vad finns
att längta till när man vet att nästa mål är besparingar så man
har råd till en plats på hemmet? Hade jag varit lika
superkänslig om jag hade haft barn? Jaja, nu är det som det
är. Ingenting går att göra ogjort vare sig man valt bort barn
eller inte.

När jag rensat klart i röran går jag in på datorn för att
besöka "Free Ladys" hemsida. Jag kanske skulle göra slag i
saken och åka till Gotland ändå? Det var ju det som var
meningen från början, om det inte hade varit så dyrt.

Bibi får jag inte med mig. Det har hon redan klart sagt
ifrån. Hon ska åka till Norrland en vecka och besöka
nätdejten ”Benny-Lasse”. Att åka nattåget från Blekinge
kostar ju en hel del. Men ändå är det både en billigare och
mindre ansträngande resa än den hon skulle göra till
Eskilstuna med Swebus. Hela resan skulle ha tagit sexton
timmar, då hon först måste åka ner till Malmö för att vänta i
fyra timmar och sen till Stockholm. Så den dejten la hon ner
direkt.

Förmodligen kommer Bibi att fortsätta sina nätkontakter i
några år till. Om det inte händer något alldeles drastiskt
förstås. Hon vill absolut inte träffa karlar i sin egen ålder.
Helst ska de vara tio år yngre. "*Män som kommer upp i sjuttioårs
åldern behöver en sköterska, inte en hungrig kvinna*” har hon sagt
åtskilliga gånger.

Ska jag bli som Bibi? En kvinna som bejakar livet? Som inte
har fastnat i en åldersnoja? Hon har funnit sin mening i allt
chattande. Det kan jag inte förneka. Fast vad är min mening
med mitt liv då? Är det att börja tokträna som jag egentligen
inte tycker om att göra? Eller att banta så stenhårt så jag inte

får njuta? Livet är för kort för att tänka på hur allt kunde ha varit. Jag måste ändra mina tankar och koncentrera mig på att känna hur bra jag egentligen är trots allt.

Jag knappar på telefonen. Får svar direkt och pratar med en person på spaanläggningen på Gotland.

Det är en otroligt positiv människa. *"Ingenting är omöjligt och det är aldrig för sent att förändra sig".* Men beklagar han sen.

"Tyvärr är det uppbokat hela sommaren. Du är välkommen att höra av dig - i god tid, det är många som vill ta tag i sina liv – för en helg, eller ännu hellre, en vecka senare i höst".

- Okej, säger jag och tackar.

Men, vill jag verkligen förändra allt och bli en helt annan Mita? Min aktivitetsmätare visar trots allt att jag håller måttet på hur många steg jag går under en dag. Martiniflaskan som jag köpte på taxfree står fortfarande prydligt orörd i barskåpet. Och mitt lådvin är inte öppnat.

Jag sitter kvar en stund och tänker på Bibis samtal. Känner ett utanförskap. Bibi har ju i alla fall saker på gång även om jag inte delar hennes intressen. Mina tappra försök att inleda ett socialt liv slängde jag bort på möhippan.

Hur kunde jag dricka mig så redlös? Bibi har rätt. Det här är verkligen en varningsklocka som ringer. Aldrig mer en droppe intalar jag mig. Sen kommer jag på underbara Berra. Hur skulle jag klara mig utan honom och hans lilla trygga butik? Han ska bli min räddning.

Det är endast ett fåtal kunder i affären. Tre killar och två tjejer runt arton. De tjattrar och skrattar på glättigt tonårs-vis. Inga bekymmer verkar de ha. Deras klädsel är som om de ska ut och bada. Frukt och yoghurt samt kex och mineralvatten plockar de till sig.

- Ska vi köpa färdiggjorda mackor också, hojtar brunetten som står vid kylen, i minishorts och glänser med brunbrända ben.

En kille med nästan kritvitt hår, brunbränd han också, släntrar fram till tjejen och kramar om henne.

- Nää gumman! Vi köper nåt på Vanadis. Smöret kommer ju faan att smälta på vägen dit i den här värmen.

De andra kommer fram till kärleksparet. Alla tre bär solbrillor och tuggar frenetisk på sina tuggummin. De har hörlurarna på sig och verkar lyssna på musik. Den andra tjejen i sällskapet är blond och opponerar sig när hon öppnar dörren till kylskåpet.

- Men... Såna här vill ju jag ha...

Hon plockar fram två pain riche och luktar på dem. Vrider och vänder.

- Så jävla goda, dom här salamimackorna. Skiter fullständigt i om smöret typ smälter. Förresten är jag hungrig, käkar den direkt typ.

Snabbt plockar hon bort plasten som smörgåsen ligger inlindad i.

- Öh du! Gubben eller vad du heter, typ?

Hon tar av sig hörlurarna och låter dem hänga runt halsen. Nonchalant skjuter hon upp solbrillorna i pannan. Linkande kommer Berra fram mot henne. Hon är ett huvud högre än honom så han får titta upp när han svarar.

- Ja?

- Hur gamla är dom här mackorna?

Hon har redan bitit av en tugga och mumsar med öppen mun.

- Dagsfärska. Kom i morse!

Han ler och puttar upp sina glasögon, vilka som vanligt envist glider ner fram på näsan.

- Ja, det känns. Jävligt goda typ. Bara älskar salami. Ta en tugga! säger hon och trycker in pain richen i gapet på den närmsta killen.

Han är mörkhårig med kritvita tänder. En riktig läckerbit.

Jävlar att man inte är ung, tänker jag medan jag iakttar
ungdomarna. Så fria och oberoende av vad folk tycker.
De bara tar för sig. Inte alls som jag var i deras ålder...

- Plocka med en sån där macka åt mig också, säger den
mörkhårige innan han försvinner ut genom dörren.

Berra tar betalt. Den unga skaran skrattar och skämtar med
varandra. Snart är de ute i friska luften. Berra och jag är
ensamma.

- När kommer nästa skolklass?

Jag skrattar och skakar menande på huvudet, hänvisar till
skocken som varit här innan.

- Säg det, smilar Berra och rättar till tidningshögen på
disken. Dom har väl sommarlov och vill passa på att bada så
länge vädret håller i sig.

- Men märker du nåt av att det är semester då?

Jag sätter mig på pallen som står intill och bläddrar
förstrött i en av skvallertidningarna.

- Visst! Den märks. Även om det inte är så mycket liv här
annars heller. En och annan stammis. Du och Ragnar är de
trogna.

Berra skrattar till och rycker på axlarna. Tar upp sin
snusdosa och lägger in en prilla under överläppen.

- Få se hur länge jag har råd att ha kvar affären.

- Du får aldrig stänga! Lova mig det...

Genast slår jag ihop tidningen och stirrar in i Berras små
rödkantade ögon som döljer sig bakom glasögonen.

- Nä, nä! Ingen risk. Än överlever jag. Har ju en buffert ska
du veta.

Han ler hemlighetsfullt. Kanske Berra har en rik fru som
försörjer honom? Tänk så lite jag vet om hans privatliv.
Antagligen lika bra det. Han får ju aldrig tid att berätta, då det
alltid är jag som har bekymmer. Och han är så förstående.

- Säg nu vad du har på hjärtat. Gråt ut hos farbror Berra.

Han tar av sig glasögonen och torkar dem med skjortärmen. Jag tycker *så* mycket om honom. Han har blivit min biktfader.

- Berra! Hur många gånger har du fått höra min klagan? Hur står du ut?

- Äh! Jag är till för sånt. Prata av dig du.

Diskret försöker han dölja en smärtfylld grimas när han linkar fram till mig Jag ser att han inte vill visa värken i sina ben. Lätt stryker han mig på kinden. Jag kan inte låta bli att ställa frågan.

- Har du mycket ont?

Han skakar avfärdande på huvudet. Vägrar prata om sina problem. Envisa Berra! Jag blundar och nickar i samförstånd. Tar hans hand och kramar den. Det smäller och dånar från Ragnars motortvätt. Högtrycksspolningen är igång som vanligt. Jag suckar och pekar mot fönstret.

- Det är fan i mig aldrig tyst på den här gatan.

Skrattande går Berra tillbaka till kassan. Intill cigarettpaketen står en liten pillerburk. I smyg öppnar han locket och stoppar in en tablett i munnen. Sen tittar han på mig och nickar.

- Nu får du lätta hjärtat, innan vi blir störda. Ragnar brukar komma vid den här tiden.

Jag hämtar andan. Säger sen snabbt så jag inte ska ångra mig.

- Jag drack mig full igen. Den här gången gjorde jag bort mig ordentligt.

- Oj! Det låter allvarligt? Du får tänka dig för.

Han säger det lugnt och sakligt. Utan förmaning. Berra är den jag verkligen litar på. Jag berättar allt om möhippekvällen, och om Service-Kurt. Jag beskriver min blackout - och ågren som den har framkallat.

- Mita! Strunta i det som har hänt. Gjort är gjort. Sen du

kom hem från Mallis har du ju gått spikrakt framåt. Se
gårdagen som ett litet återfall bara. Det behöver inte alls
upprepas igen. Varken nu, i morgon eller resten av ditt liv. Ta
ett steg i taget. Du är duktig. Jag tror på dig.
- Hoppas du har rätt.
Jag biter mig i läppen och blicken stannar på lysröret i taket.
Där uppe sitter en nattfjäril fastkilad, den har förmodligen
dött av värmen. Så snabbt ett liv kan släckas. Vad vet jag om
morgondagen. Jag har inte råd att slarva bort mitt liv.
Det är dags att göra en förändring till det bättre.
- Tror du verkligen att jag kan lyckas då?
- Självklart! Varför denna skepsis?
Berra skakar bekymrat på huvudet och ser verkligen
förtvivlad ut.
- Måste man skaka om dig på allvar Mita?
Han skrattar och kommer fram till mig. Rufsar om mitt hår.
- Nu har du fixat ditt yttre. Det syns minsann att du rasat i
vikt. Men försök nu hitta ditt inre också, så kommer du i
balans med dig själv.
- Ja! Jag ska. Än är jag inte där, men jag är på väg. Lita på
det Berra.
- Och du!
- Ja?
- Gråt inte över spillt vin! Blicka framåt och det med basta.
Leende reser jag mig upp, ger honom en bamsekram. Han
skrattar generad. Precis då slås dörren upp och ett nytt
ungdomsgäng väller in. Innan jag går viskar jag:
- Berra! Det stämmer. Det är ingen idé att gråta över spillt
vin.
Stenen i mitt bröst har redan lättat när jag tränger mig förbi
dessa nyfikna och livsbejakande människor.

Kapitel 22

- NÅ SKA DU med eller inte, frågar Bibi, när hon ringer tidigt på lördagsmorgonen.

- Med? Vart?

- Men herregud Mita! Har du sovit hela veckan?

Hon har redan sin weekendväska packad. Klar att användas över helgen på Melonmässan. Hon och Enriques pappa har hyrt rum på stadshotellet i närmsta stad.

- Det tar bara tjugo minuter med taxi ut till ladan.

- Går det inga bussar?

- Nä! Inte dit. Det ligger lite avsides ute på landet.

- Men hur har gubben fått nys om Melonmässan? Mitt ute på vischan här i Sverige, när inte ens vi svenskar känner till den?

- Han får hem en medlemstidning där alla sådana här evenemang finns upptagna.

- Okej! Nån internationell jordbrukarklubb då? Som bondens marknad över gränserna. Men får han sälja alkohol?

- Det har han väl fixat. Men mest ska han göra reklam för sig, ropar Bibi.

- Ja, det är uppenbart, konstaterar jag, där jag håller min trådlösa mot axeln för att samtidigt röja undan i lägenheten.

DATORN ÄR UPPKOPPLAD där jag sitter vid frukostbordet. Jag kisar med ögonen och försöker läsa på Aftonbladets förstasida. Det är väl själva katten att det ska vara så svårt att se en vanlig textrad utan mina läsglasögon, utbrister jag högt. Jag irrar omkring och letar överallt. Kan inte förstå var jag har lagt dem. Det får bli senilsnöret i alla fall, om jag ska slippa det onödiga letandet.

Inne i badrummet slänger jag en blick i spegeln - och ser

minsann, uppe i pannan har glasögonen hamnat.

När jag väl satt mig till rätta igen ser jag elva nya mejl i
inkorgen. Snabbt bläddrar jag förbi några och raderar de med
reklam och kedjebrev. Mitt hjärta tar några skutt, av både
glädje och oro, när jag ser ett privatmejl från ett konto som
jag inte känner igen.

*"Hi Mita. I hope you got home safely. I miss you and can not forget our
night. I am going to Stockholm next Friday. In business. I hope we can
see you then. Please call me at this phone number.*
Hasta la vista / Fernando".

Jag sitter en lång stund efter att jag läst mejlet och minns
hans smekande och mjuka händer. Blodet rusar när jag inser
att det faktiskt gått en vecka sen han skrev. Det måste
innebära att han redan är i Sverige. Och kom redan i går.

Men han är inte här på grund av mig, utan *i affärer.* Jag är
bara hans utfyllnadstid. De stunder då han tar en paus mellan
sina affärsmöten i Stockholm.

Om han så gärna vill träffa mig kan han minsann ringa
själv. Det var ju det vi kom överens om, där nere på stranden.
Men det var då det. Mellan vågskvalp och spelande cikador.
Påminnelsen om Fernandos vistelse i Stockholm gör att jag
blir dyster.

Det blir inte bättre av att jag på kvällen sitter i
vardagsrummet och zappar förstrött mellan tevekanalerna.
I synnerhet inte då jag hamnar i ett program som handlar om
"kärleken till livet". Det är en grupp barn runt tio år som står
framför en sjö med blånande berg i bakgrunden och sjunger:
"Nu grönskas det i dalens famn". Så vackert men samtidigt så
vemodigt det låter. Scenen får mig att tänka på en viss liten
kavat flicka vid namn Klara. Hon som har en pappa som
brukar sova när han dricker sprit, en bög till morbror och
som vill vara vän med ett stort fult troll som jag.

På kökshyllan står den lilla dockan som ett evigt minne,

från en flicka som ser livet som det verkligen är.
Programledaren gör en djup och närgående intervju med en
känd artist som enkelt svarar på hennes frågor.
*"Jag lever i nuet! Gårdagen bjuder enbart på soliga minnen. Ingen dåtid
eller framtid existerar"*, säger artisten och ler rakt in i kameran.
Men jag mår dåligt. Jag har ju drabbats av en ålders-
depression. Ser inte alls någon glädje i att bli gammal.
"Nu har jag äntligen upptäckt livet!", förklarar artisten vidare.
Jaså! Hur upplyftande kan det vara att upptäcka att vi går mot
ålderdom och död? Att allt det roliga, äventyrliga, att leva för
dagen är bakom oss? Är det därför som vi färgar håret,
hårdtränar, köper åtsittande tonårskläder och lyssnar på
samma musik som tjugoåringarna? Att envist hänga kvar i
ungdomen? Vi springer på konserter för att se andra
överlevare. Artister som ska göra comeback och bli unga på
nytt. Som plåster på såren avslutas reportaget med sången
"Sånt är livet". Snacka om att slå in öppna dörrar.

Sömnlös vänder och vrider jag mig i sängen och kan inte
alls sova. Borde jag ha hängt med Bibi till Melonmässan
ändå? Jag stirrar upp i taket och följer en ljusstrimma från
gårdslampan. Mina träpersienner hänger på trekvart och inte
har jag råd att köpa nya.

Jag kastar av mig det varma täcket och kliver upp. Helt
apatiskt och utan livsgnista går jag till kylskåpet. Hivar ut en
massa pålägg och gör mig en "Dagobertmacka". Spelar det
någon roll om jag dör av blodfetter och hjärtinfarkt över
köksbordet, istället för att invänta en plågsam ålderdom på
ett sjukhem? Allt är ju ändå så meningslöst, när det inte finns
något att längta till.

Efter att jag vräkt i mig denna ångestsmörgås mitt i natten,
går jag ut i badrummet för att uträtta mina behov. Jag tittar
med avsmak på den spretiga och utslitna tandborsten. Den är
dags att slänga konstaterar jag.

I städskåpet bland toalettpapper och glödlampor hittar jag
en borste i obruten förpackning. Jag trycker på den
markerade fliken som lätt ska befria mitt redskap från sin
plastinbakning. Men hur jag än sliter och drar så är det en
omöjlighet att bryta upp det hårda plasthöljet.

Helvetes, jävlar... Förbannade industrisamhälle som inte
fattar att det finns människor med söndervärkta fingrar.
Jag vrålar så pass högt att jag misstänker att silikonhäxan
snart ringer på min dörr. I panik försöker jag att deformera
hårdplasten med saxen, för att sen övergå till kökskniven. Jag
påminner antagligen om duschscenen i "Psycho".

Till slut är jag tvungen att ta hjälp av mina huggtänder för
att slita upp eländet. Tandborsten har kostat mig tre
plåsterlappar som jag fått tejpa över skärsåren på mina
fingrar. Samt, känns det som, en jacketkrona jag för mitt liv
inte har råd att fixa. Varför går allting emot mig? Jag är jävlar-
anamma otursförföljd i det här satans eländiga livet.

TIDIGT PÅ SÖNDAGSMORGONEN vaknar jag av att solen skiner
som en strålkastarlampa in i sovrummet. Jag är genomsvettig
och underlakanet är alldeles vått. Ytterligare en dag att ta sig
igenom. Det är lika bra att dra täcket över huvudet och
försöka somna om.

Jag drömmer att jag blivit tvångsplacerad på kött-
avdelningen istället för fiskdisken. Mekaniskt packar jag in
fläskkorvar i hårda formar av frigolit, vilka glider fram i en
aldrig sinande ström, på ett rullband. Plötsligt börjar
korvarna att röra på sig, små armar och ben växer ut. *"Där
kommer du att ligga, efter din död!"*, säger en begravnings-
entreprenör som utan förvarning dykt upp bredvid mig,
klädd i sorgsen svart kostym.

Förskräckt kikar jag över hans axel. Där står en grupp
människor i vita rockar och plockar upp en mänsklig liten

fläskkorv ur en av förpackningarna. De lägger den lilla sprattlande korven på ett undersökningsbord och börjar skära den i bitar.

"Men herre gud, vad gör de?" ropar jag vild av skräck *"Alla som är överviktiga, arbetslösa, deprimerade eller sjuka, alla de som bara kostar samhället en massa pengar, de måste dissekeras!"* säger begravningsentreprenören lugnt. *"Jag lovar att ta tag i mitt liv! Jag lovar att bli frisk! Jag lovar att vara lycklig! Jag vill inte dö än! Inte nu,"* hulkar jag vettskrämd.

Jag vaknar med ett ryck, mitt i en lättare ångestattack. Vilken makaber mardröm. Hur kan man drömma något så fasansfullt? Vad betyder den? Jag skyndar mig att slå i mitt drömlexikon. Men ordet "fläskkorv" finns inte. Däremot "korv" som är en fallossymbol, särskilt om korven hålls i handen på en narr. Är det jag som skulle vara den pajasen då? Jag hittar även "bevittna sin egen begravning" som betyder långt och lyckligt liv. Det låter ju positivt i alla fall.

Drömmer man om sin egen begravning kan det vara barndomsminnen som gör sig påminda, i det undermedvetna. Nej, jag tänker definitivt inte göra en djupdykning tillbaka till min barndom, inte ens för att lära mig älska mig själv. Det tänker jag baske mig se till att jag ska göra ändå. Ivrigt bläddrar jag vidare i boken för att undersöka "knivar; att drömma om vassa föremål". Aha! Det betyder ofta besvikelse i kärlek. Ja ja, det kan jag då hålla med om. Jag behöver inga mera förklaringar och slår ihop boken med en smäll. Jag förstår exakt vad drömmen vill säga mig. *"Lev nu och dö lycklig."*

KLOCKAN ÄR PRICK 8 på måndagsmorgonen då jag kastar mig över telefonen. Hetsigt trycker jag på knapparna som öppnar förbindelsen till Bibis mobil. Hela söndagskvällen har jag försökt nå henne, men det är endast svararen som har gått på

i mitt öra. Äntligen hör jag hennes välkända skånska stämma.
Jag är sprickfärdig av nyfikenhet.

- Hur var det på mässan?

- Det var inte riktigt vad jag trodde. Och gissa vem jag
träffade, säger hon med en mystisk, hes röst.

- Någon av dina nätdejter?

- Din *Fernando!*

Jag tappar talförmågan. Är tvungen att ta tre djupa andetag
innan jag förhör mig vidare.

- Men det är inte möjligt! Han skulle ju göra affärer i
Stockholm.

- Nej. Han dök upp där. Och vet du vad som mer hände?
Bibi berättade ingående vad som verkligen hände på
Melonmässan. Jag både häpnade och skrattade.

- Oj, det ringer på dörren. Jag ringer dig sen. säger Bibi och
avslutar samtalet.

Kapitel 23

JAG STÅR I BADRUMMET med ansiktet nedsmetat av alginpackning. Den har lovat göra mig tio år yngre. Vågen visar sjuttiofem kilo nu och jag jublar högt. Mirakeldieten med hälsosoppa har uppenbart gett resultat. Det var när jag kom hem från Palma som Agneta gav mig denna bantningskur i ett mejl.

"Hej Mita!

Försök hålla ut så kommer du att se ut som en spira i din dräkt. Dieten kommer från Sacred Heart Hospital och används av hjärtpatienter för att gå ner i vikt innan kirurgiska ingrepp. Den är utarbetad av specialister i näringsfysiologi.

Dieten rensar kroppen från toxiner. Du kokar en soppa. Av den får du äta hur mycket du vill varje dag. Dessutom följer du varje dag ett program som talar om vad du får äta i övrigt. Du får dricka hur mycket vatten, kaffe, te, juice, lättmjölk samt tranbärsjuice som du vill. Ät ej bröd, drick ej alkohol eller kolsyrad dryck.

*Efter sju dagar har du gått ner 4,5-7,7 kg i vikt. (Jag gick ner 3 kg). Man får inte göra dieten mer än 7 dagar i sträck, vänta minst 2 dagar om du vill köra igen. Soppan fick jag koka ny tre ggr har jag för mig. under en vecka. Det beror ju på hur mycket du äter *S* men eftersom man äter den morgon, middag, kväll så går det en del.*

Variera soppan genom att smaksätta den lite olika, så du inte tröttnar, för jag lovar dig, att efter så där 3-4 dar känns det inte som en gourmémiddag längre... hahahaha... Förslag på smaksättning: Curry, vitlök, ingefära, basilika, persilja, citron. Ja, vilka kryddor du kan tänkas ha hemma. Du kan också mixa soppan slät nån dag, för att få lite variation.

Här är receptet på soppan: 2 burkar krossade tomater . 3 stora purjolökar.14 st köttbuljongtärningar. (Detta är SANT!)

Har kollat upp det. Så ska det alltså vara. Min första soppa blev så in
i helsike salt, hahahahaha... så jag för min del tar ICKE så många
buljongtärningar igen...hahahaha... nä... jag tar lite på måfå, efter
smak.
1 pkt Mr Lee Nudlar (inte kryddpåsen)
1 selleri
2 burkar gröna bönor (långa)
2 gröna paprikor
1 kg morötter
 Nu måste du ta fram din stooooooooora gryta! Hacka grönsakerna,
lös upp buljongen. Tag vatten efter tycke och smak, så att soppan blir
"lagom". Vattnet ska täcka allt. Ju mer soppa du äter, ju mer
förbränner du!
DAG 1
Ät soppan, och hur mycket frukt du vill, utom bananer! Endast frukt
och soppa första dagen.

Dag 2
Ät soppan och grönsaker idag! INGEN frukt. Ät dig mätt på råa,
kokta eller burkgrönsaker. Helst gröna grönsaker, t ex paprika, sallad
och spenat. INTE ärtor, majs eller bönor.
Till middag, äter du en bakad potatis med smör.

Dag 3
Ät så mycket soppa du vill och orkar, samt vad du vill i frukt och
grönsaksväg. Efter denna dag har du gått ner minst 2 kg!

Dag 4
Idag äter du soppa, samt bananer och lättmjölk. Ät och drick så
mycket du kan, minst 3 bananer.

Dag 5
Idag äter du soppan samt biff och tomater. Ät 280-560 g biff och

tomater. Biffen kokas, steks eller grillas. Det går bra att byta ut mot kyckling eller fisk. Dock får du bara byta ut till fisk EN dag. Om du äter kyckling, får du inte äta skinnet.

Dag 6
Biff och grönsaker idag. Ät soppan som vanligt och hur mycket biff och grönsaker du vill.

Dag 7
Brunt ris, juice och grönsaker. Blanda kokta grönsaker i riset om du vill, glöm inte soppan nu på spurtsträckan :)

När detta är avklarat ska du inte dricka nån alkohol förrän tidigast 24 timmar efter avslutad diet, p.g.a. fettsamlingar i kroppen.
Kramar Agneta"

Jag är så glad för dieten som förvandlat mig från Michelingumma till kurvig kvinna. Jag kan till och med spegla mig naken utan att äcklas av det jag ser.

Efter att jag smort in ansiktet med Aloe Vera-kräm känner jag mig klar för natten. Sängplatsen bredvid mig är gapande tom. Det är första gången som jag saknar Billy. Han visste exakt vad min kropp behövde. Fastän vi inte alltid kom till så kunde han konsten att smeka mig. Tänk om jag skulle göra slag i saken och träffa honom? Det var ju det Bibi sa. Nja, inte så väl genomtänkt av henne nu när Billy äntligen är borta ur mitt liv. Det är något annat också som inte finns kvar. Nämligen smärtorna i ryggen och värken i armarna. Misstänker att det har med omställningen av kosten att göra. Helt plötsligt har det börjat kännas bättre att leva. Även om ett par kramande och smekande mansarmar förstås skulle kunna göra susen... Smålängta efter en karl kan man ju ändå göra fastän man är tillfreds med livet.

PÅ MORGONEN DIMPER det ned ett avlångt kuvert på hallgolvet. Plötsligt står jag och fingrar på ett brev från en professor Berthold von Graatz. Institutet & forskningsanstalten Graatz i Nederländerna.

Jag sätter på kaffebryggaren, letar som vanligt efter glasögonen. Hittar dem och läser:

"Du är en av de få utvalda som får chansen till evig lycka och rikedom."

Denna professor von Graatz har en natt sammankallat till ett hemligt möte med den *"innersta cirkeln"*, där man *"i timmar av seanser"* känt att en viss Menitha Eriksson i Stockholm lever över sina tillgångar, och dessutom har problem med hälsan och kärleken. *"Denna person måste få akut hjälp!"*

Jag är en av de sju utvalda som kommer att få lycka och välgång, genom den mäktiga urkraft som finns i universum och kosmos. Professor von Graatz Centrum för Lyckoforskning, samarbetar med Europas ledande astrologer, siare, medier och forskare, och har redan skänkt ett stort antal människor så väl lycka, kärlek och rikedom som hälsa.

Detta kan även jag få. Det kommer inte att kosta mig nånting, annat är "försumbara" 40 euro, för att täcka administrativa kostnader. Professorn skriver vidare:

"Hela natten har det hemliga rådet suttit och diskuterat på vilket sätt Du ska kunna komma ur ditt tragiska liv. Men det är bråttom. Oerhört bråttom, för annars är risken att lyckan går dig förbi. Du måste svara på detta personliga och hemliga meddelande, innan det blir en ändring av planetkonjunktionen, då det senare kan bli alltför svårt att mota undan den negativa energin som kommer att ligga som ett tjockt moln över Dig. Efter mottagande av detta brev har Du tre dagar på dig att svara!"

Brevet är på tre A4-sidor, tryckta med blåfärgad "handstil". På vissa ställen med citat från "redan lyckliga". På sista sidan har man arrangerat ett avtryck av kaffefläckar.

Antagligen ska det se ut som att brevet är personligt och skickat i största brådska.

Jag är mycket upprörd när jag ringer Bibi.

- Hur har man fått tag i min adress?

- Släng brevet direkt.

- Det här är ju förskräckligt! Tänk hur många det är som kanske går på sånt här lurendrejeri.

- Ja, såna som du. Folk utan självförtroende.

Bibis direkta påhopp får mig att känna mig som en dubbelidiot. Hon menar alltså att jag tillhör den procenten, som blir offer för sådana här lycksökare. Den kategorin som godtroget går på vad som helst. Som tror på aprilskämt och andra skojerier. Ibland kan den där präktiga människan reta gallfeber på mig med sina goda råd.

- Må vara att jag inte tror så mycket på mig själv, men så dum är jag *verkligen* inte, att jag går på något så här urbota dumt.

- Du hade säkert gått på det här också, om jag inte sagt ifrån.

- Jag fick ett brev, okej, men jag hade *inte* tänkt svara, ska du veta.

- Jamen då så.

- Det var egentligen en annan sak som jag vill fråga dig om. Du som är så snygg och *smart* som du säger, hur kommer det sig att du inte träffar dina karlar - i verkliga livet?

Jag vet att frågan inte är relevant, jag vet att det egentligen inte angår mig, men just nu är jag förbannat trött på hennes predikningar.

- Ja... Det... Det är väl brist på annat.

- Hm, fnyser jag. Bättre kan du väl.

- Jag träffar bara kärringar i sextiofemårsåldern och uppåt om dagarna. Dom som vill få håret permanentat och hårläggningar gjorda. Förutom bögen förstås, som kommer var fjortonde dag, för att få ögonfransarna färgade.

- Indiern på lunchrestaurangen då?

- Äh, han är ju gift och har åtta ungar.

- Går du aldrig till puben eller ut och dansar?

- Nej!

- Varför?

- Dels kan jag inte dansa så bra … Och sen är jag nykterist.

- Det såg jag då ingenting av på Mallorca.

- Men... Då var jag ju utomlands!

- Vad är skillnaden?

- Hemma i min håla känner alla varandra - och jag tänker inte skämma ut mig.

- Måste man bli det, bara för att vilja gå ut och roa sig ibland?

- Vadå, menar du?

- Utskämd, menar jag.

- Men Mita lilla! Du var då rätta personen att säga nåt sånt.

Hon skrattar hånfullt, och på en gång blir det tyst. Vi har plötsligt ingenting att säga till varandra. Jag vet att jag klampat på väl hårt, men tycker inte heller hon varit någon blyg viol. På grund av detta jäkla lyckobrev har jag lyckats hamna i en konflikt med henne igen. ”Lycka och framgång.” Var det så han skrev, denna galne professor? Inte ska jag behöva betala en massa pengar för att komma till paradiset. Den enklaste vägen dit, är nog att börja med att be Bibi om ursäkt.

- Förlåt! säger vi unisont.

Sen utbrister vi i skratt åt våra meningsskiljaktigheter. Jag tror att jag alltid kommer att ha Bibi som min ärliga vän, där vi vågar stå för vilka vi är. Där ingen av oss behöver sätta på en mask. för att visa upp en bättre roll.

Det finns vänskapsband som man kan lära sig att knyta, det enda man behöver är en säkerhetsnål och vackra färger i

moulinégarn. Det har jag läst på nätet. Två sådana ska jag väl
kunna knopa ihop i höst när mörkret sänker sig över vårt
land. Som ett bevis på att vår vänskap kommer att vara för
evigt.

Efter vårt samtal diskar jag upp veckans använda glas,
tallrikar och kastruller som står i staplar på diskbänken.
Jag synar mina trasiga naglar i diskbaljan. Hur bär man sig åt
för att få vackra händer? Jag ryser av obehag när jag
upptäcker nya bruna pigmentfläckar, vilka avslöjar min ålder.

I bokhyllan hittar jag vad jag söker. En bok om naturmedel.
Där står att man får vit och fin hy om man gnider en
gurkskiva morgon och kväll på huden. Har jag någon gurka
hemma? Men så sansar jag mig:

Nej, nu får det banne mig vara nog!

Gode Gud! Låt mig inte fixeras vid tanken om evig
skönhet.

Kapitel 24

FÖLJANDE DAG RINGER Bibi och vill berätta en glädjande nyhet.

- Tro det eller ej men jag ska flytta till Spanien.

- Va? Vad är det du säger?

- Jag förstår att du inget begriper men jag ska till Mallorca och hjälpa José med melonodlingen.

- Blir det permanent?

- Kanske, kanske inte. Vi får se.

- Vad betyder det?

- Jag behöver miljöombyte.

- Men Bibi! Du kan inte mena allvar. Vad har det tagit åt dig? Ska du överge mig? Och flytta ... Så långt bort, säger jag förtvivlat.

- Äh, du har väl sett vilka stolpskott jag mött på alla olika sajter? Det är dags att pausa dessa förbannade brunstiga älgtjurar.

- Okej, men det brukar väl vara det motsatta könet som är brunstiga. Alltså honorna. Eller har du gått och blivit en *horny-Bibi?* Kanske är det du som är parningslysten då? Du kommer att bli betäckt av José istället för att få pengarna för melonodlingsjobbet. Jag skattar på mig.

- Man skämtar inte om såna saker, fräser hon. Det här är allvar. Dessutom har José kontakter. Jag kan odla upp min frisörsalong där också. På Mallorca alltså. Han ska sponsra mig. Fick en hel del för likören, så rik som ett troll verkar han vara.

Jag skakar oförstående på huvudet och vet inte vad jag ska säga. Är hon helt skruvad?

- Jaha! När blev det här bestämt?

- Igår, via Enrique, på Facebook.

- Va? Har du inte ens pratat med José om dina vidlyftiga planer? Han kanske inte alls är road att ge bort sina pengar. Rika troll brukar vara jävligt snåla. Klart att gubben vill ha betalt på ett eller annat sätt. I sängen eller på lastbilsflaket bland melonerna. Sexigt värre.

- Så du tror inte han kommer att hjälpa mig?

Genast låter hon nedslagen och kommer av sig. Det blir tyst och jag måste såklart gaska upp henne. Jag kan ju inte vara så egoistisk att hon ska stanna för min skull. Hon kanske måste lära sig av misstagen och ta chansen?

- När åker du?

- I september är det tänkt.

Aha, så det är alltså vid samma tidpunkt som Fernando ville att jag skulle komma för att bli inbjuden till vinfesten tänker jag skeptiskt.

- Grattis till att du vågar utmana dig själv i alla fall, säger jag utan att avslöja mina tankar.

- Du *måste* komma och hälsa på när jag fått lite ordning. Vi kan webba om jag hittar nåt bra internetcafé.

- Skypa menar du? Jaja, det ordnar sig väl.

Jag lyssnar inte längre på Bibis flyttplaner. Måste själv sortera tankarna. Nu ska alltså Bibi bo närmare Fernando och det gör mig avundsjuk. Det kanske är honom hon vill åt? Förresten har han inte hört av sig sen han mejlade att han skulle till Stockholm.

Bibi berättade efter Melonmässan att han kört en större bil med spanska varor till Sverige. Bland annat Josés melonlikör. Det enda han tydligen vetat om var att han skulle leverera spriten. Att de sen möttes därinne i ladan var bara en ren tillfällighet. Efter det hade han haft bråttom och ilat vidare. Skulle på ett jobb. Självklart fanns det inget fokus på mig. Nästan så jag tror att den där hemlighetsfulla kvinnan och det där förbannade svinet kokat ihop något. De kanske ska ses?

Genast släpper jag mina dumma misstankar. Klart Bibi är en reko vän. Hon vill väl bara få miljöombyte som hon säger. Mallorca med sol och värme kan göra henne gott.

- Och så måste jag naturligtvis avboka resan till Umeå och Benny-Lasse. En helt onödig resa, nu när jag ska flytta, bubblar hon på.

- Det vore väl en bra idé, säger jag. Men du kanske missar din drömprins.

- Nä, inte finns han i Sverige i alla fall.

- Så du tror att spanjorerna är bättre?

- Ryck upp dig Mita! Livet vänder för dig också ska du se. Det står inte på förrän du ha en hel hord karlar springande efter dig.

- Men du kommer väl inte ha den där gubben José som din älskare? Du får lova mig att inte vara så dum så han utnyttjar dig.

- Vem tror du kommer att utnyttja vem? Som jag sa så ska han hjälpa mig att komma igång med mitt vinstgivande företag.

Antingen är Bibi en smart affärskvinna eller så är hon jäkligt korkad. Men hon är modig som vågar ta utmaningen. Själv kommer jag sitta fast i min gamla tvåa och bli bitter för att jag själv aldrig vågade följa mina drömmar. Det kommer att kännas tomt när Bibi flyttar. Våra samtal kommer att slockna. Det blir ju ogenomförbart att hålla kontakten så som vi har gjort. Vad kostar det att ringa till Spanien? Jag vet att Berra har sin syster där nere. Han har sagt att han ringer via Skype. Jag ska fråga hur man installerar gratisfunktionen.

På bättre humör rusar jag ner för trappan. Springer med lätta steg mot "Berras Livs". Det första jag ser när jag närmar mig affären är att flaggan är nedtagen. Klockan visar bara 17.30. Inte kan han ha stängt redan?

När jag kommer fram går det inte att få upp dörren. Jag rycker i handtaget, men det är låst. Det är först när jag tittar in genom skyltfönstret. som jag märker att det är mörkt därinne. Är Berra sjuk? Men det verkar konstigt. Han är ju *alltid* här, oavsett förkylning, ont i benet eller molande tandvärk.

Jag vänder mig om, ser Ragnar komma småspringande över gatan. Hans ser sammanbiten ut. När han är framme vid affären tar han mig om axeln, tittar med allvarsamma ögon in i mina. Jag känner hur mina knän skakar. Det får inte vara sant... Innan han säger något puttar jag undan honom och tar några kliv bakåt. Jag gömmer ansiktet i händerna. Vill inte veta. Sen tvingar jag mig att möta Ragnars förtvivlade blick.

- Säg inte att Berra är död?

Han nickar, tar ett djupt andetag och vänder bort ansiktet från mig för att hämta kraft. Alla borde vara lyckliga. Jag som precis raderat ut allt det dystra och börjar tro på livet igen. I morgon är det Lottas bröllopsdag och då måste vi vara glada. Vem ska jag nu småprata med och hoppas på tipsvinsten? Först tar livet ifrån mig Bibi och i nästa stund Berra. Jag förstår ingenting?

Ragnar kramar om mig. Jag lutar huvudet mot hans axel och gråter. Tafatt försöker han trösta genom att stryka mig lätt över håret. Hur otroligt det än kan tyckas känns det bra att vara i hans armar. Vi delar sorgen, eftersom vi båda kände Berra

Mina tårar går inte att hejda. Det kommer bara mer och mer. Jag försöker samla ihop mig och tittar upp på Ragnars fåriga ansikte. Jag blundar när jag ställer den obehagliga frågan.

- Hur gick det till?

- Kan vi inte sätta oss nånstans och prata?

Ragnar tittar sig omkring. Jag föreslår något jag aldrig i mitt liv trott att jag skulle göra.

- Vi går hem till mig så sätter jag på lite fika.

Jag är medveten om röran i lägenheten. I hallen snurrar jag runt, vet inte i vilket rum jag ska lotsa in honom i. Bestämmer mig för köket. Snabbt plockar jag undan middagstallriken, som fortfarande står på bordet. Jag drar ut en stol och erbjuder Ragnar att sätta sig medan jag fixar kaffet.

Han tvekar en stund, innan han frånvarande sätter sig. Jag skruvar på kranen och spolar vatten i glaskannan. Det blir enkelt, bara en slät kopp kaffe. Några smutsiga glas på köksbänken ställer jag ner i diskhon, och sköljer sen av två kaffemuggar. Pytsar kaffepulvret i filtret, häller i vattnet i bryggaren och knäpper på strömbrytaren.

Ragnar verkar vare sig märka eller bry sig hur stökigt jag har här hemma. Han ser närmast chockad ut, stirrar bara tomt ut genom fönstret.

Så är kaffet klart och jag häller upp i muggarna. Frågar Ragnar om han vill ha mjölk. Men han skakar avfärdande på huvudet.

- Möjligtvis socker om du har?

Vi sitter i tystnad och läppjar på den heta drycken. Kvällssolen lyser milt genom fönstret och ger ett varmt sken i köket. Det känns som Berra vore här.

- Allt gick så fort. Du vet ju hur jag är. Brukar ofta retas. Men jag menar inget illa. Berra kände min jargong, vi hade en gemensam kod. Jag handlade ofta hos honom. Vi brukade faktiskt slänga in en Dagens Dubbel-kupong tillsammans.

- Va! Gjorde ni?

Jag förvånas över hur lite man vet om varandra. Men å andra sidan, var det ju bara jag som var som en öppen bok. Herregud, vad Berra fick höra mig mala om mitt.

- Han sa aldrig nåt om att ni var kompisar, säger jag.

- Inte så att vi umgicks privat. Det var ju mest i affären. Vi var ute på Valla några gånger, förstås.

- Var han gift?

- Han bodde ihop med en man. Tror inte han ville berätta så mycket om det.

- Oj! Var Berra bög? Det visste jag inte heller.

- Har ingen aning. Man ska inte spekulera om det man inget vet nåt om. Han bodde ihop med en man i alla fall. Dom kan ju ha varit kompisar som delade på hyran. Vad vet jag. Men skit samma. Berra är död och det känns faktiskt förbannat tomt. Döden kom i alla fall fort.

- Hur, och när hände det här då?

- Jag skulle lämna in en Dagens Dubbel vid tvåtiden. Skulle köpa lite fikabröd till eftermiddagskaffet också, bjuda grabbarna i verkstan.

- Var han död när du kom?

- Nej, han höll på att ta upp varor från källaren. Han klagade över att han mådde illa och hade smärtor i vänster arm. Men ont i kroppen har han ju haft sen han fick polio. Sällan man hörde honom gnälla.

- Vet det.

- Jag frågade om han behövde hjälp att packa upp. Ifall det skulle underlätta för honom. Men du vet hur envis han var.

- Jo. tack, ler jag och minns.

- Han sa att jag var en urusel jävel på att placera varorna på hyllorna. Det var bäst han gjorde det själv. Han skrattade och skämtade med mig. Sa att jag var en tunnis. Vi började skojboxas. Jag lattjade lite med honom och han slog till mig på armen. Precis efter att han måttat slaget, så tog han sig för bröstet - och så sjönk han bara ihop.

- Fy, så hemskt!

- Ja, jag trodde först att han skämtade. Men det blev så underligt tyst. Jag gick ner på alla fyra, för att se om han levde. Men inte ett livstecken. Ambulansen var nog på plats redan efter sju-åtta minuter. Eftersom han redan var död måste polisen tillkallas.

- Usch så obehagligt för dig.

- Ja. Det kändes nästan som det var jag som dödat honom.

- Men det var det ju inte. Berra var ju med på att skojboxas... Eller hur?

- Jovisst, men hur ska jag kunna bevisa det? Folk kommer nog att prata ska du se.

- Ärligt talat, hade jag nog också trott att du haft ett finger med i spelet, om jag hört någon berätta den storyn ute på gatan.

- Jag vet. Rykten är inte snälla. Tur i alla fall att vi fick veta av Berras sambo att han haft hjärtproblem, och det fanns i hans journaler. Men du ska veta vilken chock jag har fått.

- Självklart förstår jag det. Hela situationen känns så overklig. Men du får ju inte anklaga dig själv på nåt vis.

- Jag minns en gång när vi hade en helkväll på Solvalla.

- Jaha?

Ragnar ler åt minnet, ler lite inåtvänt och drar handen genom sitt tjocka hår. Jag studerar honom i profil, medan han oseende tittar ut genom fönstret. Han liknar någon, jag kan bara inte komma på vem.

- Jo, förstår du. Berra hade beställt bord inne på restaurangen. Vid varje bord sitter såna där monitors. Man ser skitbra när hästarna springer på bortrelångsidan och i kurvorna. Det var en onsdagskväll, med V86. Han bjöd mig på rubbet: Mat, dryck, kaffe, kaka, ja allt. Vete fan vad som tagit åt honom. Han röjde inte med en min om han var dålig eller ledsen. Men nåt var det med honom.

- Som vadå Ragnar?

Mina ögon är stora och jag böjer mig närmare honom.

- Jag frågade hur hans kärring mådde. Det var då han sa, att han bodde med en "god" vän. Jag trodde att det kanske var lite struligt hemma. Men han ville inte alls prata om sitt privata.

- Det känner jag igen.

- Hur som helst så spelade vi lite på vinnare, men, ingenting fick jag bidra med. Vet inte om det berodde på att jag fixat nya bromsar, för halva priset till hans gamla Merca. Vi vann lite, men förlorade mest. Aldrig att han blev förbannad och tjurig, som en annan när man torskar.
Sen, när V86:an var klar, visade han kupongen, som han spelat hemma i butiken, innan vi åkte ut: Tro på faan - men gubben hade satt varenda vinnare!

- Va, säger du? Hur mycket vann han?

- Tillräckligt för att köpa sig en nyare bil, anpassad till hans handikapp. Du vet ju att han hade fel på benen efter polion?

- Jag vet! Men vad roligt för honom. Det här berättade han aldrig.

- Nä. Han gillade inte att skryta. Och vet du, han gav mig trettio papp bara så där rakt av.

- Tog du emot pengarna?
Jag bara gapar. Hur kåt på stålar får man vara egentligen? Berra behövde väl allt han kunde komma över för att täppa till i sitt företag..

- Jag gjorde allt för att **inte** ta emot stålarna fattar du väl.

Ragnars ögon visar att han känner sig missuppfattad av mina ord. Han suckar. Jag lägger min hand på hans arm och talar med en mjukare röst.

- Förlåt! Men jag vet ju inte *hur du är* Ragnar.

- Nä nä...Billy har väl berättat om allt jävelskap jag gjort förstås.

Ragnars ansikte hårdnar. Han ser tio år äldre ut. Tvärt reser han sig upp.

- Tack för kaffet, säger han sammanbitet.

- Men Ragnar sätt dig! Jag menar inte att tro att du skulle...

- Vad får dig att tro att jag är en sån skitstövel?

Motvilligt sätter sig Ragnar ner igen. Jag ser att hans mugg behöver fyllas på. skyndar mig att ge honom påtår.

- Ärligt! Vill du höra alla rykten som går om dig?

- Nej för fan. Behåll det. Jag orkar inte med en massa skvaller.

- Jag tror inte på dom Ragnar.

Jag höjer rösten, känner instinktivt att jag menar det jag säger.

- Pengarna! Dom där trettiotusen. Dom har jag sparat. Berra ville inte ha dom. Så jag tänker skänka allt till Hjärt- och Lungfonden.

- Men behåll pengarna vetja. Berra ville ju att du skulle ha dom. Inte ska du känna dig dum för att du fick dom.

- Slutsnackat! Jag ger bort dom! Och inte ett ord till Billy om det här, hör du det?

- Jag träffar inte Billy längre. Men jag säger självklart inte till nån.

Ragnar tittar upp. Ser uppriktigt förvånad ut.

- Va? Nu fattar jag ingenting. Trodde ni skulle dö tillsammans.

- Nä! Det är slut. Dött och begravet.

Vi sitter tysta en stund. Sen skrattar Ragnar.

- Det var det bästa jag hört på länge. Då behöver jag inte vara rädd att dörren ska gå upp och Billy svartsjukt ska rikta geväret mot mig.

Mitt skratt bubblar upp. Vilken syn det vore. Tänk att ha två stycken som tävlar om min gunst. Och att Ragnar hade en sådan respekt för Billy...?

Ragnar suckar, gnider sig i ansiktet. Han ser ut som en vilsen pojke som inte vet vad han ska göra. Jag lägger min hand ovanpå hans och tittar medlidsamt på honom.

- Jag kommer att sakna honom...

- Va? Vem? Jaså Billy! Klart du saknar honom.

- Nu menar jag faktiskt Berra. Det är väl honom vi sitter och sörjer?

- Naturligtvis! Berra... det kommer... att bli tomt utan honom, säger han med skrovlig röst.

När kaffet är urdrucket reser vi oss samtidigt. Inga ord sägs när jag följer med honom ut i hallen. Jag studerar hans tjocka gråa kalufs medan han knyter sina gympaskor. Det där håret som jag tidigare velat slita av. honom. Nu skulle jag mjukt kunna dra fingrarna igenom det.

Konstigt vad döden kan förena människor. Plötsligt möts våra ögon - och jag ser en annan Ragnar. En sårbar man, med känslor. Borta är den stöddiga och kaxiga typen, som jag avskytt så många gånger.

- Vi kanske kan ta en bio om du vill? Jag menar, snart är det höst. Då kan det vara skönt att se en rulle tillsammans...

- Ja varför inte? Kanske dags att lära känna varandra. Ragnar nickar och går. Men vänder sig om innan han når porten.

- Du ska inte tro på rykten du hör. Jag hade några jobbiga år under högstadiet, men det rättade jag till ganska snabbt. Allt det du ser över gatan, handlar om ärliga pengar. Ville bara att du skulle veta det.

Jag ler och nickar. Långt efter att han gått sitter jag i min fåtölj och tänker på hur snabbt allting kan förändras från en dag till en annan. Att försonas - och få nya vänner.

Kapitel 25

DET ÄR I DAG som är den stora dagen. Lotta gifter sig i
Johannes kyrka. Där jag en gång gav mitt ja. Det som bara
ledde till en snabbskilsmässa. Men lika eländigt ska det
naturligtvis inte gå för henne som känt sin karl i så många år.
Jag har lovat att hålla tal. Men, jag har inga kloka ord att säga.
Det finns inga referenser att luta sig emot. Jag kan inte
berätta om hennes barndom, eftersom jag inte kände henne
då. Ska jag berätta när Lotta var tonåring, och hur troget hon
skötte sig i skolan? Eller kommer det att handla om när Lotta
var busig och drev med killarna? Tyvärr finns det inga direkta
lik att ta fram ur garderoben. Inte som jag kan använda i talet.
Lotta är så himla präktig.

På grund av åderbråcken blir det inte till att vara barbent
idag, trots värmen. Jag sitter på sängkanten och drar försiktigt
på mig mina solbruna strumpbyxor. Den är i 30 denier och
håller in magen, som visserligen har blivit mindre, men
fortfarande putar. Strumpbyxorna kostar nästan tvåhundra
kronor. Jäklar ifall de går sönder.
Ju högre denier desto slitstarkare yta sa försäljaren på NK.

Jag speglar mig några gånger i hallspegeln. Ser min svaga
solbränna kontrastera mot den syrenlila polyesterklänningen.
Tyget är skimrande blankt med smala axelband. Kjoltyget är
lätt utställt vid knäna. Jag har ju snygga ben. I alla fall har
Bibi intalat mig det.

Omsorgsfullt lägger jag en makeup och tuperar håret. Drar
igenom lite frisyrgelé i luggen. Nog duger jag för att gå på
bröllop. Det hade varit roligt att få visa upp sig för både
Ragnar och Billy idag.

Jag känner mig en aning stressad och är ganska nervös.
Nästan så jag mår illa. Ute i köket dricker jag lite vatten,

baddar mig samtidigt under armarna. Jag går fram till fönstret
och kikar upp mot den klarblå himlen. Det är kvavt inne, så
jag ställer upp fönstret på glänt. Alldeles stillastående
augustiväder, det svalkar inte ett dugg. Inga hotande
regnmoln syns heller så långt ögat når.

Köksklockan visar snart tjugo i två. Det är Agnetas bror
som ska hämta upp mig. Honom har jag aldrig träffat.
Det är egentligen en halvbror, resultatet av hennes morsas
vistelse i Thailand för trettiofem år sen. Antagligen en av de
första svenska turisterna där. Nu är morsans snedsprång
förlåtet, och glömt. Agnetas pappa har fostrat brodern som
han vore hans egen.

Jag går ut i hallen. Knäpper upp låset på kuvertväskan för
att lägga ner nycklarna och mobilen. Nu är allt klart för att
åka till bröllopet. Jag lyfter upp det tunga glansfärgade
paketet som innehåller en badrumsvåg i glas. Den har jag
faktiskt införskaffat i en exklusiv butik. Absolut inte köpt på
postorder. Naturligtvis anser jag att som nygift borde man
hålla koll på vikten, så man inte blir en soffpotatis eller
hamnar framför datorn - som jag har gjort de senaste tio
åren.

Nervöst trippar jag fram och tillbaka på gatan i mina vita
högklackade sandaletter. Jag väntar på någon som liknar Billy,
som inte heller kom i tid. När jag tänker på honom så hugger
det till i hjärtat. De senaste dagarna har jag tänkt mer och
mer på honom. Flera gånger har jag övervägt att tacka nej till
Lottas bröllop. Eftersom Billy är en av P-Gs bästa vänner är
han naturligtvis också inbjuden. Men så sent som igår ringde
Agneta och berättade att Billy låg sjuk i hög feber.

Mitt liv utan Billy har inte haft den effekt som jag trodde
att det skulle ha. Utan honom är mitt liv mera halvt än
nånsin. Jag vet att alltsammans är en process där jag inte ska
vara beroende av någon.

Klockan är snart två. Pinsamt nog verkar det som att jag kommer missa bröllopet. Har det blivit något missförstånd med hämtningen? Jag måste lugna mina nerver, tar några djupa andetag. Men det hjälper inte. Jag vankar fram och tillbaka, förbi mig av oro.

Det går ytterligare tio minuter. Nu är klockan bra mycket *över två*. Fort plockar jag upp mobilen ur väskan för att ringa efter en taxi. Men hejdar mig. Tänker att Ragnar kanske är på verkstan och kan skjutsa mig? Just som jag ska springa iväg så ser jag en skåpbil svänga in på gatan. Åh nej. Service-Kurt. Jag som redan är försenad och ska vara i kyrkan om några minuter. Varför kommer han just nu? Den tvära inbromsningen från bilen gör att smågrus virvlar upp från däcken och studsar på mina nylonklädda ben. Bara det inte går en maska. Snabbt släpper jag tanken för att lösa nästa nödsituation. Kanske kan Service-Kurt vara min livräddare ändå och skjutsa mig till kyrkan? Jag visar upp mitt charmigaste leende, viftar med armarna i skyn och skyndar mig emot honom.

- Snälla Kurt! Vilken tur att du kom.

Jag får strunta i Agnetas bror nu, om jag överhuvudtaget ska få en glimt av brudparet innan de lämnar kyrkan.
I värsta fall får jag ta emot dem på festlokalen. Men det var ju inte det som var meningen. Några svettpärlor breder ut sig på Kurres panna där han sitter inne i bilen och forcerat trummar på ratten.

- Kan du köra mig till Johannes kyrka? Jag ska...

- Hoppa in! avbryter han.

Mödosamt pressar jag mig upp i den höga skåpbilen. Jag slår knäskålen i dörrhandtaget. Det räcker för att det lilla gruskornet som fastnat på ena strumpan ska göra ett litet hål.

- Jäklar också! utbrister jag ilsket.

Jag hinner precis sätta mig och ställa väskan på golvet mellan mina ben, innan han pressar gaspedalen i botten och gör en rivstart. Krampaktigt håller jag mig i instrumentpanelen för att inte flyga genom fönsterrutan. Det är först när vi svänger ut från Surbrunnsgatan och in på Sveavägen, som jag vänder ansiktet emot honom och upptäcker att han också är uppklädd.

- Vart ska du?

- På syrrans bästis bröllop, svarar han. Och vi har jävligt bråttom.

- Du menar...? Lottas bröllop?

- Ja, det är väl klart, säger han sammanbitet.

Då går det upp för mig.

- Aha! Det är *du* som är Agnetas lillebror... Det här är inte sant!

DET TJUTER OM däcken när Kurt bromsar in och rattar upp bilen på gångbanan.

- Men här får du väl inte stå? protesterar jag när jag öppnar bildörren för att kliva ut.

- Jag skiter i parkeringsförbud, för nu är det bråttom.

Med bröllopspresenten under armen hoppar jag ur bilen. och råkar fastna med klacken i gallret på ett brunnslock.

- Åh, nej! Nej!

- Vad i helsike är det frågan om?

Kurt skyndar fram till mig och torkar sin svettiga panna med tygärmen. Kostymen sitter alldeles för tajt, knapparna över den runda magen är på väg att sprängas.

- Titta här!

Känslorna är upprörda när jag lutar paketet mot framdäcket på bilen. Jag sliter av mig sandaletten, och vi stirrar på den trasiga klacken. Kurt skakar frågande på sitt skinnhuvud och är på väg att säga något.

- Men...

- Inte ett ljud! Jag orkar inte mer.

Jag gnäller och slänger iväg skon. Den far iväg i en båge mot den långa trappan upp till kyrkoområdet.

Service-Kurt fuktar sina torra läppar med tungan och drar med handen i sitt glesa skägg. Sen vänder han sig om och visar sin breda ryggtavla. Han vankar fram mot trappan, böjer sig i sidled för att plocka upp min vita remsko. Då hörs ett frasande ljud från sömmen på byxbaken. Jag hejdar ett ofrivilligt skratt som vill pysa ut genom mina allvarsamma mungipor.

- Men Kurt! Det här blir värre och värre.

- Äsch, ett litet hål i röven är väl inte hela världen.

Det verkar som om Kurt har en humoristisk ådra innanför sin hårdhudade yta. Han tar upp min sko och går till skåpbilen, öppnar bakdörrarna.

- Vad ska du göra Kurt?

- Du kan väl för faan inte gå låghalt till kyrkan.

- Men fattar du inte? Jag kommer ju att *halta*, klacken är ju av.

Han plockar fram en gulfärgad plåtask och halar ut en rulle silvertejp, som han kapar av i små remsor med en fällkniv. Helt förbluffad av hans engagemang låter jag honom tejpa ihop klacken.

- Här! Och håll tyst nu kärring.

Jag gapar av förvåning när jag tafatt sätter på mig skon. Klockan är halv tre, det känns väldigt pinsamt att ha missat Lottas bröllop.

- Är det någon idé att gå in i kyrkan nu när vi ändå är så sena?

- Dom är säkert kvar. Folk vill väl kasta ris och gratulera.

Den långa stentrappan tar oss upp till kyrkan, som ligger högst upp på en ås och är helt byggd i tegel. Utanpå ser den ståtlig ut, påminner om en domkyrka. Kyrkporten som ligger

i väster finns på kortsidan. Den är stängd, och inte en
människa syns utanför. Jag tar av mig mina solglasögon för
att läsa på anslagstavlan. Den kanske kan ge mig lite
information. Solstrålarna dansar lekfullt, bländar i glasrutan
och gör det svårt att läsa. Jag knäpper upp den vita
kuvertväskan och fiskar upp mina läsglasögon.

   - Rätt kyrka är det i alla fall. Men inte en käft är här.

   Stockholmssolen lyser starkt på den klarblåa himlen. Några
småfåglar kvittrar och gömmer sig i de angränsande
buskarna. Det är en vacker grönska omkring oss. Lotta har i
alla fall tur med vädret. Man får hoppas att det gäller samma
sak i äktenskapet.

   Kurt tar tillfället i akt att vila lite. Han sitter på trappan och
stönar, ler mot mig samtidigt som han lägger in snus under
överläppen. Jag är inte dummare än så att jag förstår att han
har roligt, åt mig och mina olika poser då jag försöker zooma
in den svårläsliga texten. Hans små pepparkornsögon tittar
retfullt på mig.

   - Så, du är i den åldern där jacken sviker?

   - Vad?

   Han skrattar som en gris grymtar och lossar på kavajen.
Antagligen för att inte knapparna ska släppa. Snuset rinner
längs ena mungipan. Han försöker diskret putta in det igen.
Förnärmad slänger jag ner brillorna och tittar anklagande på
honom.

   - Hur fan ser du själv då, ditt blindstyre, som inte ens kan
klockan? Hade du kommit i tid hade den här situationen inte
alls inträffat.

   - Ta inte åt dig. Såg bara det komiska i det hela. Det var
inget avsett att såra. Jag lovar.

   Han håller upp sina handflator mot mig, som när någon
ber om nåd för att inte bli skjuten. Utan att svara trippar jag
förbi honom. Snabbt reser han sig upp och hugger tag i mig.

De knubbiga armarna fångar in mig i en försoningskram.
Våra kroppar står så tätt intill varandra att hans snusdoftande
andedräkt lämnar spår på mig. Försiktigt gör jag mig fri hans
armar och låtsas inte om den intima situationen.

Långt uppe i kyrktornet ringer klockorna. Troligen dags för
ett annat brudpar att gå uppför altargången.

- Men du... Är det nån idé att vi överhuvudtaget går in?
Lotta och P-G och de andra har väl åkt vidare för länge sen.

Jag vänder mig om och försöker få medhåll av Kurre. Han
tvekar för en sekund, men ändrar sig.

- Det är inte säkert. Nu går vi in och kikar.

Hastigt drar jag upp den tunga porten. Ett dammigt
ljussken sprider sig i vapenrummet. Det känns svalt och
skönt här innanför de vitkalkade väggarna.
Ofräsch försöker jag rätta till klänningstyget som nu smetar
åt runt kroppen. Orgelmusiken är igång. Det låter som
Beethovens femma. Framför kororgeln sitter en kutryggig
man. Håret är silvergrått och det slutar först nedanför
skulderbladet. Han ser ut som en överlevare från hippietiden.
Den yviga hårmanen skakar i inlevelse i takt till musiken.

Är vi verkligen på rätt bröllop? Min blick stannar framme
vid altarringen. Men vad i helvete...Vad gör Billy här?
Nervöst biter han på naglarna. Så som han brukar göra när
han inte har kontroll på läget.

Aha, ceremonin är redan över. Men varför är inte
bröllopsgästerna utanför och kastar ris på Lotta och P-G?
Plötsligt blir det tyst. Folk reser sig upp, stirrar åt vårt håll där
jag står svettig och villrådig.

Den 19-stämmiga orgeln trampar igång, nu med pampiga
toner av Mendelsohn. Jag känner Kurts svettiga hand som
bestämt föser in mig i en av bänkraderna.

Då ser jag henne. Uppför altargången skrider Lotta med en
nervös P-G vid sin sida, tre kvart försenade.

Kurt tar av sig kavajen och lägger den beskyddande över mina axlar. Jag skakar på huvudet och avböjer denna gentlemannahandling. Jag vill inte att folk ska tro att jag är tillsammans med honom. Hans rakvatten slår en ring runt oss där vi sitter, i en av de bakersta bänkraderna. Jag sjuder av ilska. Varför i helvete gick jag på Lottas bröllop för att möta två av planetens största idioter samtidigt. Först Kurt och sen Billy, som dessutom har fått första parkett till hela dramat.

Tagen av stundens högtidliga allvar fylls mina ögon ändå med tårar. Jag borde inte ryckas med och luras av all rekvisita. Det är ju bara dekor. Jag tror inte på sånt här. Men inte ens ateisten i mig kan låta bli att känna sig rörd.
Oväntat börjar jag att tänka på Berra som inte längre får uppleva allt det vackra. Jag snörvlar, försöker gräva fram en näsduk ur väskan.

Med klar och tydlig röst säger prästen: *"Inför Gud och i denna församlings närvaro frågar jag dig Per-Gunnar Andersson, vill du ta Charlotte Maria Christine Fedrén till din hustru och älska henne i nöd och lust?"*
Jag ser Lottas mamma sitta stolt och rak i ryggen. Med darrande hand halar P-G fram ringarna, för att ge dem till prästen. Det är tyst i kyrkan, förutom några hostningar och ett par barns kacklande. Prästen håller upp ringarna och säger att Gud ska välsigna Lottas och P-Gs äktenskap. Hur mycket tror Lotta på Gud? Jag har aldrig förstått hur en vigsel i en kyrka, ska göra ett äktenskap så mycket hållbarare.

Trots min skepsis kan jag inte låta bli att imponeras av kyrkans inredning, och de mäktiga glasmålningar som pryder de fem fönstren i koret. I mittenfönstret sitter Jesus på korset, omgiven av lärjungen Johannes och Maria. Jesus som led för våra synders skull. Om man nu vill tro på det, att han lidit för oss människor. Hur dum får man vara egentligen? Vem sjutton tackar honom för det mer än martyrer och religiösa fanatiker? Jag som reggat mig på så många nyandliga forum har inte märkt ett smack av att man vinner någon lycka. Var finns Gud nånstans när man behöver honom?

När prästen mässat klart och församlingen sagt amen lämnar han tillbaka ringarna till brudparet. P-G vänder sig mot Lotta och den första meningen kommer stakande:

"Jag,.. Per-Gunnar Andersson tar...tar... dig Charlotte... Maria Christine Fedrén...nu till min hustru...att dela glädje och sorg med dig... och vara dig trogen...tills döden skiljer oss åt."

P-G pratar så tyst att jag knappt hör vad han säger. Lottas röst låter däremot klar och tydlig, när hon delar med sig av sitt äktenskapslöfte. Jag ser att de båda är tagna av stundens allvar, och hur Lotta torkar bort en tår från kinden. Prästen säger med klar och myndig röst.:

" Ni har nu ingått äktenskap med varandra och bekräftat detta inför Gud och denna församling. Ni är nu man och hustru. Må Herren vara med er och leda er i sin sanning nu och alltid. Amen."

Jag tittar på Billy som står snett bakom P-G. Våra blickar möts och jag önskar plötsligt att det vore han och jag som stod där framme. Men hör samtidigt en liten elak djävul viska där han sitter på min axel:

"Var inte fånig nu Mita. Ert förhållande är dött och kommer aldrig att fungera. Vill du ha en pojke som du kan vara morsa till? Nej, bli självständig och lämna honom för gott!"

När Billy ler mot mig där framme från altaret, lutar jag mig mot Kurt. Jäkla Agneta som skulle bjuda Billy.

Slutpsalmen spelas. Lotta och P-G vänder sig båda om och ler lyckligt. Sakta skrider de genom altargången och ut genom den öppna kyrkporten, för att vänta på vårt risgrynskastande och våra hurrarop.

Kapitel 26

VI STÅR UTANFÖR festlokalen, dit sjuttiofem personer är inbjudna. Lotta och P-G har för cirka en timme sen klivit ut från Johannes kyrka, som man och hustru. I kyrkbänken har tårar rullat ner för mina runda kinder.

Altaret, smyckat med Lottas favoritblommor, och alla finklädda bröllopsgäster har gjort närvaron på hennes giftermål med sin P-G fulländat. Men just nu är jag upprörd, och känner mig inte det minsta sentimental. Hela min kropp vibrerar av raseri. Jag känner mig lurad på allting. Hur mycket har man inte gått bakom min rygg?

Agneta skyndar sig att ta mig åt sidan, när hon ser mitt upprörda ansikte. Hade jag vetat att Billy skulle komma, och hade jag dessutom vetat att han skulle placeras bredvid *mig* på middagen, hade jag verkligen ställt in alltsammans.

- Jag vågade inte säga till dig att Billy ändrat sig och skulle komma. Då hade du väl stannat hemma...

- Och att Kurt var din halvbror hade jag ingen aning om. Hur har det gått mig förbi? Kurre har du inte nämnt. Det vet jag nog.

- Vi kallade ju honom "Klimpen" när han var liten och vi ses så sällan. Tänk på att det är en åldersskillnad på femton år. Han var ju bara tre år när jag flyttade hemifrån. Ni dansade faktiskt med varandra hemma hos mig. På möhippan alltså.

- Vad säger du? Nu måste jag bara *ha* en cigarett för att lugna nerverna med.

Billy står ett par meter ifrån mig och pratar med Lotta. Jag rycker tag i hans arm.

- Har du en cigg, väser jag i hans öra.

Snabbt tar han fram ett paket, tänder två cigg och ger den

ena till mig. Huttrande tar jag emot giftpinnen och drar ett djupt halsbloss som får mina lungor att storkna. Har ju inte rökt på evigheter. Agneta rycker ifrån mig ciggen och säger kort:

- Lägg ner rökningen!
- Jaså! Väldigt vad jag ska få förmaningar då och samtidigt förstå så himla mycket. Fattar du inte att det känns förbannat pinsamt? Billy skulle ju inte komma!
- Jag förstår, men du har ett sånt häftigt humör, Mita.
- Jaså?
- Man vågar inte alltid berätta allt, av rädsla för hur du ska ta det.

Vi säger ingenting medan de andra bröllopsgästerna skrattar och hurrar för brudparet. Jag ser på Agneta och mjuknar. Såklart jag inte vill förstöra deras fest och vara sur. Det är lika bra att släta över alltsammans, men måste få veta vad som hände den där möhippekvällen.

Agneta förklarar snabbt och viskande i mitt öra:
- Du behöver inte alls använda adressboken den här gången, inte be någon om ursäkt. Vi är medskyldiga till att du drack för mycket. Du skötte dig hela kvällen, var riktigt underhållande. Sjöng för full hals. Och det var när du började dra fräckisar, som pengarna verkligen trillade in.
- Hm, skojar du? Fy så dum jag känner mig.
- Äh! Du gjorde hela möhippan. Du var ju redan bra full när brorsan kom, som avtalat, för att hämta upp oss. Det var visst första gången som du åkte skåpbil, förresten. När vi kom fram, slängde han upp dig över axeln och bar in dig till mig. Tur man bor på första våningen för du är rätt tung...

Hon tittar sig lite omkring, men ingen verkar intresserad av vad vi pratar om, så hon fortsätter:
- Och sen efter maten, började du faktiskt nyktra till. Den stunden måste du väl komma ihåg? Då hade i och för sig

Klimpen åkt iväg för att hämta strippkillen vid pendeltågs-
stationen. Han hade inte hittat till mig, utan irrat omkring
uppe vid "banankåkarna". När dom kom, var du ju igång
igen och drack drinkar. Minns du inte att du gick fram till
strippan och drog i hans kallingar? Du skrattade och sa: "*Den
där ser precis ut som Hasses*". Den där Hasse. Är det din nya
kille?

   - Nej, för fan *inte!*

Hasse var ju Bibis MC-knutte. Hur hade jag kommit att
tänka på honom hemma hos Agneta? Hade jag gjort bort mig
ännu mera då?

   - Brorsan tyckte du var rolig. Ni dansade och buggade. Jag
som aldrig sett dig bugga. I alla fall fick du ett ryck och skulle
prompt hem. Det var när Klimpen var på toan. Du bara
travade iväg, utan att ens säga hej till mig. Sen fick jag veta att
han plockat upp dig på vägen. Hade du tänkt lifta hem, eller
vad?

   - Det vet inte jag heller. Har ju fan inget minne ens att jag
var ute på vift.

   - Skönt du kom hem i alla fall. Klimpen ringde och
berättade för mig på morgonen så Lotta och jag kunde åka
till Berlin i lugn och ro.

   - Jaa, det var väl skönt för er.

   - Men Mita! Skärp dig nu! Vad sjutton skulle vi göra då,
menar du?

   - Du borde ha hindrat mig från att gå hemifrån dig, Jag
hade kunnat bli... Våldtagen.

   - Ha ha! Våldtagen? Du?

Hon skrattar, tycker antagligen att det jag säger är dagens
roligaste skämt. Vem mer än Billy skulle lägga mig på rygg?
Tidigare, när vi hängde ihop, förstås.

   - Ja men, ensam full kvinna ute på gatorna, vidhåller jag.

   - Nä. Nä, ingen risk.

- Så du tycker jag är osexig. Menar du?

- Missförstå mig inte nu, men jag tror du skrämmer iväg karlarna. Ingen vågar golva ner dig, vännen.

- Jag har ingen lust att bli osams med dig men nu tycker jag att du är elak Du framställer mig som om jag vore en skäggig transvestit.

- Förlåt! Det var kanske dumt sagt av mig. Klart att en man skulle kunna tända på dig. Du ser ju skitsnygg ut. Du måste ha rasat i vikt.

- Tack! Har knappt märkt det själv, förrän idag. Men varför står vi här och tjafsar om skitsaker egentligen? Agneta, förlåt mig för att jag blev arg. Och du! Tack för allt du har gjort. Du har ordnat så kanonbra för Lotta också. Det kommer att bli ett fint minne. Verkligen!

Vi kramar om varandra. Det känns skönt att rensa luften och få svar på alla frågor. I armkrok som två bästa väninnor går vi in i lokalen där långborden är uppdukade.

- Men du Agneta, en sak undrar jag innan vi går in. Varför var Lotta och P-G så sena?

- Haha, du skulle bara veta. Jag berättar för dig senare, först måste jag checka upp så välkomstdrinkarna är på plats.

Jag har precis skrapat av de sista smulorna av en laxpaté då huvudrätten kommer in på silverfat. Det bjuds rådjurssadel med körsbärssås, och smörstekta kantareller som ligger som en frestande utmaning på tallriken.

En servitör fyller på mer rödvin i glasen. Idag ska jag försöka låta bli att tänka på onyttiga kalorier. Efter flera veckors plågsam diethållning avnjuter jag varje tugga medan Kurt håller ett tal till Lotta. Rösten försvinner bland allmänt sorl och bestickskrap från porslinet.

Jag stör mig på ljudet från några barn som jagar varandra, vilket får min puls att stiga. De verkar ha tröttnat att sitta still för länge sen.

En rödhårige unge i femårsåldern knuffar till mig i ryggen så jag spiller såsindränkta kantareller i knät. Det blir droppen för vad jag tål, efter allt jag stått ut med de senaste veckorna. Jag känner irritationen bubbla som lava i ådrorna. *"Nu förstår du kanske varför du aldrig skaffade dig barn"*, säger den inre rösten. Den lilla pojken pickar med en liten gaffel i ryggen på matgästerna, som studsar till där de sitter och äter. Var sjutton är hans föräldrar någonstans?

När han rundar vårt bord för fjärde gången hugger jag tag i armen för att stoppa honom. Jag trycker min mun tätt intill hans öra och ler samtidigt så inga andra i sällskapet ska märka de elaka orden jag viskar:

- Om du inte genast sätter dig på en stol, ungdjävel, och sitter still där tills det här kalaset är över, ska jag ta hand om dig resten av ditt liv och - jag lovar att det *inte* kommer att bli roligt.

Kurt avslutar talet med att skåla för de nygifta. Vi gör så och önskar dem lycka till. Vilken tur att Lotta är gammal nog att inte skaffa barn, tänker jag medan jag leende höjer mitt glas, samtidigt som jag spänner mitt onda öga i den rödhåriga gossen, som nu sitter som förstenad i vad jag antar, sin mammas knä.

Så synd att inte Lottas pappa hann uppleva hennes bröllopsdag. Nu får mamman ensam hålla talet till deras enda gemensamma dotter. Jag tittar på Lotta som sitter i en vit figursydd dräkt med en gardenia i håret. Det är en mörk skönhet som rott kärleken i hamn. Hon har ju knappast tagit P-G för hans utseende, men han är snäll. För ett par år sen blev han till sin besvikelse ordentligt tunnhårig.

Nu envisas han med att behålla de få strån som är kvar, och omsorgsfullt vika dem över pannan. Jag kan inte förstå varför han inte rakar sig, som de flesta män gör som blir kala på hjässan. Det skulle få denna sextioåring att se tuffare ut.

Men vid närmare eftertanke skulle han nog likna onkel Fester, han i familjen Addams. Nånstans har jag läst att kärleken är så mycket mer än att bara älska. Det är respekten till varandra, vänskapen, stödet i motgångar - och framför allt glädjen man ska dela i livet.

Billy och jag pratar småtrevande med varandra under måltiden. Efter en stund har vi brutit isen, skrattar som förr åt varandras skämt. Han har redan hållit sitt tal.

När vi hunnit till desserten tycker jag att det är min tur att ge Lotta och hennes älskade P-G en vägledning på deras resa.

Jag ställer mig nervöst upp och klirrar i glaset för att dra till mig uppmärksamheten.

- Så var det dags att hålla det där lilla talet. Det som jag oroat mig för i veckor. Tack ska du ha för det Lotta. Det blir väl att ruva på hämnd så småningom.

Bröllopsgästerna skrattar åt mitt skämt. Jag gör en konstpaus, vet inte om jag ska vänta tills det blir helt tyst i lokalen. Billy sparkar mig lätt på benet som uppmaning att fortsätta.

- Egentligen är jag förstås inte rätt person att tala om lycka och framgång.

Jag ler och tittar vindögt. Spänner ögonen i P-G, artikulerar orden tydligt.

- Men jag har i alla fall haft roligt i livet, och det är ju huvudsaken. Åtminstone fram till fyrtionioårsdagen. Sen kom åldersnojan som tog kål på alla mina drömmar. Fan, jag som trodde jag fortfarande var *nitton*. Måste ha sovit dom senaste trettio åren...

Jag gör ett luftskott med pekfingret, blåser sen på fingret och vickar på höfterna.

- Men i alla fall! Pigg som sjutton är jag. Det är bara att slå en signal, P-G, om Lotta blir tråkig och du behöver skratta med någon som har för vana att göra bort sig.

Det blir mera skratt och positiva applåder. Jag tar upp vinglaset och tittar ner i den röda drycken för att hitta de väl valda orden. Lotta vet att jag skämt ut mig på våra träffar. Hur ofta har jag inte druckit mig full, så tjejerna fått sätta mig i en taxi långt tidigare än de andra skulle hem. Men nu är det färdigdrucket för min del.

- Jag har väl varit pajasen i tjejgänget. Jag säger varit, för nu genom ditt giftermål Lotta måste jag skärpa till mig - så jag inte i onyktert tillstånd lovar bort mig till Kurt,

Alla jublar, utom Billy som skruvar besvärat på sig. Han verkar inte tycka det är särskilt roligt alls. Men jag fortsätter obekymrat att prata om mina egna bravader och missöden.

- Synd att inte dom andra i det här sällskapet kunde komma på möhippan. Men dom låg väl och kompisspydde med dig Lotta, när du passade på att fly fältet. Det var jag som fick bli som butlern i *"Grevinnan och betjänten"* och skåla i era ställen. Vete tusan om jag inte fortfarande hade varit på vift efter alla shots, om inte Kurt räddat mig från min nattliga rundvandring i Jakan.

Kurt skrattar så axlarna åker upp och ner. Jag sneglar på Billy som diskret överlämnar en servett med några rader nedklottrad på. *"Sluta prata om dig själv nu Mita och berätta om kärleken istället"*. Vad vet den idioten om kärlek?

Billy tittar på mig. Jag studerar honom. Minsann, ser inte hans blick ärlig ut ändå. Den är genomträngande och säger att jag ska lita på honom. Under en sekund sköljer en våg av ömhet för honom över mig. Jag tvingar mig att prata om *kärleken*. Det är för dess skull som vi samlats här idag. För att förvissa oss om att den fortfarande existerar.

Min fantasi är nere på noll. Frenetiskt försöker jag att komma på något klokt och vettig att säga.

Jag tar djupa andetag. Vad läste jag i tidningen "Fri Kvinna"? Tankeverksamheten går på högvarv. Jag samlar ihop mig, nickar åt Billy innan jag vänder mig till Lotta och P-G.

- Det finns tre olika typer av kärlek: *eros-, filosof- och agape–kärlek.*

Jag känner inte igen mig själv där jag står rak i ryggen och högtidligt tittar in i brudparets ögon.

- *Eros* handlar om att känna ruset, åtrån, längtan, begäret, lusten - där kärleken är egoistisk och tar en bort från allt förnuft. Man är förhäxad, besatt av känslan att tråna efter kärlekens bekräftelse.

Lotta och P-G tittar på varandra och ler igenkännande. Det råder en total tystnad, alla gästerna har slutat äta. De lyssnar på mig och min förkunnelse om kärleken. Till och med den lilla rödhåriga monsterungen tittar på mig med stora klarblå ögon. Mitt samvete snörper tag om mig och jag lovar att jag ska be honom om förlåtelse. Säga att gamla fula troll kan förvandlas till goda feer.

Jag förstår inte var jag hämtar de kärleksfulla orden ifrån. Jag vet väl ingenting om kärlek. Men utan att staka mig, och som om någon inre röst vägleder mig framåt fortsätter jag mitt tal.

- Åtrå vet väl vartenda förälskat par vad det är, men resten av kärlekarna har inte många en aning om vad de betyder, fortsätter jag ivrigt.

- *Filosof-kärleken* är att njuta av det vackra. Det som behagar. Det som får ens sinne att vila och känna glädje, harmoni och lycka. Till ditt land, en plats, ett musikstycke, konsert, konst eller en bra och välskriven bok.

Lotta tar sin vita broderade näsduk och torkar bort en envis tår ur ögonvrån. P-G smeker hennes kind och jag noterar att det sprudlar kärlek dem emellan.

- Men *agape*, däremot, är den renaste och sannaste kärleken. När man älskar villkorslöst utan krav. Precis lika villkorslöst som man kan älska ett litet barn. Först när man når agape, är man sann i sitt hjärta. Meningen är att man ska se till att finna livslång vänskap, även i sjukdom, nöd och sorg. Kärleken är evig, möjligen föränderlig men den kan överleva bara man lärt sig att säga - förlåt.

Långt borta, utanför det öppna fönstret hör jag en mås skria, och jag höjer mitt vinglas för att hylla kärleken.

- Kära Charlotte och Per-Gunnar! Se till att skratta också. Ha roligt tillsammans. Humorn förlänger livet. Glöm aldrig det! Leve brudparet! Hurra, hurra, hurra, hurra!

Vi är några nära väninnor som hängt ihop lika länge som Billy och jag. Några av dem åkte på samma maginfluensa som Lotta och kunde alltså inte vara med på den omtalade möhippan. Men det tar de igen, genom att tillsammans med Agneta ha ställt samman ett potpurri av nidvisor om vad som hänt Lotta och oss andra genom åren. Samma vecka som jag befann mig på Mallorca övade de in sin lilla kabaré. Så den kommer som en stor överraskning även för mig.

Nu står de alltså här på den lilla uppbyggda scenen i svarta nätstrumpor, mormorskängor och cancan-kjolar. Som pricken över i:et, har alla likadana lösbröst som de jag hade på möhippan. De sitter som gjutna, utanpå deras korta åtsittande bomullstoppar.

Jag tackar gud att jag slipper göra bort mig även i detta spektakel Visserligen har jag rasat i vikt, men inte tillräckligt för att spöka ut mig med sådana avslöjande kläder.
Tjejerna på scenen ser förstås både sexiga och läckra ut, i sina slarvigt uppsatta frisyrer och hårt sminkade ansikten, med långa lösögonfransar som fladdrar i ljusskenet.
Agneta skyndar sig runt och delar ut programbladet.

- Här har ni ett häfte så ni kan hänga med i texten.

Under mitt tal har jag osäkert undrat var alla mina vänner tagit vägen. Nu förstår jag att de i hemlighet bytt om.

De har fått hjälp med det tekniska av Agnetas bror.

Ur högtalarsystemet väller hög instrumental schlagermusik ut. De har gjort om texterna. *"Släng dig i väggen, Pling Forsman för här kommer vi"*.

De vickar på höfterna och snurrar ett halvt varv. Deras ryggtavlor är vända mot publiken. Sakta drar de upp sina knallröda volangkjolar. Deras svarta spetstrosor är försedda med neonfärgad text *"Välkommen till Grottan"*. Jag blir nästan generad, innan jag fattar att de syftar på den inhyrda lokalens namn.

De sjunger några fräcka texter och dansar utmanande. Jag kikar oroligt på den rödhåriga pojken för att se om han uppfattar humorn som barnförbjuden. Men han sitter helt bekymmersfri och käkar maränglass så det rinner ner över hakan och droppar på hans vita skjorta.

- *"Mita, Mita, Mita"* sjunger sextetten, och vinkar upp mig på scenen med sina plymer.

Jag intar skräckfylld försvarsställning som om någon tänker föra mig till en giljotin. Aldrig i livet, att de får upp mig i deras larviga show.

- No way, skriker jag avfärdande och försöker skratta.

De sjunger falskt, gör en långdans mellan borden samtidigt som de slänger iväg torkade rosenblad över alla bröllopsgäster.

"Lotta ger och Lotta tar/ en man som kulorna på banken har/ hon med olja smider planer/ P-G är bäst bland chiquita-bananer/ ola la".

- Jag går *inte* upp!

Jag försöker gömma mig bakom Billys rygg. Agneta leder gruppen och i ögonvrån ser jag att hon är på väg mot vårt bord. Varför kan de inte lämna mig i fred? Jag har ju gjort mitt, hållit tal. Dessutom har jag varit stand in för Lotta på möhippan. Nu får det vara nog. Men hur tar jag mig ur det här utan att förstöra deras show?

- Titta på mig Mita!

Billy lägger sina armar om mig och trycker sina läppar mot mina. Jag blir alldeles överrumplad över hans tilltag.
Men eftersom jag antar att kyssen är räddningen, besvarar jag den. Våra tungor möts och Billys händer smeker min bara rygg. Det känns så självklart och naturligt. Samtidigt kittlas jag av hans närvaro. Vi sitter sammanflätade i varandras armar, långt efter att showen är avslutad. Jag skrattar generad.

- Vad du kan Billy.

- Du är inte så dum du heller.

Han tittar kärleksfullt på mig, som om det vore första gången han ser mig.

Det känns som han startar igång nånting. Känslorna för honom är visst inte över, men det tänker jag inte berätta. Vi har mycket att arbeta med, vägen tillbaka kommer säkert att ta tid. Om vi nu... Men hur lång tid har jag på mig, innan ålderdomen tar ut sin rätt? Stopp och belägg!

Självklart måste jag ta dagen som den kommer och ge tid för reflektion, utan att gripas av panik inför morgondagen.

Agneta kommer fram till oss efter uppträdandet.

- Klart vi inte ville störa dig och Billy. Ni ser ju nyförälskade ut.

- Äh, det vara bara en kupp som Billy och jag gjorde.

- Du, det kan du lura i någon annan. Det lyser kärlek lång väg om er.

- En dag kanske du är i Lottas ställe, säger Billy leende och lägger sin arm om min midja.

- Aldrig i livet!

Jag puttar genast bort hans arm, greppar tag om mitt vinglas och tar några klunkar.

- Fattar du inte att Billy försöker fria! Hur korkad får du vara egentligen? skrattar Agneta innan hon lämnar oss.

Kapitel 27

LÅNGT EFTER ATT tårtan är uppäten, presenterna öppnade och dansen har slutat ligger Billy och jag i min dubbelsäng. Jag var minsann förutseende som hann byta lakan utifall jag skulle få nattbesök.

Då tänkte jag inte på Billy. Nej nej! Eftersom Ragnar vanligen till och från sover över på verkstan, hade jag tänkt svischa förbi där efter bröllopsfesten. Mest för att han behöver min tröst nu. Ingenting annat! Men om det sen slumpat sig så att vi skulle hamna i säng tillsammans, skulle jag inte behöva skämmas över skitigt sänglinne...

Nu blev det istället en annan man som fick inkvartera sig i mitt sovrum. Min Billy... Han som jag verkligen älskat, djupt in i mitt hjärta. Han ser så barnslig ut där han ligger bredvid mig och sover. Elvisfrisyren med den höga luggen är borta. Han har äntligen klippt sig, och det riktigt kort. Han sover med vidöppen mun. Varje gång som han andas ut vibrerar läpparna. Jag klämmer försiktig runt hans överarmar. De som jag alltid har älskat.

Naturligtvis var det oundvikligt att vi skulle hamna hemma hos mig efter Lottas bröllopsfest. Jag ler åt minnet. Nu är Lotta och P-G man och hustru. Jag smakar på orden. Så vackert det låter. Till skillnad mot *"mitt KK"*. Är det en sådan männen ser i mig?

Det drar kallt från sovrumsfönstret som står på glänt. Jag huttrar. Smyger tyst upp från den varma bädden och skyndar mig att stänga. Jag vickar på persiennerna och kikar ut. Vilket jäkla väder. Vattendropparna studsar på fönsterblecket och på plåttaket. Undrar var allt regnvatten ska ta vägen? Brunnen är ännu inte fixad sen de dränerade förra hösten.

Gubben glömde göra klart. Antagligen har han tittat djupt i flaskan igen och har ingen aning om hur det ser ut på vår gård. Jag suckar och stänger persiennerna. Behöver inte se dagens ljus. Mina ögon stannar på Billy. Leende tassar jag tillbaka till sängen och kryper ner, tätt invid honom. Pussar på hans hand.

Allting kändes så självklart när vi satt bredvid varandra på middagen och skrattade tillsammans. Kyssen som han så där spontant gav mig den ville jag smaka på igen. Billy är faktiskt bra i sängen också. Vet precis hur han ska få mina endorfiner att bubbla. Ska jag betygsätta honom får han en tia. Och den här natten är en av de bättre vi haft. Han tog mig till himlen.

Nästan som han känner sig iakttagen slår han upp sina ögon. Nyvaken sträcker han ut armarna och håller om mig. Vi ligger så en stund, utan att säga nånting till varandra. Jag lyssnar till hans jämna andetag. Ett tag tror jag att han somnat igen. Men så borrar han in sitt ansikte i min nacke och mumlar:

- Så här skulle man vilja vakna upp varje morgon.

Vet inte vad jag ska svara. Tänk om det inte är med mig han vill vakna så här? Han har väl aldrig tidigare kommit på tanken att ha mig så nära, mer än för en snabbis.

Jag skrattar förlägen och tar bort hans arm för att sätta mig upp. Ögonblickligen drar han ner mig igen, så jag hamnar på rygg. Han sätter sig grensle över mina höfter. Han tar mina armar och låser fast dem bakom mitt huvud. Jag är helt försvarslös i hans grepp, vet inte var jag ska ta vägen. Blundar och vågar inte se honom i ögonen.

Jag förnimmer svagt hans andedräkt när han böjer sig över mig, nuddar med sin mun min nästipp för att i nästa sekund pressa den mot mina läppar. Hans tunga letar sig in till min och jag besvarar hans kyss. Vi sugs in i varandra, jag kan inte sluta ta emot dessa heta och intensiva kyssar.

Han släpper sitt grepp om mig, lyfter upp min kropp så vi förenas i en intensiv kram. Jag känner hans tyngd över mig. Med sitt ena ben särar han på mina, så nattlinnet glider upp. Är medveten om att jag inte har några trosor, och att han är alldeles naken.

Jag klarar inte mera. Mina känslor är omtumlade, och rädslan att bli sårad kommer till mig igen. I nästa sekund gör jag mig fri, och rullar bort från honom. Mitt hjärta bultar hårt och andningen är stötvis när jag sätter mig på sängkanten, med ryggen mot honom.

- Nej! Jag vill inte Billy. Inte nu...

Tystnaden känns som en evighet. Långt borta tickar köksklockan hårt och från gatan hörs Ragnars motortvätt. Förtvivlat gömmer jag mitt ansikte i händerna och skakar på huvudet. *Säg att du älskar mig! Jag längtar brutalt efter de tre förlösande orden. Jag måste få veta om du tycker om mig.*

Jag hör att han reser sig från sängen. *Nu går han! Billy går ut ur mitt liv, tänker jag i panik. Snälla Billy! Låt oss prata! Kan du säga något om hur du vill göra?*

Envist sitter jag kvar i samma ställning medan jag hör att han plockar upp något från golvet, antagligen sina kalsonger. Jag flyger upp, vänder mig ilsket om och skriker:

- Din jävla träbock!

Han stirrar oförstående på mig med sammanpressade läppar. Det ser ut som han är helt omedveten om vad han har saboterat.

- Stick bara då! Som du alltid gör när det blir obehagligt. Du tror visst att det bara är att ta vid där vi slutade. Att vi ska fortsätta att ha kompissex, utan några vidare förpliktelser.

- Det stämmer inte. Jag ville mera i den här relationen än du tror. Jag vaknade upp för länge sen. Redan när jag stod på flygplatsen, då du gav mig på båten i telefonen. Men det var du som inte ville prata. Du bara *antar* hela tiden Mita. Det är lika viktigt för dig att lyssna som att jag ska försöka förstå. Ja, okej! Jag kanske inte har dom där väl valda orden, dom som du vill höra. Men måste det vara på ditt vis? Räcker det inte att du låter mig få visa vad jag känner? Eller ska du ha ett skriftligt kontrakt? Vad vet vi om morgondagen?

Jag sitter tyst. Orden stockar sig i halsen på mig. Kan inte säga det jag verkligen känner. Klart det inte behöver vara på mitt sätt. *"Kompromiss"* viskar jag. Men han hör mig inte.

Helt förstummad ser jag på när han klär sig. Han går ut i hallen och sätter på sig skorna. Jag rusar efter. Knyter händerna bakom ryggen. Jag vill kasta mig i hans famn. Säga hur mycket han betyder för mig.

Han tar i dörrhandtaget. Jag sväljer. Känner mig torr i halsen. *Gå inte! Gå inte!* Långt inne i mitt hjärta vill jag berätta vad känner för honom. Men istället säger jag spydigt:

- Är det du eller jag som ska bestämma hur vår relation ska vara?

Han skakar bara på huvudet.

- Vi kanske är alldeles för olika ändå, för att passa ihop. Sen är han borta. Det finns endast svaga doftspår av hans rakvatten i sovrummet.

Övergiven ligger jag i sängen och funderar. Igår trodde jag nånstans på oss. Men idag... Tanken känns långt borta.

Jag drar en suck. Reser mig upp och går till köket. Där kikar jag ut genom fönstret och ser Ragnar backa en transitbuss ner för rampen till motortvätten. Hur orkar den mannen jobba dag som natt? När jag ser honom påminns jag om förlusten av Berra. Det är overkligt alltsammans. Vanligtvis brukar jag slinka ner till den lilla butiken för att snacka, och handla det nödvändigaste. Jag kommer verkligen att sakna Berra.

Utan någon större hunger öppnar jag kylskåpet, tar fram några cocktailtomater. Jag plockar med mig ett gäng och lommar in till vardagsrummet.

Modfälld sjunker jag ner i Billys favoritfåtölj och tuggar förstrött på de röda små grönsakerna. Jag känner mig rastlös. Jag tänker bara på Billy. Tankarna mal fram och tillbaka. Till slut inser jag att jag har en lång väg kvar innan jag blir riktigt hel. Ännu är jag inte där. Först när jag fått styrka nog att älska mig själv, blir jag kapabel att älska andra. Må vara att dessa ord är uttjatade - men visst sjutton stämmer de.

- MEN DET HÄR kan inte vara sant, utbrister Bibi när jag senare på söndagskvällen avlägger rapporten om bröllopet.

Jag har bunkrat upp med popcorn och cola. Det var länge sen jag drack en läsk. Men jag behöver tröst.

Så idiotiskt att jag åter skulle falla för Billy. Hade varit bättre om jag varit kall som is mot honom. Haft näsan i vädret eller gett honom en rak höger när han överrumplade mig med kyssen. Men som sagt. Gjort är gjort.

- Vilken cirkus! Synd att jag missade föreställningen.

Bibi skrattar hejdlöst och jag också när jag ser bilden framför mig. Tar en näve av popcornen och tuggar så det knastrar.

- Och jag som trodde att bröllopet redan var över, när Service-Kurt och jag äntligen dök upp i kyrkan.

- Vad säger du? Var den knasbollen med på bröllopet? Nu fattar jag ingenting. Hänger du på honom nu?
Hon fnissar. Själv är jag inte alls upplagd för skämt, när det gäller Kurt. Visserligen är han en härlig kille, men han är faktiskt en halvbror till Agneta. Dessutom är han mycket yngre än oss.

I korta drag berättar jag för Bibi hur det ligger till.

- Åh, jäklar vad rörigt allting låter.

- Ja! Så kan det gå när pilska morsor åker till Thailand.

- Men tänk vad pinsamt för P-G som glömde ringarna.

Jag skruvar av korken på flaskan och häller colan i ett glas.

- Du ska veta att Lotta var jävligt förbannad. Agneta trodde att hon skulle ställa in alltsammans. Billy var ju också upprörd, eftersom han skulle vara bestman.

- Vilken tur att du inte bad om att få vara tärna då, fnissar Bibi.

- Var menar du?

Jag klunkar i mig av drycken och rapar. Tycker att hennes fråga är onödig, då hon vet att Lotta har två systrar som redan blivit tillfrågade.

- Som tärna hade du tvingats att se Billy i vitögat framme vid prästen.

Jag ställer ner glaset på bordet med en smäll. Det hugger till i mig. Fan, att det ska göra så ont. Vill inte känna. Absolut inte. Jag klickar fram fotot på oss från mobilen och tänker på Billys kyssar. Jag kan inte sluta älska honom.

- Han såg annorlunda ut på nåt vis. Han hade klippt sig, var så snygg i ljus kostym.

- Jaså! Jag hoppas verkligen att du inte blivit kär i ”egot” igen Mita?

- Nej!

- Du känner ju alla hans brister. Du vet också varför du gjorde slut. Glöm inte det!

- Jag är inte bättre själv.

- Okej, men hur slutade det i kyrkan nu då?

- P-G fick låna Agnetas bil och köra hem för att hämta ringarna.

- Bor inte P-G och Lotta redan ihop, så att de kunde påmint varandra om att allt var med?

- Jovisst! Men Lotta hade valt att sova hos Agneta. Du vet, det där om att inte visa sig för sin blivande man innan bröllopet.

- Jag fattar ändå inte hur P-G kunde glömma ringarna.

Vilken miss!

- När dom äntligen sagt ja andades Lottas mamma ut, kan du tro.

- Prästen blev väl nervös av all väntan han också, så han tullade på nattvardsvinet, skojar Bibi.

- Agneta sa att P-G hade haft med sig en fickplunta. Efter att ha hämtat ringarna gick han direkt in på toa. Var därinne inne minst en kvart.

- Men han kanske blev nödig.

- Jo, kanske det. Men han fumlade med allting framme hos prästen. Tappade orden och stakade sig. Vi bak i kyrkan hörde inte så bra vad han sa.

- Men stackar´n! Det blev väl för mycket för honom fattar du väl.

- När brudparet blev tillsagda att de skulle ta ett steg framåt, hoppade P-G över altarringen och stod på samma sida som prästen.

- Men herregud! Jag skrattar så jag kissar på mig.

- Ja, verkligen. Billy fick hämta P-G till hans plats bredvid Lotta.

- Nu är de i alla fall man och hustru, och hör du nåt om skilsmässa på måndag så får du förstå henne.

- Du! Det var en sak till, säger jag lite skamset.

- Säg inte att du släpade hem Billy?

- Jo!

- Nej men Mita! Du lovade ju att inte ha med honom mer att göra.

- Måste du låta så taggig? Du som ska flytta till Spanien.

- Ja! Till en man som älskar mig.

- Det blir nog ingen fortsättning med mig och Billy. Är du nöjd då?

- Äh, uppriktigt sagt så skiter jag i det. Du gör ju ändå som du vill.

- Om det skulle bli Billy och jag i framtiden, kan du tänka dig vara min tärna då?

- Klart jag kan. Tokfia!

- Det finns en annan trist grej som jag måste berätta.

- Har du legat med Ragnar, menar du?

- Sluta fantisera nu Bibi. Det är Optimist-Berra. Du vet, farbrorn som ägde Livs här på gatan. Han har på sätt och vis varit min stöttepelare. Det var ju så skönt att slinka ner till honom när allt kändes pest. Han kunde verkligen få mig på bra humör. Han... Han dog här om dagen. Ragnar var där när det hände.

- Aha! Då är det han som slagit ihjäl honom. Tänk jag har aldrig tålt den där idioten.

- Men Bibi! Du känner inte honom, hur kan du döma?

- Jag har hört dig säga en massa otrevligheter om honom och kan minsann lägga ihop två och två.

- Nu är det så att det inte alls stämmer. Han är ingen gangster.

- Hur kommer det sig att du plötsligt tar honom i försvar?

- Vi har pratat. Han är mjuk och fin under sin tuffa yta.

- Jaha. Men Mita, gift dig med honom då...

- Måste du alltid tro att man måste ha någon? Berra är död! Det vara bara det jag ville säga. Tänk att man inte kan berätta nånting för dig, utan att du skenar iväg.

- Förlåt då! Ja, det var ju trist med Berra. Så då är det begravning nästa gång du går till kyrkan?

- Antagligen. Om jag inte gör som du säger. Hinner gifta mig med Billy, och sen snabbskilja mig, för att gifta om mig med Ragnar. Nej förresten, vi har ju glömt Fernando också.

- Du glömde Service-Kurt också, skrattar Bibi.

Kapitel 28

JAG TITTAR I almanackan. Det är inte många dagar kvar på augusti. Om en vecka börjar skolorna igen och sommarlovet är slut. De flesta barnen kommer förhoppningsvis förväntansfulla tillbaka medan andra har mindre tur. Oroliga att de ska mobbas. Kränkta och nedtryckta av en del kaxiga snorvalpar. Det är därför jag vill bli lärare för sätta pli på ungar. Visa hur man tar hand om varandra.

Precis som alla andra måndagar väller reklamen in. Jag plockar upp papperslapparna från dörrmattan. Tar med mig alltsammans till köket och slänger i soppåsen. Efter det fixar jag lite caffelatte och sätter mig vid bordet. Förmiddagstrött blänger jag på min kära Lucky och rynkar pannan.

- Snälla, snälla, ber jag högt. Visa mig nu att du har ett positivt meddelande som kanske kan öppna en ny värld för mig.

Vore ett mirakel om jag knipit en reservplats på lärarhögskolan. Men antagligen kommer jag att bli lika besviken som alla andra år, vilket resulterar i att hata syrran ännu mer. Allting har hon fått utan att behöva kämpa medan jag fått vara tacksam för smulorna.

Tänk om jag bara fick börja plugga. Då skulle jag lära mig att bli social igen. Att snart vara femtio och inte ha någon utbildning är ingen merit. Det enda jag kan är att rensa fisk och det vägrar jag att göra. Jag är urless på att serva sura kunder som aldrig är nöjda.

Det är bara snälla Hafid som står ut. Om Berra hade levt skulle jag kunnat hjälpa honom i affären. Men den lilla närbutiken står nu igenbommad och ingen verkar ta över den heller. Det finns ingen lönsamhet i småbutiker när folk hellre handlar på stormarknader.

Jag smäller upp locket på laptopen och biter mig i läppen. Vad sjutton ska det bli av mitt liv? Bibi som jag pratar med varje dag ska hålla på med melonodling med en gubbe hon inte ens känner. Förhoppningsvis starta eget.

Visserligen skulle jag inte vilja byta. Hur kul är det på en skala att bo ute på vischan tillsammans med någon som man inte kan kommunicera med? Det är ju nog så svårt att nå fram till en karl på ett gemensamt språk. Min kurator har sagt att jag ska räkna till hundra varje gång jag irriterar mig på Billy.

Ja, nu har jag slängt ut honom för gott så det blir ingen konst att lyssna på expertens råd. Förresten känner jag mig ganska okej numera och behöver inte längre någon terapi. Tycker att jag jobbar stenhårt med mig själv. Jag har verkligen förlåtit alla jävlar som varit taskiga mot mig och... Nja, inte riktigt alla då. Grannhäxan ville inte ens dricka det där försoningsfikat som jag föreslog i somras.

Lucky verkar trilskas med mig idag. Hur mycket jag än trycker på on-knappen händer det ingenting. Det är sånt man kan få hjärnblödning av. Vad trött jag blir när det tekniska inte funkar.

- Förbannade skit också, skriker jag högt.

Häftigt reser jag mig upp och sparkar till stolen.

- Aj!

Min tå får sig en smäll och jag svär. Varför går allting emot mig? Jag synar nätkabeln och upptäcker misslynt en skada längst ner på sladden. Den är bruten. Kära Lucky får ingen ström.

- Det här händer inte!

Villrådig snurrar jag runt i köket och hämtar luft. Kan Ragnar vara till någon nytta? Eller kanske Service-Kurt? Det är SOS-larm och jag behöver hjälpen nu. Jag kastar en blick mot ytterdörren. Om jag inte ska tvingas att jobba i fiskdisken igen och dö bland gäddor och isblock måste jag svälja

stoltheten och be henne däruppe om hjälp. Jag gör det endast
för en nödsituation. Det ska människan ha klart för sig.

Jag trampar otåligt i trapphuset. Svag musik hörs innanför
hennes dörr. Genast ångrar jag mitt ärende. Hon kanske
knuffar ner mig för trapporna? Tummen skakar när jag ringer
på. Det känns som en evighet innan dörren öppnas med ett
ryck.

Där står hon i öppningen och stirrar tomt på mig. Ögonen
är mosiga och rödgråtna. I en kritvit frottémorgonrock
gömmer hon sin slanka kropp. Plötsligt ser hon ut som vem
som helst runt medelåldern.

- Vad vill du? säger hon tungt.

Jag får tunghäfta. Vet inte vad jag ska säga. Hon är liten och
spröd. Utan smink ser hon lika snäll ut som en ängel. Diskret
petar hon bort en tår som trillar ner från kinden.

- Äum, ja... Jag... kommer för att säga förlåt. Bar mig dumt
och klumpigt åt, då vi rullade runt på gräsmattan.

Osäkerheten tar överhand och jag backar några steg. Har
svårt att lita på henne. Men helt oväntat ler hon och skakar på
huvudet.

- Klart du är förlåten.
Hon skrattar till och vinkar in mig.

- Vi har nog kort stubin båda två, fortsätter hon. Jag är inte
heller så lätt att tas med. Det fick jag nyss veta av chefen i
telefonen. Han läxade upp mig ordentligt.

- Ojdå!

- Han tycker att jag har varit för arrogant mot några kunder
som skulle köpa en lägenhet. Nå, man kanske lär sig... Men
som sagt kom in vettja. Jag heter förresten Marie. Och du?

- Mita!
Utan att fatta vad som händer står jag innanför hennes dörr.

- Du vill väl ha kaffe? säger hon och går före in i
lägenheten.

Jag ser mig storögt omkring. Hallen är ljus och fyrkantig och mycket större än min. Till höger ligger sovrummet och mitt emot ser det ut som ett kontor. Det doftar annorlunda hemma hos henne. En dov parfymdoft sprider en välbehaglig trevnad i lägenheten.

Köket ser ut som taget ur en inredningskatalog med trendig design. Väggarna är vitkalkade med röda köksluckor, som bryts av med en massiv arbetsbänk i svart granit. Kyl och frys är av rostfritt stål. Inbyggd spis med induktionshäll. Ovanför den kliniskt rena diskbänken går en lång stålskena, där det hänger diverse köksredskap. Golvet har askgråa linoleumplattor. Under tiden hon fixar kaffet i en exklusiv espressomaskin försöker jag smälta alla intryck.

Vi sitter i hennes fashionabla vardagsrum och småpratar. Den trendiga divansoffan i mocka pryds av ett gäng matchande kuddar i jordfärger: Orange, terrakotta, och saffransgul. Jag känner mig nästan sjösjuk av alla prydnadskuddar som glider runt mig. Helt tagen av hennes eleganta interiör kan jag inte låta bli att fråga:

- Hur har du fått den snåle fan till hyresvärd att snygga till *din* lägenhet? Jag får inte ens kranarna fixade.

- Har använt mig av rotavdraget. Värden har inte betalt ett öre.

- Men det måste ju ha kostat massor? Det är ju ändå bara en hyreslägenhet.

Hon skrattar och lägger sitt mörkröda hår bakom örat. Ställer elegant ner porslinsmuggen på glasbordet. Hennes långa vitlackerade naglar matchar hennes solbränna.

- Jovisst! Men jag tänker innovativt. Det handlar om att satsa förstår du. Jag räknar med att det ska bli borätter och då kan jag sälja iväg och tjäna en hacka. Sen flyttar jag utomlands och öppnar en egen mäklarfirma. Finns massor av tyskar, engelsmän och svenskar som vill köpa hus söderut. Och fler kommer det att bli.

Jag nickar stumt. Jo, minsann, har man pengar går det tydligen att tjäna ännu mera, tänker jag avundsjukt.

Klockan tickar på och det är mest hon som pratar om sina framtidsdrömmar. Hon verkar vara en ambitiös affärskvinna som vet vad hon vill. Vad har jag att komma med?

- Jobbar du med nåt intressant? undrar hon.

- Ja, alltså... Det var det jag ville ha hjälp med.

- Jaha? Som vad?

- Du har väl en dator antar jag? Min har gått sönder förstår du. Skulle vilja kolla en sak på nätet.

Jag sänker ner blicken och trummar på muggen med elefanter på. Känner mig just nu som detta safaridjur när jag jämför mig med denna smala människa.

- Det ska vi väl kunna ordna, ler hon och reser sig upp.

- Jag ska bara se om jag kommit in på lärarhögskolan, förklarar jag när vi går mot kontoret.

- Så kul, säger hon. Logga in du för datorn är på.

Det är en värstingdator som står på ett arbetsbord. På väggen syns en stor plattskärm. Det lilla kontoret pryds av en högrest yuccapalm och bredvid roterar en golvfläkt.

- Kan du visa mig hur jag går in?

Jag sätter mig på kontorsstolen och mina fötter sjunker ner i den mjuka ljusgråa heltäckningsmattan.

- Hehe, jag är bara van vid min Lucky, säger jag och sneglar en aning generad mot henne.

- Lucky?

- Ja, min bärbara heter så. Lite töntigt kanske, ursäktar jag mig.

- Inte alls. Min heter Luke.

- Haha, vilket sammanträffande då. *"Västerns hjälte Lucky Luke, rider på sin häst"*, gnolar jag.

Vi gapskrattar.

TILLBAKA I MIN LÄGENHET är jag mer än upprymd. Jag hoppar jämfota av glädje. Det kan inte vara sant? Jag stannar i dörröppningen in till vardagsrummet. Vänder mig mot Billys tomma fåtölj.

- Fattar du? Jag har kommit in som reserv och ska läsa lärarprogrammet. Det du!

Full av lycka smäller jag upp fönstret och skriker rätt ut.

- Jag ska bli LÄRARE! Hör ni det, där ute på gatan? Jag ska flytta! Yea yea!

Lycklig och fortfarande i chock ser jag åter texten inombords: "*Vi får härmed meddela att du blivit antagen som reserv till lärarhögskolan på Linnéuniversitetet i Kalmar.*"

När jag lugnat ner mig något blir jag plötsligt osäker. Vill jag verkligen bli lärare? Det talar ju emot mig. Jag som hatar ungar. Dessa bortskämda snorgärsar som jag i vissa stunder skulle kunna spika upp på väggen om de inte håller tyst.

Fast nånstans i djupet hos de svårbegripliga varelserna går det nog att hitta bra sidor också. Klara är en av dem som visat att barn kan vara fantastiska. På utbildningen får jag lära mig både pedagogik och psykologi. Så bra också att jag dessutom blivit sams med grannen Marie. Kommer förstås att bli ovant att nämna henne vid namn. Hon och jag ska hålla kontakten via datorn på Facebook. Så lustigt att vi blivit vänner nu när jag ska flytta. Men sent ska synderskorna vakna.

NATURLIGTVIS MÅSTE jag ringa Bibi. Hon hade rätt kärringen. "*Visualisera och du ska få*". Jag går in i vardagsrummet och drar isär gardinerna. Dagsljuset flödar in på dammråttorna. Under en stund blir jag stående och ser med vemod min lilla bakgård. Ska jag verkligen lämna alltsammans? Billy, Ragnar, mitt hem och min stad?

Jag kurar ihop mig i fåtöljen. Lutar huvudet mot ryggstödet

och huttrar till. Tar den beigefärgade pläden och lägger den över benen. Snart är hösten här. Då ska jag dricka te och läsa Freud. Jag ler vid tanken att jag numera slipper ljuga om min utbildning. Syrran kan slänga sig i väggen med sin magisterexamen. Efter tre år kan jag också forska och läsa vidare. I fall jag vill... Fast först ska jag bli lärare och börja gilla barn. Dessa fritänkande individer. Med rätt metod kan jag fånga upp vad varje unge är bra på. Väcka deras nyfikenhet. Göra lärandet mer spännande och intressant än de tråkiga hundlektioner jag fick gå igenom. Vilket ansvar jag får. Jag kommer att plocka fram lite mer jävlar anamma hos småtjejerna. De ska inte bli påverkade av reklam och media. Bli styrda av andra. Påtvingade vad som är rätt eller fel. Inte trampas på och bli överkörda. Tjejerna ska våga säga nej till saker som de själva inte vill göra.

Uppsluppen ringer jag till Bibi och redan på andra signalen svarar hon. Jag berättar, snubblande på orden, att jag blivit antagen till lärarhögskolan i Kalmar.

- Vad underbart! Man får gratulera.

- Det innebär att jag måste flytta, förstås.

Spontant snor jag åt mig fruktskålen och plockar fram en brunfläckig banan.

- Och? undrar Bibi.

Jag nyper av en bit av den övermogna frukten och trycker in den i munnen. Mumlar ett svar, samtidigt som jag tuggar.

- Men kan du inte tala så man hör då? Tugga ur munnen innan du pratar för en gångs skull.

Bibi låter allt annat än lugn på rösten. Kanske håller hennes tålamod på att svikta på grund av mig? Jag skyndar mig att svälja och tar ny luft.

- Jo! Som jag sa måste jag flytta. Jag som kämpat så många år för att få min lilla tvåa här vid Odenplan.

- Vad är det att gnälla över? Du kan ju komma tillbaka.

- Till vad? Lägenheter växer inte på träden i Stockholm, ska du veta.

- Hyr ut den i andra hand. Det ska jag göra, när jag sticker till Spanien.

Jag blundar och ser en möjlighet komma upp. Kanske Ragnar behöver en övernattningslägenhet? Han bor ju i Rimbo, tillsammans med sin gamla mamma. Jag vet ju att han sovit över på verkstan många gånger.

- Ingen dum idé. Men min hyresvärd är av den tjuriga sorten.

- Du kan väl charma honom, Mita?

- Var det ett skämt eller? Han är svårare att charma än Aschberg.

- Hur var det med "tankens kraft" och det positiva? Om du nu blivit antagen så är det väl en mening med att du ska gå den? Eller hur?

- Jag får skriva ett mejl. Om gringubben har nån dator förstås.

- Skriv ett vackert kärleksfullt brev. Handskrivet. Då smälter han nog. Du får väl gulla lite med honom.

Jag fnissar. Tänker på ett parfymerat flortunt papper med snirklig handstil. De första meningarna fulla av lovord för att sen avslutas med min egentliga önskan.

- Minns du den där lilla flickan Klara som jag träffade på planet till Mallis, medan du ... hm... låg och sov? Mamman bjöd mig att hälsa på dom på Öland. Familjen bor i Kalmar.

- Där ser du. Så ensam är du ju inte Mita.

- Nej, kanske inte.

- Det låter ju mer som du ser problem i det här tycker jag.

- Du har fel. Naturligtvis är jag jätteglad, fattar du väl.

- Men jubla då.

Jag slänger armarna upp i luften och hoppar upp. Gör höga tjut i telefonluren.

- Ohwi... ohwi... ohwi!

- Haha! Du är vrickad hela du, skrattar hon.

- Vem har sagt att man ska vara klok då. Det är väl därför som jag ska gå i skolan för att lära mig vett fattar du väl.

- Nåt du skulle behöva jobba med är dina fördomar.

- Jaha? Vad menar du?

Helt överrumplad av hennes påstående sjunker jag ner djupare i Billys älskade öronlappsfåtölj.

- *Utlänningar*, du vet...

Hon betonar ordet som det vore en hieroglyf jag ska översätta.

- Hur menar du?

- Mita! Handen på hjärtat. Visst ser du ner lite på andra människor?

- Det har du fått alldeles om bakfoten. Jag har väl aldrig...
Tvärt avbryter hon mig.

- Du hugger ju på alla som inte är svenskar. Så fort du blir upprörd.

- Jaha, du menar när jag blir arg?

- Just det! Då sågar du alla utlänningar jäms med fotknölarna - och det är inte bra för en blivande lärare som ska vara en förebild.

- Jag *har verkligen* inga fördomar. Då hade jag väl inte varit med Fernando.

- Men då var du ju utomlands.

Åh herregud! Jag tar mig för pannan i ren förtvivlan. Hon och sitt jävla utomlands. Som om det skulle vara en ursäkt för att vara en annan människa. Jag är väl samma person där som här hemma.

- Nu var det inte meningen att vi skulle tjafsa igen utan glädjas åt din antagning, säger Bibi i ett försök att släta över och uppmuntra.

- Vi säger så här, och nu är jag ärlig. Jag ska verkligen jobba med mina fördomar. Men om någon beter sig illa då tänker jag säga det. Oavsett om det är svensk, svart, bög eller till och med ett barn...

- Alltid en bra början, men du kanske inte ska vara allt för kritisk...

- Jag är väl... självkritisk?

- Det är inte det.

- Förklara då, du som vet så mycket...

- Du ska jobba med din självkänsla men utan att tracka ned på andra människor.

- Ingen är väl fullärd. Och som vi sa i början, så kommer jag att lära mig det på utbildningen.

- Förlåt mig Mita, säger hon mildare. Inte alls meningen att jag trampar på som en elefant. Är ju din vän och vill bara ditt bästa.

- Jag vet det, men ibland är du inte heller så lätt att ha och göra med.

- Hi hi! Vem har sagt att livet ska vara lätt? Vi är här för att lära oss. Det sa du ju nyss själv.

- *Vi är varandras spegelbilder och det är våra läxor,* säger vi unisont och skrattar.

- Du, jag glömde säga det viktigaste. Eller det kanske inte betyder så mycket längre förstås, fortsätter hon.

- Som vadå?

Jag drar efter andan och nästan spricker av nyfikenhet. Vad är det nu för bomb som hon tänker släppa?

- Jag höll inne lite med sanningen. Fernando hälsade faktiskt till dig när vi var på Melonmässan. Han ville verkligen att du skulle komma ner i september. Du har ju hans telefonnummer.

- Äh, glöm det! Jag har annat att tänka på nu.

- Du gör som du vill envisa kärring, säger Bibi skämtsamt.

JAG KOMMER ALLTSÅ att flytta till Kalmar. Under tre år ska jag leva mitt liv på östkusten. Det krävs mod att lämna det trygga men i gengäld åker jag förhoppningsvis till något bättre. Jag stänger en dörr och öppnar en annan. Alla har rätt att få det livet man förtjänar.

Men jag har ännu inte *helt* klart för mig på vilket sätt jag vill leva. Just nu passar det mig att få distans på allt, genom att lämna Stockholm.

Billy får också en chans att fundera över hur han vill ha det. I våra möten hamnar vi ju bara på små olyckliga sidospår. Det gäller att veta om man vill stanna ett tag, eller går vidare.

Självklart vill jag i framtiden dela mitt liv med någon. Allteftersom, under min utbildningsresa, kommer jag att bli medveten om min rätta livsväg. Det finns förstås inga garantier att jag skonas från att falla, men om så sker, ska jag resa mig upp igen. Av egen kraft.

ALLT ÄR ÄNTLIGEN packat och klart. Nycklarna har jag överlämnat till Ragnar. Min hyresvärd har ringt och godkänt andrahandsuthyrningen - och till och med gratulerat till antagningen.

Billy och jag har pratats vid - och lovat att vi ska fortsätta hålla kontakten. Han kommer att åka ner till Kalmar för att hälsa på senare i höst. Jag känner att vår vänskap alltid kommer att bestå.

Om den sen även kommer att fördjupas till äkta kärlek?

Ja, det får helt enkelt framtiden utvisa...

Efterord

Tack Halle för att du hjälpte mig med nyutgåvan av "Gråt inte över spillt vin". Du övertalade mig vilket blev ett bra beslut. Du kollade igenom texten igen och gjorde som vanligt den slutgiltiga korrekturen.

Tack fina Lena Brünteson Lindberg. Du läste och såg en del missar, dessa förargliga småfel som gärna kan smyga sig in i texten.

PRODUKTION

"Nonstop" släpptes i oktober **2014.** En ungdomsroman som handlar om två unga tjejer på 70-talet som tågluffar i Europa. Boken blev recenserad i tidningen Dast Magazine.

"Mysteriet med guldmyntet" kom årsskiftet **2015/2016.** Barn-och ungdomsboken är en kapitelbok för åldern 9-12 år. Handlar om relationer där elvaåriga Lukas måste flytta med sin pappa till Ånge. Genom ett guldmynts mystiska försvinnande får han nya kompisar som tillsammans löser gåtan.

"Stickobrinn" släpptes i januari **2018.** En berättelse om mobbning, utanförskap och konfliktfyllda relationer samt en förälders sjukdom. Boken vänder sig till tonåringar/unga vuxna.
Bibliotekstjänst gav goda recensioner. Värd att läsa och diskutera.

"Hämnden är ljuv som melonlikör" gavs ut i september **2018.**
En fristående fortsättning på *"Gråt inte över spillt vin"* i serien om Mita & Bibi.

"Mita väcker björnar" utgiven i april **2019**
Tredje boken i serien om Mita & Bibi.
Fyra stjärnor av fem i betyg av två bokbloggerskor.

"Gråt in över spillt vin" hade sin debut första gången **2012** och fick goda recensioner av Bibliotekarietjänst.

KORT OM FÖRFATTAREN

Jag föddes i Västerås på femtiotalet då Elvis Presley gjorde sin debut. Låten "Jailhouse Rock" spelades ofta hemma.

Bland de finaste barndomsminnena är när min pappa läste högt ur sagoböcker eller berättade påhittade egna historier.

Med utgångspunkt från hans berättarstil med målande texter, kom min fantasi igång. Jag utvecklade sagorna och gjorde dem till mina.

När det var uppsatsskrivning i mellanstadiet vässade jag mina pennor, skrev så det glödde.

1975 blev det flytt till Stockholm och där bor jag fortfarande kvar.

Den konstnärliga ådran fortsatte att växa, inte minst sen jag började arbeta som förskollärare och med tiden fick egna barn.

Behovet att uttrycka mig i skrift har stegrats med åren.

Mycket har samlats i byrålådan. Allt från noveller, barnboksmanus och rimtexter till tal i festsammanhang i vänkretsen.

Andra intressen är att måla. Främst i akryl samt diskutera existentiella frågor. Meningen med livet är inte målet utan resan dit.

Mer finns att läsa på hemsidan.
https://forfattarsidan-ann-u-birgersdotter.webnode.se